河出文庫

綺堂随筆

江戸の思い出

岡本綺堂

河出書房新社

目次

震災の記

綺堂随筆

江戸の思い出

江戸東京の思い出

島原の夢

「戯場訓蒙図彙」や「東都歳事記」や、さてはもろもろの浮世絵にみる江戸の歌舞伎の世界は、たといそれがいかばかり懐かしいものであっても、所詮は遠い昔の夢の夢であって、それに引かれ寄ろうとするにはあまりに縁が遠い。何かの架け橋がなければ渡ってゆかれないような気がする。その架け橋は三十年ほど前から殆ど断えたと云ってもいい位に、朽ちながら残っていた。それが今度の震災と共に、東京の人と悲しい別離をつげて、かけ橋はまったく断えてしまったらしい。

おなじ東京の名をよぶにも、今後はおそらく旧東京と新東京とに区別されるであろう。しかしその旧東京にもまた二つの時代が画されていた。それは明治の初年から二十七、八年の日清戦争までと、その後の今年までとで、政治経済の方面から日常生活の風俗習慣にいたるまでが、おのずからに前期と後期とに分たれていた。

明治の初期には所謂文明開化の風が吹きまくって、鉄道が敷かれ、瓦斯灯がひかり、洋服や洋傘やトンビが流行しても、詮ずるにそれは形容ばかりの進化であって、その鉄道にのる人、瓦斯灯に照される人、洋服をきる人、トンビをきる人、その大多数はやはり江戸時代からはみ出して来た人たちである事を記憶しなければならない。わたしは明治になってから初めてこの世の風に吹かれた人間であるが、そういう人達にはぐくまれ、そういう人達に教えられて生長した。即ち旧東京の前期の人である。それだけに、遠い江戸歌舞伎の夢を追うには聊か便りのよい架け橋を渡って来たとも云い得られる。しかしその遠いむかしの夢の夢の世界は、単に自分のあこがれを満足させるにとどまって、他人にむかっては語るにも語られない夢幻の境地である。わたしはそれを語るべき詞をしらない。

しかし、その夢の夢をはなれて、自分がたしかに踏み渡って来た世界の姿であるならば、たといそれが矢はり一場の過去の夢にすぎないとしても、私はその夢の世界を明かに語ることが出来る。老いさらばえた母をみて、おれは曾てこの母の乳を飲んだのかと怪しく思うようなことがあっても、その昔の乳の味は矢はり忘れ得ないとおなじように、移り変った現在の歌舞伎の世界をみていながらも、わたしは矢はり昔の歌舞伎の夢から醒め得ないのである。母の乳のぬくみを忘れ得ないのである。

その夢はいろいろの姿でわたしの眼の前に展開される。

劇場は日本一の新富座、グラント将軍が見物したという新富座、はじめて瓦斯灯を用いたという新富座、はじめて夜芝居を興行したという新富座、桟敷五人詰一間の値四円五十銭で世間をおどろかした新富座――その劇場のまえに、十二、三歳の少年のすがたが見出される。少年は父と姉とに連れられている。かれらは紙捻りでこしらえた太い鼻緒の草履をはいている。

劇場の両側には六、七軒の芝居茶屋がならんでいる。そのあいだには芝居みやげの菓子や、辻占せんべいや、花かんざしなどを売る店もまじっている。向う側にも七、八軒の茶屋がならんでいる。どの茶屋も軒には新い花暖簾をかけて、さるやとか菊岡とか梅林とかいう家号を筆太に記るした提灯がかけつらねてある。劇場の木戸まえには座主や俳優に贈られた色々の幟が文字通りに林立している。その幟のあいだから幾枚の絵看板が見えがくれに仰がれて、木戸の前、茶屋のまえには、幟とおなじ種類の積物が往来へはみ出すように積み飾られている。

ここを新富町だの、新富座だのと云うものはない。一般に島原とか、島原の芝居とか呼んでいた。明治の初年、ここに新島原の遊廓が一時栄えた歴史をもっているので、東京の人はその後も島原の名を忘れなかったのである。

築地の川は今よりも青くながれている。高い建物のすくない町のうえに紺青の空が大きく澄んで、秋の雲がその白いかげをゆらゆらと浮べている。河岸の柳は秋風にかるくなびいて、そこには釣をしている人もある。その人は俳優の配りものらしい浴衣を着て、日よけの頬かむりをして粋な莨入れを腰にさげている。そこには笛をふいている飴屋もある。その飴屋の小さい屋台店の軒には、俳優の紋どころを墨や丹や藍で書いた庵看板がかけてある。居附きの店で、今川焼を売るものも、稲荷鮓を売るものも、そこの看板や障子や暖簾には、なにかの形式で歌舞伎の世界に縁のあるものをあらわしている。仔細に検査したら、そこらをあるいている女のかんざしも扇子も、男の手拭も団扇も、みな歌舞伎に縁の離れないものであるかも知れない。

こうして、築地橋から北の大通りに亘るこの一町内はすべて歌舞伎の夢の世界で、所謂芝居町の空気につつまれている。勿論電車や自動車や自転車や、そうした騒雑な音響をたてて、ここの町の空気をかき乱すものは一切通過しない。たまたまここを過ぎる人力車があっても、それは徐かに無言で走ってゆく。あるものは車をとどめて、乗客も車夫もしばらくその絵看板をながめている。その頃の車夫にはなかなか芝居の消息を諳んじている者もあって、今度の新富チョウは評判がいいとか、猿若マチは景気がよくないとか、車上の客に説明しながら挽いてゆくのを屢々きいた。

秋の真昼の日かげはまだ暑いが、少年もその父も帽子をかぶっていない。姉は小さい扇を額にかざしている。かれらは幕のあいだに木戸の外を散歩しているのである。劇場内に運動場を持たないその頃の観客は、窮屈な土間に行儀好くかしこまっているか、茶屋へ戻って休息するか、往来をあるいているかの外はないので、天気のいい日にはぞろぞろとつながって往来に出る。帽子をかぶらずに、紙捻りの太い鼻緒の草履をはいているのは、芝居見物の人であることが証明されて、それが彼等の誇りでもあるらしい。少年も芝居へくるたびに必ず買うことに決めているらしい辻占せんべいと八橋との籠をぶら下げて、きわめて愉快そうに徘徊している。かれらにかぎらず、すべて幕間の遊歩に出ている彼等の群は、東京の大通りであるべき京橋区新富町の一部を自分たちの領分と心得ているらしく、すれ合い摺れちがって往来のまん中を悠々と散歩しているが、角の交番所を守っている巡査もその交通妨害を咎めないらしい。土地の人たちも決して彼等を邪魔者とは認めていないらしい。

やがて舞台の奥で木の音(ね)がきこえる。それが木戸の外まで冴えてひびき渡ると、遊歩の人々は牧童の笛をきいた小羊の群のように、皆ぞろぞろと繋がって帰ってゆく。茶屋の若い者や出方(でかた)のうちでも、如才のないものは自分たちの客をさがしあるいて、もう幕があきますと触れてまわる。それに促されて、少年もその父もその姉もおなじく急いで帰ろうとする。少年はぶら下げていた煎餅の籠を投げ出すように姉に渡して、一番先に駈出してゆく。木の音はつづいてきこえるが、幕はなかなかあかない。最初からかしこまっていた観客は居ずまいを直し、外から戻って来た観客はようやく元の席に落ちついた頃になっても、舞台と客席とを遮る華やかな大きい幕は猶いつまでも閉じられて、舞台の秘密を容易に観客に示そうとはしない。しかも観客は一人も忍耐力を失わないらしい。幽霊の出るまえの鐘の音、幕のあく前の拍子木の音、いずれも観客の気分を緊張させるべく不可思議の魅力をたくわえているのである。少年もその木の音の一つ一つを聴くたびに、胸を跳らせて正面をみつめている。

幕があく。「妹背山婦女庭訓(いもせやまおんなていきん)」、吉野川の場である。岩にせかれて咽(むせ)び落ちる山川を境にして、上(かみ)の方(かた)の背山にも、下(しも)の方(かた)の妹山(いもやま)にも、武家の屋形がある。川の岸には桜が咲きみだれている。妹山の家には古風な大きい雛段が飾られて、若い美しい姫が腰元どもと一所にさびしくその雛にかしずいている。背山の家には簾がおろされてあったが、腰元のひとりが小石に封じ文をむすび付けて打ち込んだ水の音におどろかされて、簾がしずかに巻きあげられると、そこにはむらさきの小袖に茶宇の袴をつけた美少年が殊勝げに経巻を読誦している。高島屋とよぶ声がしきりに聞える。美少年は市川左団次の久我之助である。

姫は太宰の息女雛鳥で、中村福助である。雛鳥が恋人のすがたを見つけて庭に降り立つと、これには新駒屋とよぶ声がしきりに浴びせかけられたが、かれの姫はめずらしくない。左団次が前髪立の少年に扮して、しかも水の滴るように美しいというのが観客の眼を奪ったらしい。少年の父も唸るような吐息を洩しながら眺めていると、舞台の上の色や形はさまざまの美い錦絵をひろげてゆく。

背山の方は大判司清澄――チョボの太夫の力強い声によび出されて、仮花道にあらわれたのは織物の裃をきた立派な老人である。これこそほんとうに昔の錦絵からぬけ出して来たかと思われるような、いかにも役者らしい彼の顔、いかにも型に嵌ったような彼の姿、それは中村芝翫である。同時に、本花道からしずかにあゆみ出た切髪の女は太宰の後室定高で、眼の大きい、顔の輪廓のはっきりして、一種の気品を具えた男まさりの女、それは市川団十郎である。大判司に対して、成駒屋の声が盛んに湧くと、それを圧倒するように、定高に対して成田屋、親玉の声が三方からどっと起る。大判司と定高は花道で向い合った。ふたりは桜の枝を手に持っている。

「畢竟、親の子のと云うは人間の私、ひろき天地より観るときは、おなじ世界に湧いた虫。」と、大判司は相手に負けないような眼をみはって空嘯く。

「枝ぶり悪き桜木は、切って接ぎ木をいたさねば、太宰の家が立ちませぬ。」と、定高は凜とした声で云い放つ。

観客はみな酔ってしまったらしく、誰ももう声を出す者もない。少年も酔ってしまった。かれは二時間にあまる長い一幕の終るまで身動きもしなかった。

その島原の名はもう東京の人から忘れられてしまった。周囲の世界もまったく変化した。妹背山の舞台に立った彼の四人の歌舞伎俳優のうちで、三人はもう二十年も前に死んだ。わずかに生き残るものは福助の歌右衛門だけである。新富座も今度の震災で灰となってしまった。一切の過去は消滅した。

しかも、その当時の少年は依然として昔の夢をくり返して、ひとり楽み、ひとり悲んでいる。かれはおそらくその一生を終るまで、その夢から醒める時は無いのであろう。

白魚物語

一

白魚、その名を聞けば一種云われぬ詩的の連想を喚起して、霜を照す沖の篝火を思い、雪を掬う夜半の四手網を想い、更に爪紅さしたる美人の指の白きを忍ぶ。彼の蕉翁（松尾芭蕉）の「価あるこそ恨なれ。」の一句は云うに及ばず、江戸時代より現時に至る二、三百年の間、あらゆる詩客俳人の錦繡腸を絞り尽させたこの魚の価抑も幾許ぞ。仔細にこれを穿鑿すると、また自然なる趣味を覚えて、筆に上すべき幾多の材料が無いでもない。

日本では普通に「白魚」と書くが、これは別に仔細は無い、要するに白い魚であるから白魚と呼来ったものであろう。漢字では春魚、銀魚、膾残魚、謝豹魚などと書くそうだが、所謂る白魚と果して同種類の物であるや否や判然しない。漢詩では普通に膾残魚または謝豹魚と歌う。一説に膾残魚は鱚、謝豹魚は松魚だというもあるが、左の詩を読めば自から明瞭であろう。

浅　浦　詞　　　　　渓　琴

三郎祠畔釣人居。二月春江潮上初。生石東風猶送雪。家家争舀膾残魚。

夏　初　過　墨　水　　　雪　江

緑暗長堤午雨余。磯辺只認一簑漁。上罾白小猶多味。也是江東謝豹魚。

但しこれは何れも日本人の作であるから、この他にも正当の漢字、適当の漢名があるかも知れぬが、差当り取調べる便宜がないから姑くわが知れるだけを記して置く。

白魚の系図調べをするに当っては、先ずその名所たる佃島の由来を説かねばならぬ。佃島に就ては従来多少取調べた人もあるようだが、左に掲げたのは魚河岸某家の記録の書写で、いささか他と異なる節もあるから、原文に依てその一節を抜萃した。兎に角に好古者の参考まで。

天正年中（案ずるに十年か）恐れながら東照宮様御上洛遊ばされ候砌、多田の御廟並に住吉明神へ御参詣の節、同所神崎川渡場に船御座なく、安藤対馬守様御下知にて佃村孫右衛門へ仰付けられ、即ち同人支配の漁船を以て、神君を始め奉つり、御供の多勢御渡申候。その節庄屋見市孫右衛門方へ御立寄、暫く御休息遊され（中略）素湯召上られ候処、屋敷内に大木の松三本有之候を御覧遊ばされ、木を三つ合わすれば森と申す文字なり、向後森孫右衛門と名乗申すべき旨御懇の御上意を蒙り有難き仕合に存じ奉り候。云々。

右の文中に「多田の御廟に御参詣云々」とあるは徳川家を憚って斯く記したので、実は明智が謀叛の砌、家康主従夜に紛れて都を落ちた途中の事であろう。その縁に依って、家康が江戸開府の後、彼の森孫右衛門等もつづいて出府したものと見える。また、同記録に曰く。

天正十八年、大阪より関東へ森孫右衛門一族六人を召連れ罷下り候。江戸着、安藤対馬守様へ届出候処、御屋敷に休息仰せ付られ、対州様より申上候処、神君、森孫右衛門一族無事着の儀御満足に思召、即ち対馬守様を以て御本丸御菜御用相勤め申すべき旨仰付けられ候に付、孫右衛門頭取仰付けられ、又々支配の漁師三十余人罷り下し、暫く対州様御屋敷に罷在、専ら漁業に従事致し候事。その節、海浜の近き小島を借地し、漁業を開設候事。云々。

右に記せる「海浜の近き小島」というのが、即ち今日の佃島で、摂州佃村の漁師がここに移住したので、取あえずその島の名を佃と呼だものであろう。ここへ本国の住吉明神を勧請して、佃の一島を自分等の漁場と定め、一同漁業に従事している中に、ある年の冬、雪の如き小魚が図らず網に罹ったので、漁師共が打寄って色々評議を凝したが、摂州生れの漁師共は従来曾つ見ざるの魚で、何という魚か更に鑑定が付かぬ。その中に、漁師の一人がその魚の頭に葵の紋がありありと現われているのを発見して、葵は云うまでもなく徳川家の紋所、さあ大変だと俄かに騒ぎ出して、早速その魚を添えて安藤対州のもとへ届出た。対州から更にその趣を申上げると、豈測らんや、漁師よりは将軍様の方が先刻御承知で、ここに白魚という鑑定が付いた。

その節、家康曰く。予が生国三州にありつる頃、浜の漁夫共常にこの魚を網して、予の食膳に供えし事あり。然るに今またこの東武に於て測らずこの魚を見ること、誠に我家万代の吉兆なり。めでたしめでたしと、無闇に縁喜を祝って、殊の外御賞美あったので、佃の漁師共も大いに面目を施して引退ったと云う。白魚も誠に運の好い魚で、一別以来ここに家康公に邂逅って、俄にその名を世に知られる事になった。

その当座は御膳白魚と唱えて、将軍の御膳に供える他は妄に売買するを許されず、家康一代は御止魚という勿体が付いていたから、摑めば消えるような小魚も実に東海魚族中の最高位を占むる幸運を荷った。

御止魚の禁は家康一代に止って、その後は自由に網し、自由に売買するを許されたので、何でも珍しいもの喰おうが人情、その禁が解かれると同時に、網の目から手が出るとは誠にこの事、我も我もと白魚を註文するもの夥多しく、迚も一網や二網では限りなき要求に応ずることが出来ぬほどの勢いとなった。であるから、これまでは単に献上物として、冬季にわずか一度か二度網した魚を、その後は殆ど佃全島の本業として、惣懸りで網するという始末。勿論、最初は大漁というほどの獲物もなかったらしいが、この魚頗る江戸の水に適したと見えて、年一年に繁殖して、後には佃と云えばすぐに白魚を連想するほどの江戸名物と成済した。

一説に依ると、幕府でその繁殖を図る為めに、寛永の末年、彼の三州から白魚の胤を取寄せて、浅草川の上流に放したとも云い、或は尾州の浦から取寄せたとも云うが、その真偽は判然せぬ。兎にかくに白魚は江戸の水に生れた江戸前の魚として、江戸人士に賞翫されたこと云うまでもない。

江戸が繁昌に赴くに連れて、この白魚もいよいよ時を得て、浅草川の海苔と白魚、この二つが江戸名物の両関と讃えられて、鍋は白魚に生海苔、貝の柱に萌し三葉、これが初春の紋切形で、彼の卯月の鰹魚と一般、これを喰わぬ者は殆んど江戸っ児の恥のようになってしまった。むかしの川柳にも「一別以来白魚は海苔に逢ひ」などという秀逸がある。しかし白魚は上下一般の膳に上るだけに、その価も廉くない。兎にかく鰹魚、鰻、白魚を喰うなどと云う事は、いずれも喰好みの贅沢の中に数えられていた。彼の三馬の四十八癖の一節に「その癖に旨へ物喰で、白魚を十ちょぼばかり玉子いりにからりと煮付けて、喜撰の煮花の苦いやつでお茶漬を喫べやうの、云々。」

二

今も昔も白魚は寒の入から立春の頃を盛とする。春三月、梢の桜が漸く紅らんで来ると、白魚は次第に生長して腹に卵を持つようになる。随ってその相場も下落する。要するに寒い間がこの魚の生命である。また不思議に昼は決して姿を見せぬから、これを網するには、何うしても昔の四つ、今日の午後十時頃から後でなければ思わしい漁がない。

季節は寒中、時刻は夜半、漁師に取っては随分の難儀お察し申すが、これがこの島の本業同様であるから、一島挙って白魚船に乗出すので、沖には無数の船を見る。白魚網は所謂る四手網の類で、幅は畳半畳ぐらい、これを以て火かげに寄る魚を掬うので、船毎に波を照す篝火を焚く。むかしは佃島附近から永代沖、遡っては隅田の川筋まで、夜毎にこの白魚船を見たと云えば、霜夜漸く更けて、川風さむく千鳥啼く波間隠れに、無数の篝火遠く近く乱るる図、確江戸名物と誇るべき好詩景であったに相違ない。「いさり消えて不知　の佃魚白し」その頃の光景が実に思い遣られるではないか。

白魚の網に入るは最も引汐の頃を可とするそうで、漁船は夜もすがら篝火を焚く。成るべく闇を便宜とすること勿論であるけれども、月夜、雨の夜、風の夜、一切頓着なく、その季節中は大抵夜毎に舟を出すので、余寒冴返る初春の夜に残んの雪かと紛う白い魚を網するなど、風流と云えば頗る風流だが、実に寒い事この上無しであろう。

御止魚の禁は家康一代であったけれども、その後も代々将軍の御膳魚となって、それが為に白魚の御納屋が設けられてあった。即ち今日の白魚河岸と唱えるのがその御納屋の旧跡で、佃で網に入った白魚の走りは、先ずこの御納屋に献納し、しかして後に魚河岸の市へ持出すのが、旧幕時代の恒例であったと云う。

浅草川の流れは絶えずして、しかも旧の水にあらず。その流れに浮ぶ白魚も世の変遷に連れると見えて、さしも江戸時代に全盛を極めた白魚も、維新以後に大いに衰えた。と云って、白魚其物が都人に飽れたでもなく、捨られたでもなく、魚は依然として世に賞美されているが、如何にせん、維新以来、魚は年々に減少して殆ど昔の十分の一というべき有様。これは徳川様の代が変ったので、葵の御紋を頂く白魚も自然と消えてしまうのであろうとは、佃さては魚河岸連の呟く所。果してそんな理窟があるか知らぬが、兎に角この白魚に限らず、東京湾近海の魚類が近来一年々に減少するのは疑いもない事実で、白魚も憂には洩れぬ同じ運命を荷っているのであろう。

佃島の漁業は、むかしより鰯と白魚とを専一とし、維新前は六人と称する鰯舟の船主三十軒余もあったと云うが、当時は六人船の持主僅に二人に減じた。他の小職漁師は白魚網のほかに、張網、夏網、打せ網等を用いて、蝦、竹魚、沙魚、雑魚等を漁り、島は昔ながらに繁昌しているが、名物の白魚は何分にも思わしい漁がない。勿論、皆無という訳ではなく、今も冬から春へかけて幾分の漁はあるが、年一年に白魚船の数を減じて、佃の不知火という篝火も暁の星かとばかりに、次第に薄く、次第に疎らになったも是非がない。

佃島附近のみでなく、永代から遡って隅田の川筋にも今猶多少の白魚を見る。けれども、近来彼の川筋も巡航船または川蒸汽の為に暴されて、百本杭に鯉寄らず、隅田川に白魚稀なりという始末。二月三月の交となれば、橋場最寄で折々に網に上ることもあるが、近来はその上流に諸会社の工場が建築されて、種々の瓦斯を含んだ水が流れ落ちる為に、可惜ら白魚も一種の臭気を帯びて、これを嚙めば歯牙三日香しという昔の風味を減じたように思われる。

但し佃附近で網する魚は、今でも「江戸児」と唱えられて、河岸では幅を利しているから、江戸名物を全く失ったと云う程でもない。

三

斯くの如く、佃の白魚が年々減じて行くにも拘わらず、東京府下の料理店その他では相変らず白魚を膳に上せているも不思議であるが、その仔細を探って見ると、別に不思議でも何でもない。交通便利の世に連れて、各地方から続々輸送されるので、河岸へあつまる白魚の六、七分は三州の前芝村から産出するのだ。白魚と云えば、昔から江戸の水に湧くもの、即ち正銘擬無の江戸児とのみ信じているのは大きな間違で、鰻にも江戸前と旅鰻あるが如く、白魚にも「江戸児」と「旅」との区別あることを知らねばならない。

白魚は江戸の海にのみ産する魚でなく、彼の家康の本国三州は云うに及ばず、伊勢の海にも尾張の浦にも産するので、維新前にも伊勢の桑名辺から折々に白魚の乾干を輸送して来た事もあるが、維新以後、彼の三菱の郵船が航海を始めると同時に、彼の桑名から盛に白魚の輸送を試みたが、まだその頃は東京産の白魚が著しく減少せぬ時代であったから、何分思わしい結果がなかった。然るにその後十四、五年を経て、東海道列車の開通と同時に、彼の三州前芝産の白魚が、初めて東京の魚河岸市場に現われて、竟に今日の優勢を占める事になったので、当時の東京人士が賞翫する白魚の六、七分は前芝産、残りの三、四分が佃の本場所及び伊勢尾張の産という有様で、魚河岸に現われる白魚の大半は都て前芝産、即ち所謂「旅」である。

その前芝村というのは、愛知県三河国宝飯郡にあって、三州三大河の一という豊川筋の下流に突出している船着の小都会で、その海面に産する白魚は実に夥多しいものだと云う。この村民が白魚を網するのは江戸の佃よりも遥かに昔の事で、已に永禄年中、時の領主（即ち徳川家）より同村の漁師十四人を限って白魚漁の特許権を与えられ、その者共より網年貢として年々若干の米と金を上納し来ったが、交通不便の維新前には江戸へ輸送する事などは思いも寄らず、僅に岡崎若くは名古屋へ積出す位の事で、前芝の白魚も更に世に聞えなかったが、世も明治となって東海道列車開通の暁、初めて汽車便を借りてこれを東京へ輸送することとなった。

前芝の白魚網は佃の四手網と違って、頗る大きく長いもので、水陸相応じて一度に数百尾を網するのであるから、真の大漁という場合には、殆ど其の始末に困る位だという。随って、運賃その他を合算しても、東京産の白魚よりも甚だ廉価で、殆ど半額ぐらいの相場も無理はない。

斯る次第で、佃その他の「江戸児」は前芝その他の「旅」に圧倒されてしまったが、仔細に取調べると、江戸児は又自から江戸児の特色がある。先ず第一にはその魚の色沢が違う、東京産の白魚はその名の如く純白、寧ろ稍や蒼味を帯びて、さながら磨ける玉のように透明で清浄で、試みにこれを把って透して見ると、X光線の作用を借りるまでもなく、その背髄骨が一貫して歴然と窺われる。しかし前芝その他の旅となると、その魚が決して純白でない、一種の黄い土色の暈を帯びて、その肉が東京産のように透明でない。これは強ちに商売人の鑑定を要するまでもなく、如何なる素人でも試みにこれを比較して見れば、一目瞭然、すぐに「江戸児」と「旅」とを区別することが出来る。

第二に江戸児は決して煮崩れがしない。例えばこれを椀に盛ろうが、鍋に沸そうが、旨煮に煮付けようが、首尾依然として更にその形を崩さないのが特色である。しかし旅の魚は兎かくに煮崩れがして、これを盛出した時に甚だ体裁を損ずる嫌がある。旅の魚を用いる場合には、先ずこれに少量の塩を振かけ、皮肉を固めて後に煮るという。

これ等の点から考えると、江戸名物と誇るだけに、佃その他の白魚は確かに彼の「旅」に勝っているに相違ない。しかし肝腎の味いに至ると、未だ何方にも団扇が揚げられぬ。前芝その他は魚も多く、随って価も廉く、東京産は魚も少く、随って価もこれに倍するという始末であるから、品質の高下如何は姑く措いて、兎にかく「旅」に圧倒されるのも誠に余儀ない事であろうか。

「価あるこそ恨なれ」と云った時代は何の位の価であったか知らぬが、維新前後は佃の白魚一チョボ三十六文内外であったという。今更あらためて註するまでもないが、白魚はその数二十一を一チョボと唱え、二チョボ又は三チョボと計算するのが古来の習慣で、これに就ては種々の説を伝える者があって、右はチョボ一という意味で、賽の目を一から六まで数えるとその数恰も二十一となるから、チョボは樗蒲なり、即ち賽一個という意味だと解釈するのが先ず普通らしい。けれども、佃その他の人々は、決してそんな野卑な意味から来った名ではないと、極力その弁解に努めていると云うから、チョボの字義（じぎ）判然せずと逃げて置くのが、このところ先ず無事穏当であろう。

白魚は前にもいう如く、専ら（もっぱら）引汐時（ひきしお）に網に入る魚であるから、網から出た当時は種々の海藻又は芥屑（ごみくず）に包まれて、随分汚いものであるのを、幾たびか真水で洗い浄（きよ）めて、さながら盛（もり）蕎麦を列（なら）べたように、一チョボずつ一山に盛り分けて、一個（ひとつ）の杉の箱の中に幾チョボも列べて盛る。但しこれは江戸児流で、前芝その他では一個（ひとつ）の箱に一合又は二合ずつ平詰（ひらづめ）に詰めて来る。当時は、佃の白魚一チョボ十五、六銭、前芝の白魚一チョボ七、八銭位の相場だが、その年の漁不漁に依て相違あるは勿論の事、同じ年の中でも歳末春初の走りと花見頃の卵持（こもち）とは大いに価を異にすること恰（か）も彼の若鮎と落鮎（おちあゆ）と同様である。花見頃になれば、一チョボ三、四銭ぐらいに下落すること珍らしくない。

何物も走りを賞翫するのが世の人情であるから、上等の料理店その他では白魚季節となれば価を問わず注文する。白魚の走りが初めて河岸へ顔を出すと、各問屋では多少を論ぜず、わが馴染（なじみ）の各料理店へ分配するから、容易に棒手振（ぼてえふり）の眼などへは入らぬ。

若夫れ長さ三寸に余る白魚が棒手振の籠に現われ、或は蛤鍋屋の寄鍋に上るようになっては、白魚も早や末路で、江戸名物も何もあったものではない。

思い出草

赤蜻蛉

私は麹町元園町(こうじまちもとぞのちょう)一丁目に約三十年も住んでいる。その間に二、三度転宅したが、それは単に番地の変更に止(とど)まって、兎(と)にかくに元園町という土地を離れたことはない。このごろ秋晴(しゅうせい)の朝(あした)、巷(ちまた)に立って見渡すと、この町も昔とは随分(ずいぶん)変ったものである。懐旧の感がむらむらと湧(わ)く。

江戸時代に元園町という町は無かった。このあたりは徳川幕府の調練場となり、維新後は桑茶栽付所(くわちゃうえつけじょ)となり、更(さら)に拓(ひら)かれて町となった。昔は薬園であったので、町名を元園町という。明治八年、父が始めてここに家を建てた時には、百坪の借地料が一円であったそうだが、今では一坪二十銭以上、場所に依ては一坪四十銭と称している。

私が幼い頃の元園町は家並(やなみ)がまだ整わず、到る処に草原(くさはら)があって、蛇が出る、狐が出る、兎が出る。私の家の周囲にも秋の草花が一面に咲き乱れていて、姉と一所に笊を持って花を摘みに行ったことを微かに記憶している。その草叢の中には、所々に小さな池や溝川のようなものもあって、釣などをしている人も見えた。今日では郡部へ行っても、こんな風情は容易に見られまい。

蟬や蜻蛉も沢山にいた。蝙蝠の飛ぶのも屢々見た。夏の夕暮には、子供が草鞋を提げて、「蝙蝠来い」と呼びながら、蝙蝠を追い廻していたものだが、今は蝙蝠の影など絶えて見ない。秋の赤蜻蛉、これが又実におびただしいもので、秋晴の日には小さい竹竿を持って往来に出ると、北の方から無数の赤蜻蛉が所謂雲霞の如くに飛んで来る。これを手当り次第に叩き落すと、五分か十分の間に忽ち数十疋の獲物があった。今日の子供は多寡が二疋三疋の赤蜻蛉を見付けて、珍らしそうに五人も六人もで追い廻している。

きょうは例の赤とんぼう日和であるが、殆ど一疋も見えない。わたしは昔の元園町がありありと眼前に泛んで、年毎に栄えてゆくこの町がだんだんに詰らなくなって行くようにも感じた。

有名なお鉄牡丹餅の店は、わたしの町内の角に存していたが、今は万屋という酒舗になっている。

その頃の元園町には料理屋も待合も貸席もあった。元園町と接近した麴町四丁目の裏町には芸妓屋もあった。わたしが名を覚えているのは、玉吉、小浪などと云う芸妓で、小浪は死んだ。玉吉は吉原に巣を替えたとか聞いた。むかしの元園町は、今のような野暮な町では無かったらしい。

又、その頃のことで私が能く記憶しているのは、道路のおびただしく悪いことで、これは確に今の方が可い。下町は知らず、我々の住む山の手では、商家でも店でこそランプを用いたれ、奥の住居では大抵行灯を点していた。家に依ては、店頭にも旧式のカンテラを用いていたのもある。往来に瓦斯灯もない、電灯もない、軒ランプなども無論無かった。随って夜の暗いことは殆ど今の人の想像の及ばない位で、湯に行くにも提灯を持ってゆく。寄席に行くにも提灯を持ってゆく。加之に路が悪い。雪融けの時などには、夜は迂闊歩けない位であった。しかし今日のように追剝や出歯亀の噂などは甚だ稀であった。

遊芸の稽古所と云うものも著るしく減じた。私の子供の頃には、元園町一丁目だけでも長唄の師匠が二、三軒、常磐津の師匠が三、四軒もあったように記憶しているが、今では殆ど一軒も無い。湯帰りに師匠のところへ行って、一番唸ろうと云う若い衆も、今では五十銭均一か何かで新宿へ繰込む。斯の如くにして、江戸子は次第に亡びてゆく。浪花節の寄席が繁昌する。

半鐘の火の見梯子と云うものは、今は市中に跡を絶ったが、私の町内——二十二番地の角——にも高い梯子があった。或年の秋、大風雨のために折れて倒れて、凄まじい響きに近所を驚かした。翌る朝、私が行って見ると、梯子は根下から見事に折れて、その隣の垣を倒していた。その垣には烏瓜が真赤に熟して、蔓や葉が搦み合ったままで、長い梯子と共に横わっていた。その以来、わたしの町内に火の見梯子は廃せられ、そのあとに、関運漕店の旗竿が高く樹っていたが、それも他に移って、今では立派な紳士の邸宅になっている。

西郷星

彼の西南戦役は、私の幼い頃のことで何にも知らないが、絵双紙屋の店に色々の戦争絵のあったのを記憶している。いずれも三枚続きで五銭位。又、その頃に流行った唄は、

「紅い帽子は兵隊さん、西郷に追われて、トッピキピーノピー。」

今思えば（明治）十一年八月二十三日の夜であった。夜半に近所の人が皆起きた。私の家でも起きて戸を明けると、何か知らないがポンポンパチパチ云う音が聞える。父は鉄砲の音だと云う。母は心配する、姉は泣き出す。父は表へ見に出たが、やがて帰って来て「何でも竹橋内で騒動が起ったらしい。時々に流丸が飛んで来るから戸を閉めて置け。」と云う。私は衾を被って蚊帳の中に小さくなっていると、暫らくしてパチパチの音も止んだ。これは近衛兵の一部が西南役の論功行賞に不平を懐いて、突然暴挙を企てたものと後に判った。

矢はりその年の秋と記憶している。毎夜東の空に当って箒星が見えた。誰が云い出したか知らないが、これを西郷星と呼んで、先頃のハレー彗星のような騒ぎであった。

終局には錦絵まで出来て、西郷桐野篠原等が雲の中に現れている図などが多かった。

又、その頃に西郷鍋というものを売る商人が来た。怪しげな洋服に金紙を着けて金モールと見せ、附髭をして西郷の如く拵らえ、竹の皮で作った船のような形の鍋を売る、一個一銭。勿論、一種の玩具に過ぎないのであるが、何しろ西郷というのが呼物で、大繁昌であった。私なども母に強請んで幾度も買った。

その他にも西郷糖という菓子を売りに来たが、「あんな物を食っては毒だ。」と叱られたので、買わずにしまった。

湯屋

湯屋の二階というものは、明治十八、九年の頃まで残っていたと思う。わたしが毎日入浴する麴町四丁目の湯屋にも二階があって、若い小綺麗な姐さんが二、三人居た。私が七歳か八歳の頃、叔父に連れられて一度その二階に上ったことがある。火鉢に大きな薬罐が掛けてあって、その傍には菓子の箱が列べてある。後に思えば例の（式亭）三馬の「浮世風呂」をその儘で、茶を飲みながら将棋をさしている人もあった。

時は丁度五月の始めで、おきよさんと云う十五、六の娘が、菖蒲を花瓶に挿していたのを記憶している。松平紀義のお茶の水事件で有名な御世梅お此という女も、曾てこの二階にいたと云うことを、十幾年の後に知った。

その頃の湯風呂には、旧式の石榴口と云うものがあって、夜などは湯烟が濛々として内は真暗。加之その風呂が高く出来ているので、男女ともに中途の踏段を登って這入る。石榴口には花鳥風月若くは武者絵などが画いてあって、私のゆく四丁目の湯では、男湯の石榴口に水滸伝の花和尚と九紋龍、女湯の石榴口には例の西郷桐野篠原の画像が掲げられてあった。

男湯と女湯との間は硝子戸で見透すことが能た。これを禁止されたのは矢はり十八、九年の頃であろう。今も昔も変らないのは番台の拍子木の音。

紙鳶

春風が吹くと、紙鳶を思い出す。暮の二十四、五日頃から春の七草、即ち小学校の冬季休業の間は、元園町十九と二十の両番地に面する大通り（麹町三丁目から靖国神社に至る通路）は、紙鳶を飛ばす我々少年軍に依て殆ど占領せられ、年賀の人などは紙鳶の下をくぐって往来した位であった。暮の二十日頃になると、玩具屋駄菓子店等までが殆ど臨時の紙鳶屋に化けるのみか、元園町の角には市商人のような小屋掛(がけ)の紙鳶屋が出来た。印半纏(しるしばんてん)を着た威勢の好(い)い若衆(わかしゅ)の二、三人が詰めていて、糸目を付けるやら、鳴弓(うなり)を張るやら、朝から晩まで休み無しに忙しい。その店には少年軍が隊をなして詰め掛けていた。

紙鳶の種類も色々あったが、普通は字紙鳶、絵紙鳶、奴(やっこ)紙鳶で、一枚、二枚、二枚半、最も多いのは二枚半で、四枚六枚となっては小児(こども)には手が付けられなかった。二枚半以上の大紙鳶は、職人か若(もし)くは大家(たいけ)の書生などが揚げることになっていた。松の内は大供(おおども)小供入り乱れて、到るところに糸を手繰(たぐ)る。又その間に、娘子供は羽根を突く。ぶんぶんと云う鳴弓の声、戞々(かっかつ)という羽子(はご)の音。これが所謂(いわゆる)「春の声」であったが、十年以来の春の巷は寂々寥々(せきせきりょうりょう)。往来で迂闊に紙鳶などを揚げていると、巡査が来てすぐに叱られる。

寒風に吹き晒(さら)されて、両手に胼(ひび)を切らせて、紙鳶に日を暮した二十年前の小児は、随分乱暴であったかも知れないが、襟巻(えりまき)をして、帽子を被(かぶ)って、マントに包(くる)まって懐手(ふところで)をして、無意味にうろうろしている今の小児は、春が来ても何だか寂しそうに見えてならない。

獅子舞

獅子というものも甚だ衰えた。今日でも来るには来るが、所謂一文獅子というものばかりで、本当の獅子舞は殆ど跡を断った。明治二十年頃までは随分立派な獅子舞が来た。先ず一行数人、笛を吹く者、太鼓を打つ者、鉦を叩く者、これに獅子舞が二人若くは三人附添っている。獅子を舞わすばかりでなく、必ず仮面を被って踊ったもので、中には頗る巧みに踊るのがあった。彼等は門口で踊るのみか、屋敷内へも呼び入れられて、色々の芸を演じた。球を投げて獅子の玉取などを演ずるのは、余ほど至難い芸だとか聞いていた。

元園町には竹内さんという宮内省の侍医が住んでいて、新年には必ずこの獅子舞を呼び入れて色々の芸を演じさせ、この日に限って近所の小児を邸へ入れて見物させる。竹内さんに獅子が来たと云うと、小児は雑煮の箸を投り出して皆な駈け出したものであった。その邸は二十七、八年頃に取毀されて、その跡に数軒の家が建てられた。私が現在住んでいるのはその一部である。元園町は年毎に栄えてゆくと同時に、獅子を呼んで小児に見せて与ろうなどと云う悠暢した人はだんだんに亡びてしまった。口を明いて獅子を見ているような奴は、一概に馬鹿だと罵られる世の中となった。眉が険しく、眼が鋭い今の元園町人は、獅子舞を観るべく余りに怜悧になった。

万歳(まんざい)は維新以後全く衰えたものと見えて、私の幼い頃にも已(すで)に昔の俤(おもかげ)はなかった。

江戸の残党

明治十五、六年の頃と思う。毎日午後三時頃になると、一人のおでん屋が売りに来た。年は四十五、六でもあろう、頭には昔ながらの小さい髷(まげ)を乗せて、小柄ではあるが、色白の小粋(こいき)な男で、手甲脚袢(てつこうきやはん)の甲斐甲斐(かいがい)しい扮装(いでたち)をして、肩にはおでんの荷を担(かつ)ぎ、手には渋団扇(しぶうちわ)を持って、おでんやおでんやと呼んで来る。実に佳(い)い声であった。元園町でも相当の商売があって、わたしも度々(たびたび)買ったことがある。ところが、このおでん屋は私の父に逢うと相互(たがい)に挨拶する。子供心にも不思議に思って、だんだん聞いて見ると、これは市ケ谷辺に屋敷を構えていた旗下(はたもと)八万騎の一人(いちにん)で、維新後思い切って身を落し、こういう稼業を始めたのだと云う。あの男も若い時には中々道楽者であったと、父が話した。成(なる)ほど何処(どこ)かきりりとして小粋なところが、普通の商人とは様子が違うと思った。その頃にはこんな風の商人が沢山あった。これもそれと似寄(によ)りの話で、矢はり十七年の秋と思う。わたしが父と一所に四谷へ納涼ながら散歩にゆくと、秋の初めの涼しい夜で、四谷伝馬町の通りには幾軒の露店が出ていた。その間に筵を敷いて大道に坐っている一人の男が、半紙を前に置いて頻に字を書いていた。今日では大道で字を書いていても、銭を呉れる人は多くあるまいと思うが、その頃には通りがかりの人がその字を眺めて幾許かの銭を置いて行ったものである。

私等もその前に差懸ると、うす暗いカンテラの灯影にその男の顔を透して視た父は、一間ばかり行き過ぎてから私に二十銭紙幣を渡して、これを彼の人に与って来いと命じ、且つ与ったらば直に駈けて来いと注意された。乞食同様の男に二十銭札は些と多過ぎると思ったが、云わるるままに札を摑んでその店先へ駈けて行き、男の前に置くや否や一散に駈出して来た。これに就ては、父は何にも語らなかったが、おそらく前のおでん屋と同じ運命の人であったろう。

この男を見た時に、「霜夜鐘」の芝居に出る六浦正三郎というのはこんな人だろうと思った。その時に彼は半紙に対って「…………茶立虫」と書いていた。上の文字は記憶していないが、おそらく俳句を書いて居たのであろう。今日でも俳句その他で、茶立虫という文字を見ると、夜露の多い大道に坐って、茶立虫を書いていた浪人者のような男の姿を思い出す。江戸の残党はこんな姿で次第に亡びてしまったものと察せられる。

長唄の師匠

元園町に接近した麴町三丁目に、杵屋お路久という長唄の師匠が住んでいた。その娘のお花さんと云うのが評判の美人であった。この界隈の長唄の師匠では、これが一番繁昌して、私の姉も稽古に通った。三宅花圃女史もここの門弟であった。お花さんは十九年頃の虎列刺で死でしまって、お路久さんもつづいて死んだ。一家悉く離散して、その跡は今や坂川牛乳店の荷車置場になっている。長唄の師匠と牛乳商、自然なる世の変化を示しているのも不思議である。

時雨ふる頃

時雨のふる頃となった。

この頃の空を見ると、団栗の実を思い出さずにはいられない。麹町二丁目と三丁目との町境から靖国神社の方へ向う南北の大通りを、一町ほど北へ行って東へおれると、丁度英国大使館の横手へ出る。この横町が元園町と五番町との境で、大通の角から横町へ折廻して、長い黒塀がある。江戸の絵図に拠ると、昔は藤村何某という旗本の屋敷であったらしい。私の幼い頃には麹町区役所になっていた。その後に幾たびか住む人が代って、石本陸軍大臣が住んでいたこともあった。板塀は無論幾たびか作り替えられたが、今も昔も同じく黒い。その黒塀の内には眼隠しとして幾株の古い樫の木が一列をなして栽えられている。おそらく江戸時代からの遺物であろう。繁った枝や葉は塀を越えて往来の上に青く食み出している。

この横町は比較的に往来が少いので、いつも子供の遊び場所になっていた。わたしも幼い頃には毎日ここで遊んだ。ここで紙鳶をあげた、独楽を廻わした、戦争ごっこをした、縄飛びをした。我々の跳ね廻る舞台には、いつも彼の黒塀と樫の木とが背景になっていた。

時雨のふる頃になると、樫の実が熟して来る。それも青い中は誰も眼をつけないが、熟して段々に栗のような色になって来ると、俗にいう団栗なるものが私達の注意を惹くようになる。初めは自然に落ちて来るのをおとなしく拾うのであるが、終にはだんだんに大胆になって、竹竿を持ち出して叩き落す、或は小石に糸を結んで投げ付ける。椎の実よりも稍大きい褐色の木の実が霰のようにはらはらと降って来るのを、我先にと駈集って拾う。懐へ押込む者もある、紙袋へ詰め込む者もある。たがいにその分量の多いのを誇って、少年の欲を満足させていた。

しかし白樫は格別、普通のどんぐりを食うと唖になるとか云い伝えられているので、誰も口へ入れる者はなかった。多くは戦争ごっこの弾薬に用いるのであった。時には細い短い竹を団栗の頭へ挿して小さい独楽を作った。それから弥次郎兵衛というものを作った。弥次郎兵衛という玩具はもう廃ったらしいが、その頃には子供達の間に中々流行ったもので、どんぐりで作る場合には先ず比較的に粒の大きいのを選んで、その横腹に穴をあけて左右に長い細い竹を斜めに挿込み、その竹の端には左右ともに同じく大きい団栗の実を付ける。で、その中心になった団栗を鼻の上に乗せると、左右の団栗の重量が平均して些とも動かずに立っている。無論、頭をうっかり動かしてはいけない、まるで作り付けの人形のように首を据えている。そうして、多くの場合には二、三人で歩きくらべをする。急げば首が動く。動けば弥次郎兵衛が落ちる。落ちれば負になるのである。随分首の痛くなる遊びであった。

どんぐりはそんな風に色々の遊び道具をわれわれに与えて呉れた。横町の黒塀の外は、秋から冬にかけて殊に賑わった。人家の多い町中に住んでいる私達に取っては、このどんぐりの木が最も懐かしい友であった。

「早くどんぐりが生れば可いなあ。」

私達は夏の頃から青い梢を瞰上げていた。この横町には赤とんぼうも多く来た。秋風が吹いて来ると、私達は先ず赤とんぼうを追う。とんぼうの影が段々に薄くなると、今度は例のどんぐりに取りかかる。どんぐりの実が漸く肥えて、褐色の光沢が磨いたように濃くなって来ると、兎角に陰った日が続く。薄い日が洩れて来たかと思うと、又すぐに陰って来る。そうして、雨が時々にはらはらと通ってゆく。その時には私達はあわてて黒塀の傍に隠れる。樫の枝や葉は青い傘を拡げて私達の小さい頭の上を掩って呉れる。雨が止むと、私達はすぐにその恩人にむかって礫を投げる。どんぐりは笑い声を出してからからと落ちて来る。湿れた泥と一所に攫んで懐に入れる。やがて又雨が降って来る。私達は木の蔭へ又逃げ込む。

そんなことを繰返している中に、着物は湿れる、手足は泥だらけになる。家へ帰って叱られる。それでもその面白さは忘れられなかった。その樫の木は今でもある。その頃の友達は何処へ行ってしまったか、近所には殆ど一人も残っていない。

時雨のふる頃には、もう一つの思い出がある。沼波瓊音氏の「乳のぬくみ」を読むと、その中にオボーと云う虫に就いて、作者が幼い頃の思出が書いてあった。蓮の実を売る地蔵盆の頃になると、白い綿のような物の着いている小さい羽虫が町を飛ぶのが怖ろしく淋しいものであった。これを捕える子供等が「オボー三尺下ッがれよ」と云う、極めて幽暗な唄を歌ったと記してあった。

作者もこのオボーの本名を知らないと云っている。私も無論知っていない。しかしこの記事を読んでいる中に、私も何だか悲しくなった。私もこれに能く似た思い出がある。それが測らずもこの記事に誘い出されて、幼い昔がそぞろに懐かしくなった。

名古屋の秋風に飛んだ小さい羽虫と殆ど同じような白い虫が東京にもある。瓊音氏も東京で見たと書いてあった。それと同じものであるか何うかは知らないが、私の知っている小さい虫は俗に「大綿」と呼んでいる。その羽虫は裳に白い綿のようなものを着けているので、綿と云う名を冠せられたものであろう。江戸時代から然う呼ばれているらしい。秋も老いて、寧ろ冬に近い頃から飛んで来る虫で、十一月から十二月頃に最も多い。赤とんぼうの影が全く尽きると、入れ替って大綿が飛ぶ。子供らは男も女も声を張りあげて「大綿来い来い、飯食わしょ」と唄った。

オボーと同じように、これも夕方に多く飛んで来た。殊に陰った日に多かった。時雨を催した冬の日の夕暮に、白い裳を重そうに垂れた小さい虫は、細かい雪のようにふわふわと迷って来る。飛ぶと云うよりも浮かんでいると云う方が適当かも知れない。彼は何処から何処へ行くとも無しに空中に浮かんでいる。子供等がこれを追い捕えるのに、男も女も長い袂をあげて打つのが習であった。

その頃は男の児も筒袖は極めて少なかった。筒袖を着る者は裏店の子だと卑まれたので、大抵の男の児は八つ口の明いた長い袂をもっていた。私も長い袂をあげて白い虫を追った。私の八つ口には赤い切が付いていた。

それでも男の袂は女より短かった。大綿を追う場合にはいつも女の児に勝利を占められた。さりとて棒や箒を持ち出す者もなかった。棒や箒を揮うには、相手が余りに小さく、余りに弱々しい為であったろう。

横町で鮒売の声が聞える。大通りでは大綿来い来いの唄が聞える。冬の日は暗く寂しく暮れてゆく。自分が一所に追っている時は然のみにも思わないが、遠く離れて聞いていると、寒い寂しいような感じが幼い心にも沁み渡った。日が暮れかかって大抵の子供はもう皆んな家へ帰ってしまったのに、子守をしている女の子一人はまだ往来にさまよって「大綿来い来い」と寒そうに唄っているなどは、いかにも心細いような悲しいような気分を誘い出すものであった。

その大綿も次第に絶えた。赤とんぼうも昔に比べると非常に減ったが、大綿は殆ど見えなくなったと云っても可い。二、三年前に靖国神社の裏通りで一度見たことがあったが、そこらにいる子供達は別に追おうともしていなかった。外套の袖で軽く払うと、白い虫は消えるように地に落ちた。私は子供の時の癖が失せなかったのである。

昔の小学生より

(昭和二年) 十月二十三日、きょうは麹(こうじ)町尋常小学校同窓会の日である。どこの小学校にも同窓会はある。ここにも勿論同窓会を有していたのであるが、何かの事情でしばらく中絶していたのを、震災以後、復興の再築が竣工して、いよいよこの九月から新校舎で授業をはじめることになったので、それを機会に同窓会もまた復興されて、きょうは新しい校内でその第一回を開くことになった。その発起人のうちに私の名も列なっている。巖谷(いわや)小波(さざなみ)氏兄弟の名もみえる。そのほかにも軍人、法律家、医師、実業家、種々の階級の人々の名が見出された。なにしろ五十年以上の歴史を有している小学校であるから、それらの発起人以外、更に種々の方面から老年、中年、青年、少年の人々が参加することであろうと察せられる。

それにつけて、わたしの小学校時代のむかしが思い出される。わたしは明治五年十月の生まれで、明治十七年の四月に小学を去って、中学に転じたのであるから、わたしの小学校時代は今から四十幾年のむかしである。地方は知らず、東京の小学校が今日のような形を具えるようになったのは、先ず日清戦争以後のことで、その以前、即ち明治初年の小学校なるものは、建物といい、設備といい、殆ど今日の少年又は青年諸君の想像し得られないような不体裁のものであった。

一と口に麴町小学校出身者と云いながら、巖谷小波氏やわたしの如きは実は麴町小学校という学校で教育を受けたのではない。その当時、いわゆる公立の小学校は麴町の元園町に女学校というのがあり、平河町に平河小学校というのがあって、その附近に住んでいる我々はどちらかの学校へ通学しなければならないのであった。女学校と云っても女の子ばかりではなく、男の生徒をも収容するのであったが、女学校という名が面白くないので、距離はすこしく遠かったが私は平河小学校に通っていた。その二校が後に併合されて、今日の麴町尋常小学校となったのであるから、校舎も又その位置もわたし等の通学当時とはまったく変ってしまった。したがって、母校とはいいながら、わたし達に取っては縁の薄い方である。

そのほかに元園町に堀江小学、山元町に中村小学というのがあって、いわゆる代用小学校であるが、その当時は私立小学校と呼ばれていた。この私立の二校は江戸時代の手習指南所から明治時代の小学校に変ったものであるから、在来の関係上、商人や職人の子弟はここに通うものが多かった。公立の学校よりも、私立の学校の方が、先生が物柔かに親切に教えてくれるとかいう噂もあったが、わたしは私立へ行かないで公立へ通わせられた。

その頃の小学校は尋常と高等とを兼ねたもので、初等科、中等科、高等科の三種にわかれていた。初等科は六級、中等科は六級、高等科は四級で、学年制度でないから、初学の生徒は先ず初等科の第六級に編入され、それから第五級に進み、第四級にすすむという順序で、初等科第一級を終ると中等科第六級に編入される。但し高等科は今日の高等小学とおなじようなものであったから、小学校だけで済ませるものは格別、その以上の学校に転じるものは、中等科を終ると共に退学するのが例であった。

進級試験は一年二回で、春は四月、秋は十月に行われた。それを定期試験といい、俗に大試験と呼んでいた。それであるから、級の数はひどく多いが、初等科と中等科を矢はり六年間で終了するわけで、そのほかに毎月一回の小試験があった。小試験の成績に因って、その都度に席順が変るのであるが、それはその月限りのもので、定期試験にはなんの影響もなく、優等賞も及第も落第も総て定期試験の点数だけによって定まるのであった。免状授与式の日は勿論であるが、定期試験の当日も盛装して出るのが習いで、わたしなども一張羅の紋附の羽織をきて、よそ行きの袴をはいて行った。それは試験というものを一種の神聖なるものと認めていたらしい。女の子はその朝に髪を結い、男の子もその前日あるいは二、三日前に髪を刈った。校長や先生は勿論、小使に至るまでも髪を刈り、髭を剃って、試験中は服装をあらためていた。

授業時間や冬季夏季の休暇は、今日と大差はなかった。授業の時間割も先ず一定していたが、その教授の仕方は受持教師の思い思いと云った風で、習字の好きな教師は習字の時間を多くし、読書の好きな教師は読書の時間を多くすると云うような傾きもあった。教え方は大体に厳重で、怠ける生徒や不成績の生徒はあたまから叱り付けられた。時には竹の教鞭で背中を引っぱたかれた。疳癪持の教師は平手で横っ面をぴしゃりと食らわすのもあった。わたしなども授業中に隣席の生徒とおしゃべりをして、教鞭の刑をうけたことも再三あった。

今日ならば、生徒虐待とか云って忽ち(たちま)に問題をひき起すのであろうが、寺子屋の遺風の去らないその当時にあっては、師匠が弟子を仕込む上に於て(おい)、そのくらいの仕置を加えるのは当然であると見なされていたので、別に怪しむものも無かった。勿論、怖い先生もあり、優しい先生もあったのであるが、そういうわけであるから怖い先生は生徒間に甚だ恐れられた。

生徒に加える刑罰は、叱ったり殴ったりするばかりでなかった。授業中に騒いだり悪戯（いたずら）をしたりする者は、席から引き出して教壇のうしろに立たされた。さすがに線香を持たせたり水を持たせたりはしなかったが、寺子屋の芝居に見る涎（よだれ）くりをその儘の姿であった。更に手重いのになると、教授用の大きい算露盤（そろばん）を背負わせて、教師が附添って各級の教場を一巡し、この子はかくかくの不都合を働いたものであると触れてあるくのである。所詮はむかしの引き廻しの格で、他に対する一種の見せしめであろうが、随分思い切って残酷な刑罰を加えたものである。

尤（もっと）も今とむかしとを比べると、今日の児童は皆おとなしい。私たちの眼から観ると、おとなしいのを通り越して弱々しいと思われるようなのが多い。それに反して、むかしの児童はみな頑強で乱暴である。又その中でも所謂（いわゆる）いたずらッ児（こ）というものになると、どうにもこうにも手に負えないのがある。父兄が叱ろうが、教師が説諭しようが、なんの利き目もないという持余(もてあま)し者が随分見出された。学校でも始末に困って退学を命じると、父兄が泣いてあやまって来るから、再び通学を許すことにする。しかも本人は一向平気で、授業中に騒ぐのは勿論、運動時間にはさんざんに暴れまわって、椅子をぶち毀(こわ)す、窓硝子(ガラス)を割る、他の生徒を泣かせる。甚だしいのは運動場から石や瓦を投げ出して往来の人を脅かすというのであるから、とても尋常一様の懲戒法では彼等を矯正する見込みはない。したがって、教師の側でも非常手段として、引きまわしその他の厳刑を案出したのかも知れない。

　教師はみな羽織袴または洋服であったが、生徒の服装はまちまちであった。勿論、制帽などは無かったから、思い思いの帽子をかぶったのであるが、帽子をかぶらない生徒が七割であって、大抵は炎天にも頭を晒(さら)してあるいていた。袴をはいている者も少かった。商家の子どもは前垂れをかけているのもあった。その当時の風習として、筒袖をきるのは裏店(うらだな)の子に限っていたので、男の子も女の子とおなじように、八つ口のあいた袂をつけていて、その袂は女の子に比べてやや短いぐらいの程度であったから、巫山戯(ふざけ)るたびに袂をつかまれるので、八つ口から綻(ほころ)びることが屢々あるので困った。これは今日の筒袖の方が軽快で便利である。屋敷の子は兵児帯(へこおび)をしめていたが、商家の子は大抵角帯をしめていた。

靴は勿論少い、みな草履であったが、強い雨や雪の日には、尻を端折り、あるいは袴の股立を取って、はだしで通学する者も随分あった。学校でもそれを咎めなかった。

運動場はどこの小学校も狭かった。教室の建物が已に狭く、それに準じて運動場も狭かった。平河小学校などは比較的に広い方であったが、往来に面したところに低い堤を作って、大きい樫の木を栽え連ねてあるだけで、ほかには何等の設備もなかった。片隅にブランコが二つ設けてあったが、一向に地均しがしてないので、雨あがりなどにはそこらは一面の水溜りになってしまって、ブランコの傍などへはとても寄付くことは出来なかった。勿論、アスファルトや砂利が敷いてあるでもないから、雨あがりばかりでなく、冬は雪どけや霜解で路が悪い。そこで転んだり起きたりするのであるから、着物や袴は毎日泥だらけになるので、わたしなどは家で着る物と学校へ着てゆく物とが区別されていて、学校から帰るとすぐに着物を着かえさせられた。

運動時間は一時間ごとに十分間、午の食後に三十分間であったが、別に一定の遊戯というものも無いから、男の子は縄飛び、相撲、鬼ごっこ、軍ごっこなどをする。女の子も鬼ごっこをするか、鞠をついたりする。男の子のあそびには相撲が最も行われた。そのころの小学校では体操を教えなかったから、生徒の運動といえば唯むやみに暴れるだけであった。したがって、今日のようなおとなしい子供も出来なかったわけであろう。その頃には唱歌も教えなかった。運動会や遠足会もなかった。

もし運動会に似たようなものを求むれば、土曜日の午後や日曜日に大勢が隊を組んで、他の学校へ喧嘩にゆくことである。相手の学校でも隊を組んで出て来る。その頃は所々に屋敷あとの広い草原などがあったから、そこで石を投げ合ったり、棒切れで叩き合ったりする。中には自分の家から親父の脇差を持ち出して来るような乱暴者もあった。時には往来中で闘う事もあったが、巡査も別に咎めなかった。学校では喧嘩をしてはならぬと云うことになっていたが、それも表向きだけのことで、若い教師のうちには他の学校に負けるなと云って、内々で種々の軍略を授けてくれるのもあった。それらの事をかんがえると、諄くも云うようであるが、今日の子供たちは実におとなしい。

その当時は別に保護者会とか父兄会とかいうものも無かったが、むかしの寺子屋の遺風が存していたとみえて、教師と父兄との関係はすこぶる親密であった。父兄や姉も学校に教師をたずねて、子弟のことを色々頼むことがある。教師も学校の帰途に生徒の家をたずねて、父兄に色々の注意をあたえることもある。したがって、学校と家庭の連絡は案外によく結び付けられているようであった。その代りに、学校で悪いことをすると、すぐに家へ知れるので、わたし達は困った。

三崎町の原

（昭和二年）十一月の下旬の晴れた日に、所用あって神田の三崎町まで出かけた。電車道に面した町は屢々往来しているが、奥の方へは震災以後一度も踏み込んだことがなかったので、久振りでぶらぶらあるいてみると、震災以前もここらは随分混雑しているところであったが、その以後は更に混雑して来た。区画整理が成就した暁には、町の形が又もや変ることであろう。

市内も開ける、郊外も開ける。その変化に今更おどろくのは甚だ迂闊であるが、わたしは今、三崎町三丁目の混雑の巷に立って、自動車やトラックに脅かされてうろうろしながら、周囲の情景のあまりに変化したのに驚かされずにはいられなかった。いわゆる隔世の感というのは、全くこの時の心持であった。

三崎町一、二丁目は早く開けていたが、三丁目は旧幕府の講武所、大名屋敷、旗本屋敷の跡で、明治の初年から陸軍の練兵場となっていた。それは一面の広い草原で、練兵中は通行を禁止されることもあったが、朝夕又は日曜祭日には自由に通行を許された。しかも草刈りが十分に行き届かなかったとみえて、夏から秋にかけては高い草むらが到るところに見出された。北は水道橋に沿うた高い堤（どて）で、大樹が生い茂っていた。その堤の松には首縊（くびくく）りの松などという忌（いや）な名の附いていたのもあった。野犬が巣を作っていて、しばしば往来の人を咬んだ。追い剝ぎも出た。明治二十四年二月、富士見町の玉子屋の小僧が懸取りに行った帰りに、ここで二人の賊に絞め殺された事件などは、新聞の三面記事として有名であった。

わたしは明治十八年から二十一年に至る四年間、即ちわたしが十四歳から十七歳に至るあいだ、毎月一度ずつは殆ど欠かさずに、この練兵場を通り抜けなければならなかった。その当時はもう練兵を止（や）めてしまって、三菱に払い下げられたように聞いていたが、三菱の方でも直ぐにはそれを開こうともしないで、唯そのままの草原にして置いたので、普通にそれを三崎町の原と呼んでいた。わたしが毎月一度ずつ必ずその原を通り抜けたのは、本郷の春木座へゆく為であった。

春木座は今日の本郷座である。十八年の五月から大阪の鳥熊という男が、大阪から中通りの腕達者な俳優一座を連れて来て、値安興行をはじめた。土間は全部開放して大入場として、入場料は六銭というのである。しかも半札を呉れるので、来月はその半札に三銭を添えて出せばいいのであるから、要するに金九銭を以て二度の芝居が観られるというわけである。兎も角も春木座はいわゆる檜舞台の大劇場であるのに、それが二回九銭で見物できると云うのであるから、確に廉いに相違ない。それが大評判となって、毎月爪も立たないような大入りを占めた。

芝居狂の一少年がそれを見逃す筈がない。わたしは月初めの日曜毎に春木座へ通うことを怠らなかったのである。唯、困ることは開場が午前七時というのである。なにしろ非常の大入りである上に、日曜日などは殊に混雑するので、午前四時か遅くも五時頃までには劇場の前にゆき着いて、その開場を待っていなければならない。麴町の元園町から徒歩で本郷まで行くのであるから、午前三時頃から家を出てゆく覚悟でなければならない。わたしは午前二時頃に起きて、ゆうべの残りの冷飯を食って、腰弁当をたずさえて、小倉の袴の股立を取って、朴歯の下駄をはいて、本郷までゆく途中、どうしても彼の三崎町の原を通り抜けなければならない事になる。勿論、須田町の方から廻ってゆく道がないでもないが、それでは非常の迂回であるから、どうしても九段下から三崎町の原を横ぎって水道橋へ出ることになる。

その原は前にいう通りの次第であるから、午前四時五時の頃に人通りなどのあろう筈はない。そこは真暗な草原で、野犬の巣窟、追い剝ぎの稼ぎ場である。闇の奥で犬の声がきこえる、狐の声もきこえる。雨のふる時には容赦なく吹っかける、冬のあけ方には霜を吹く風が氷のように冷たい。その原をようように行き抜けて水道橋へ出ても、お茶の水の堤際はやはり真暗で人通りはない。幾らの小使い銭を持っているでもないから、追いはぎは左のみに恐れなかったが、犬に吠え付かれるには困った。あるときには五、六匹の大きい犬に取りまかれて、実に弱り切ったことがあった。そういう難儀も廉価の芝居見物には代えられないので、わたしは約四年間を根よく通いつづけた。その頃の大劇場は、一年に五、六回か三、四回しか開場しないのに、春木座だけは毎月必ず開場したので、わたしは四年間に随分数多くの芝居を見物することが出来た。

三崎町三丁目は明治二十二、三年頃からだんだんに開けて来たが、それでも彼の小僧殺しのような事件は絶えなかった。二十四年六月には三崎座が出来た。殊に二十五年一月の神田の大火以来、俄にここらが繁昌して、またたくうちに立派な町になってしまったのである。その当時はむかしの草原を知っている人もあったろうが、それから三十幾年を経過した今日では、現在その土地に住んでいる人達でも、昔の草原の茫漠たる光景をよく知っている者は少いかも知れない。武蔵野の原に大江戸の町が開かれたことを思えば、このくらいの変遷は何でも無いことかも知れないが、目前にその変遷をよく知っているわたしたちに取っては、一種の感慨が無いでもない。殊にわたしなどは、彼の春木座通いの思い出があるので、その感慨が一層深い。あの当時、ここらがこんなに開けていたらば、わたしはどんなに楽であったか。まして電車などがあったらば、どんなに助かったか。

暗い原中をたどってゆく少年の姿――それが幻のようにわたしの眼に泛んだ。

御堀端三題

柳のかげ

海に山に、涼風に浴した思い出も色々あるが、最も忘れ得ないのは少年時代の思い出である。今日の人はもちろん知るまいが、麴町の桜田門外、地方裁判所の横手、後に府立第一中学の正門前になった所に、五、六株の大きい柳が繁っていた。

堀ばたの柳は半蔵門から日比谷まで続いているが、ここの柳はその反対の側に立っているのである。どう云うわけでこれだけの柳が路ばたに取残されていたのか知らないが、往来のまん中よりも稍や南寄りに青い蔭を作っていた。その当時の堀端は頗る狭く、路幅は殆ど今日の三分の一にも過ぎなかったであろう。その狭い往来に五、六株の大樹が繁っているのであるから、邪魔と云えば邪魔であるが、電車も自動車もない時代には左のみの邪魔とも思われないばかりか、長い堀ばたを徒歩する人々に取っては、その地帯が一種のオアシスとなっていたのである。

　冬は兎（と）もあれ、夏の日盛りになると、往来の人々はこの柳のかげに立寄って、大抵は一休みをする。片肌ぬいで汗を拭いている男もある。蝙蝠傘を杖にして小さい扇を使っている女もある。それ等の人々を当込（あて）みに甘酒屋が荷をおろしている。小さい氷屋の車屋台が出ている。今日ではまったく見られない堀ばたの一風景であった。

　それにつづく日比谷公園は長州屋敷の跡で、俗に長州原と呼ばれ、一面の広い草原となって取残されていた。三宅坂の方面から参謀本部の下に沿って流れ落ちる大溝は、裁判所の横手から長州原の外部に続いていて、昔は河獺（かわうそ）が出るとか云われたそうであるが、その古い溝の石垣のあいだから鰻（うなぎ）が釣れるので、うなぎ屋の印半纏（しるしばんてん）を着た男が小さい岡持（おかもち）をたずさえて穴釣りをしているのを屢々見受けた。その穴釣りの鰻屋も、この柳のかげに寄って来て甘酒などを飲んでいることもあった。岡持にはかなり大きい鰻が四、五本ぐらい蜿（のた）くっているのを、私は見た。

　そのほかには一種の軽子（かるこ）、いわゆる立ちン坊も四、五人ぐらいは常に集まっていた。下町から麹町四谷方面の山の手へ上るには、ここらから道路が爪先あがりになる。殊に眼の前には三宅坂がある。この坂も今よりは嶮しかった。そこで、下町から重い荷車を挽いて来た者は、ここから後押しを頼むことになる。立ちン坊はその後押しを目あてに稼ぎに出ているのであるが、距離の遠近によって二銭三銭、あるいは四銭五銭、それを一日に数回も往復するので、その当時の彼等としては優に生活が出来たらしい。その立ちン坊もここで氷水を飲み、あま酒を飲んでいた。

立ちン坊といっても、毎日おなじ顔が出ているのである。直ぐ傍には桜田門外の派出所もある。したがって、彼等は他の人々に対して、無作法や不穏の言動を試みることはない。ここに休んでいる人々を相手に、いつも愉快に談笑しているのである。私もこの立ちン坊君を相手にして、屢々語ったことがある。

私が最も多くこの柳の蔭に休息して、堀ばたの涼風の恩恵にあずかったのは、明治二十年から二十二年の頃。即ち私の十六歳から十八歳に至る頃であった。その当時、府立の一中は築地の河岸、今日の東京劇場所在地に移っていたので、麴町に住んでいる私は毎日この堀ばたを往来しなければならなかった。朝は登校を急ぐのと、まだそれ程に暑くもないので、この柳を横眼に見るだけで通り過ぎたが、帰り路は午後の日盛りになるので、築地から銀座を横ぎり、数寄屋(すきや)橋見附を這入って有楽町を通り抜けて来ると、ここらが丁度休み場所である。

日蔭のない堀ばたの一本道を通って、例のうなぎ釣りなぞを覗きながら、この柳の下に辿り着くと、そこにはいつでも三、四人、多い時には七、八人が休んでいる。立ちン坊もまじっている。氷水も甘酒も一杯八厘、その一杯が実に甘露の味であった。

長い往来は強い日に白く光っている。堀ばたの柳には蟬の声がきこえる。重い革包を柳の下枝にかけて、帽子をぬいで、洋服のボタンをはずして、額の汗をふきながら一杯八厘の甘露を啜っている時、どこから吹いて来るのか知らないが、一陣の涼風が青い影を揺がして颯と通る。まったく文字通りに、涼味骨に透るのであった。

「涼しいなあ。」と、私達は思わず声をあげて喜んだ。時には跳りあがって喜んで、周囲の人々に笑われた。私達ばかりでなく、この柳のかげに立寄って、この涼風に救われた人々は、毎日何十人、あるいは何百人の多きに上ったであろう。幾人の立ちン坊もここを稼ぎ場とし、氷屋も甘酒屋もここで一日の生計を立てていたのである。いかに鬱蒼というべき大樹であっても、わずかに五株か六株の柳の蔭がこれほどの功徳を施していようとは、交通機関の発達した現代の東京人には思いも及ばぬことであるに相違ない。その昔の江戸時代には、他にもこういうオアシスが沢山見出されたのであろう。

　少年時代を通り過ぎて、私は銀座辺の新聞社に勤めるようになっても、やはりこの堀ばたを毎日往復した。しかも日が暮れてから帰宅するので、この柳のかげに休息して涼風に浴するの機会がなく、年ごとに繁ってゆく青い蔭をながめて、昔年の涼味を忍ぶに過ぎなかったが、我国に帝国議会というものが初めて開かれても、ここの柳は伐られなかった。日清戦争が始まっても、ここの柳は伐られなかった。人は昔と違っているであろうが、氷屋や甘酒屋の店も依然として出ていた。立ちン坊も立っていた。その懐かしい少年時代の夢を破る時が遂に来った。彼(か)の長州原がいよいよ日比谷公園と改名する時代が近づいて、先ずその周囲の整理が行われることになった。鰻の釣れる溝の石垣が先ず破壊された。つづいて彼の柳の大樹が次から次へと伐り倒された。それは明治三十四年の秋である。涼しい風が薄寒い秋風に変って、ここの柳の葉もそろそろ散り始める頃、むざんの斧や鋸(のこ)がこの古木に祟って、浄瑠璃に聞き慣れている「三十三間堂棟由来(さんじゅうさんげんどうむなぎのゆらい)」の悲劇をここに演出した。立ちン坊もどこかへ巣を換えた。氷屋も甘酒屋も影をかくした。

　それから三年目の夏に日比谷公園は開かれた。その冬には半蔵門から数寄屋橋に至る市内電車が開通して、ここらの光景は一変した。その後幾たびの変遷を経て、今日は昔に三倍するの大道となった。街路樹も見ごとに植えられた。昔の涼風は今もその街路樹の梢に音ずれているのであろうが、私に涼味を思い起させるのは、やはり昔の柳の風である。

怪談

御堀端の夜歩きについて、ここに一種の怪談をかく。但し本当の怪談ではないらしい。いや、本当でないに決まっている。

私が二十歳（はたち）の九月はじめである。夜の九時ごろに銀座から麴町の自宅へ帰る途中、日比谷の堀端にさしかかった。その頃は日比谷にも昔の見附（みつけ）の跡があって、今日の公園は一面の草原であった。電車などは勿論往来していない時代であるから、このあたりに灯の影の見えるのは桜田門外の派出所だけで、他は真暗（まつくら）である。夜に入っては往来も少い。時々に人力車の提灯が人魂のように飛んで行く位である。

しかもその時は二百十日前後の天候不穏、風まじりの細雨（こさめ）の飛ぶ暗い夜であるから、午後七、八時を過ぎると殆ど人通りがない。私は重い雨傘をかたむけて、有楽町から日比谷見附を過ぎて堀端へ来かかると、俄（にわか）にうしろから足音がきこえた。足駄（あしだ）の音ではなく、草履か草鞋であるらしい。その頃は草鞋もめずらしくないので、私も別に気に留めなかったが、それが余りに私のうしろに接近して来るので、私は何ごころなく振返ると、直ぐ後ろから一人の女があるいて来る。

傘を傾けているので、女の顔は見えないが、白地に桔梗を染め出した中形の単衣を着ているのが暗いなかにもはっきりと見えたので、私は実にぎょっとした。右にも左にも灯のひかりの無い堀端で、女の着物の染模様などが判ろう筈がない。幽霊か妖怪か、いずれ唯者ではあるまいと私は思った。暗い中で姿の見えるものは妖怪であるという古来の伝説が、わたしを強く脅やかしたのである。

まさかにきゃっと叫んで逃げる程でもなかったが、わたしは再び振返る勇気もなく、ただ真直に足を早めてゆくと、女もわたしを追うように附いて来る。女の癖になかなか足がはやい。そうなると、私はいよいよ気味が悪くなった。江戸時代には三宅坂下の堀に河獺が棲んでいて、往来の人を嚇したなどと云う伝説がある。そんなことも今更に思い出されて、私はひどく臆病になった。

この場合、唯一の救いは桜田門外の派出所である。そこまで行き着けば灯の光があるから、私のあとを附けて来る怪しい女の正体も、ありありと照らし出されるに相違ない。私はいよいよ急いで派出所の前まで辿り着いた。ここで大胆に再び振返ると、女の顔は傘にかくされてやはり見えないが、その着物は確に白地で、桔梗の中形にも見誤りはなかった。彼女は痩形の若い女であるらしかった。

正体は見とどけたが、不安はまだ消えない。私は黙って歩き出すと、女はやはり附いて来た。私は気味の悪い道連れ（？）を後ろに背負いながら、とうとう三宅坂下まで辿り着いたが、女は河獺にもならなかった。坂上の道は二筋に分れて、隼町の大通りと半蔵門方面とに通じている。今夜の私は、灯の多い隼町の方角へ、女は半蔵門の方角へ、ここで初めて分れ分れになった。

先ずほっとして歩きながら、更に考え直すと、女は何者か知れないが、暗い夜道のひとり歩きがさびしいので、おそらく私のあとに附いて来たのであろう。足の早いのが少し不思議だが、私にはぐれまいとして、若い女が一生懸命に急いで来たのであろう。更に不思議なのは、彼女は雨の夜に足駄を穿かないで、素足に竹の皮の草履をはいていた事である。しかも着物の裾をも引き揚げないで、湿れるがままにびちゃびちゃと歩いていた。誰かと喧嘩して、台所からでも飛び出して来たのかも知れない。

もう一つの問題は、女の着物が暗い中ではっきりと見えたことであるが、これは私の眼のせいかも知れない。幻覚や錯覚と違って、本当の姿がそのままに見えたのであるから、私の頭が怪しいという理窟になる。わたしは女を怪むよりも、自分を怪まなければならない事になった。

それを友達に話すと、君は精神病者になるなぞと嚇された。しかもそんな例は後にも先にも唯一度で、爾来(じらい)四十余年、幸いに蘆原(あしわら)将軍の部下にも編入されずにいる。

三宅坂

次は怪談ではなく、一種の遭難談である。読者には余り面白くないかも知れない。話はかなりに遠い昔、明治三十年五月一日、私が二十六歳の初夏の出来事である。その日の午前九時ごろ、私は人力車に乗って、半蔵門外の堀端を通った。去年の秋、京橋に住む知人の家に男の児が生まれて、この五月は初(はつ)の節句であるというので、私は祝物(いわいもの)の人形をとどけに行くのであった。私は金太郎の人形と飾り馬との二箱を風呂敷につつんで抱えていた。

わたしの車の前を一台の車が走って行く。それには陸軍の軍医が乗っていた。今日の人はあまり気の附かないことであるが、人力車の多い時代には、客を乗せた車夫が兎かくに自分の前をゆく車のあとに附いて走る習慣があった。前の車のあとに附いてゆけば、前方の危険を避ける心配が無いからである。しかもそれがために、却って危険を招く虞れがある。私の車などもその一例であった。

前は軍医、後は私、二台の車が前後して走るうちに、三宅坂上の陸軍衛戍病院の前に来かかった時、前の車夫は突然に梶棒を右へ向けた。軍医は病院の門に入るのである。今日と違って、その当時の衛戍病院の入口は、往来よりも少しく高い所にあって、差したる勾配でもないが一種の坂路をなしていた。

その坂路にかかって、車夫が梶棒を急転した為に、車はずゝるりと後戻りをして、そのあとに附いて来た私の車の右側に衝突すると、はずみは怖ろしいもので、双方の車は忽ち顚覆した。軍医殿も私も地上に投げ出された。

ぞっとしたのは、その一刹那である。単に投げ出されただけならば、まだしも災難が軽いのであるが、私の車の又あとから外国人を乗せた二頭立の馬車が走って来たのである。軍医殿は幸いに反対の方へ落ちたが、私は地上に落ちると共に、その馬車が乗りかかって来た。私ははっと思った。それを見た往来の人たちも思わずあっと叫んだ。私のからだは完全に馬車の下敷になったのである。

馬車に乗っていたのは若い外国婦人で、これも帛を裂くような声をあげた。私を轢いたと思ったからである。私も無論に轢かれるものと覚悟した。馬車の馬丁もあわてて手綱をひき留めようとしたが、走りつづけて来た二頭の馬は急に止まることが出来ないで、私の上をズルズルと通り過ぎてしまった。馬車がようよう止まると、馬丁は馭者台から飛び降りて来た。外国婦人も降りて来た。私たちの車夫も駈け寄った。往来の人もあつまって来た。

誰の考えにも、私は轢かれたと思ったのであろう。しかも天佑というのか、好運というのか、私は無事に起き上ったので、人々は又おどろいた。私は馬にも踏まれず、車輪にも触れず、身には微傷だも負わなかったのである。その仔細は、私のからだが縦に倒れたからで、若し横に倒れたならば、首か胸か足かを車輪に轢かれたに相違なかった。私が縦に倒れた上を馬車が真直に通過したのみならず、馬の蹄も私を踏まずに飛び越えたので、何事も無しに済んだのである。奇蹟的という程ではないかも知れないが、私は我ながら不思議に感じた。他の人々も「運が好かったなあ。」と口々に云った。

この当時のことを追想すると、私は今でもぞっとする。このごろの新聞紙上で交通事故の多いのを知るごとに、私は三十数年前の出来事を想い起さずにはいられない。支那にこんな話がある。大勢の集まったところで虎の話が始まると、その中の一人がひどく顔の色を変えた。聞いてみると、その人は曾て虎に出逢って危うくも逃れた経験を有していたのである。私も馬車に轢かれそうになった経験があるので、交通事故には人一倍のショックを感じられてならない。

そのとき私のからだは無事であったが、抱えていた五月人形の箱は無論投げ出されて、金太郎も飾り馬もメチャメチャに毀れた。よんどころなく銀座へ行って、再び同じような物を買って持参したが、先方へ行っては途中の出来事を話さなかった。初の節句の祝い物が途中で毀れたなどと云っては、先方の人たちが心持を悪くするかも知れないと思ったからである。その男の児は成人に到らずして死んだ。

銀座

私は明治二十五年から二十八年まで満三年間、正しく云えば京橋区三十間堀一丁目三番地、俗にいえば銀座の東仲通りに住んでいたので、その当時の銀座の事ならば先ず一通り(ひととお)は心得ている。即ち今から四十余年前の銀座である。その記憶を一々ならべ立ててもいられないから、ここでは歳末年始の風景その他を語ることにする。

由来、銀座の大通りに夜店の出るのは、夏の七月、八月、冬の十二月、この三月間に限られていて、その以外の月には夜店を出さないのがその当時の習わしであったから、初秋の夜風が氷屋の暖簾(のれん)に訪ずれる頃になると、さすがの大通りも宵から寂寥、勿論そぞろ歩きの人影は見えず、所用ある人々が足早に通り過ぎるに過ぎない。商店は電灯をつけてはいたが、今から思えば夜と昼との相違で、名物の柳の木蔭などは薄暗かった。裏通りは殆どみな住宅で、どこの家でもランプを用いていたから、往来は一層暗かった。

その薄暗い銀座も十二月に入ると、急に明るくなる。大通りの東側は勿論、西側にも露店が一杯に列ぶこと、今日の歳末と同様である。尾張町の角や、京橋の際には、歳の市商人の小屋も掛けられ、その他の角々にも紙鳶（たこ）や羽子板などを売る店も出た。この一ケ月間は実に繁昌で、いわゆる押すな押すなの混雑である。二十日過ぎからはいよいよ混雑で、二十七、八日頃からは夜の十時、十一時頃まで露店の灯が消えない。大晦日は十二時過ぎるまで賑わっていた。

但しその賑いは大晦日かぎりで、一夜明ければ元の寂寥に復る。さすがに新年早々はどこの店でも門松を立て、国旗をかけ、回礼者の往来もしげく、鉄道馬車は満員の客を乗せて走る。いかにも春の銀座らしい風景ではあるが、その銀座の歩道で、追い羽根をしている娘達がある。小さい紙鳶をあげている子供がある。それを咎める者もなく、さのみ往来の妨害にもならなかったのを考えると、新年の混雑も今日とは全然比較にならない事がよく判るであろう。大通りでさえその通りであるから、裏通りや河岸通りは追い羽根と紙鳶の遊び場所で、そのあいだを万歳（まんざい）や獅子舞がしばしば通る。その当時の銀座界隈には、まだ江戸の春のおもかげが残っていた。

新年の賑いは昼間だけのことで、日が暮れると寂しくなる。露店も元日以後は一軒も出ない。商店も早く戸を閉める。年始帰りの酔っ払いがふらふら迷い歩いている位のもので、午後七、八時を過ぎると、大通りは暗い町になって、その暗いなかに鉄道馬車の音が響くだけである。

今日と違って、その頃は年賀郵便などと云うものもなく、大抵は正直に年始まわりに出歩いたのであるから、正月も十日過ぎまでは大通りに回礼者の影を絶たず、昼は毎日賑わっていたが、日が暮れると前に云った通りの寂寥、露店も出なければ散歩の人も出ず、寒い夜風のなかに暗い町の灯が沈んで見える。今日では郊外の新開地へ行っても、こんなに暗い寂しい新年の宵の風景は見出されまい。東京の繁華の中心という銀座通りが此の始末であるから、他は察すべしである。

その頃、銀座通りの飲食店といえば、東側に松田という料理屋がある。それを筆頭として天ぷら屋の大新、同じく天虎、藪蕎麦、牛肉屋の吉川、鳥屋の大黒屋ぐらいに過ぎず、西側では料理屋の千歳、そば屋の福寿庵、横町へ這入って例の天金、西洋料理の清新軒。先ずザッとこんなものであるから、今日のカフェーのように遊び半分に這入るという店は皆無で、まじめに飲むか食うかの外はない。吉川のおますさんと云う娘が評判で、それが幾らか若い客を呼んだという位のことで、他に色っぽい噂はなかった。したがって、どこの飲食店も春は多少賑わうと云う以外に、春らしい気分も漂っていなかった。こう云うと、甚だ荒涼寂寞たるものであるが、飲食店の姐(ねえ)さん達も春は小綺麗な着物に新しい襷(たすき)でも掛けている。それを眺めて、その当時の人々は春だと思っていたのである。

その正月も過ぎ、二月も過ぎ、三月も過ぎ、大通りの柳は日ましに青くなって、世間は四月の春になっても、銀座の町の灯は依然として生暖かい靄の底に沈んでいるばかりで、夜はそぞろ歩きの人もない。ただ賑わうのは毎月三回、地蔵の縁日の宵だけであるが、それとても交通不便の時代、遠方から来る人もなく、往来のまん中で犬ころが遊んでいた。

今日の銀座が突然ダーク・チェンジになって、四十余年前の銀座を現出したら、銀ブラ党は定めて驚くことであろう。

年賀郵便

新年の東京を見わたして、著るしく寂しいように感じられるのは、回礼者の減少である。もちろん今でも多少の回礼者を見ないことは無いが、それは平日よりも幾分か人通りが多いぐらいの程度で、明治時代の十分の一、乃至(ないし)二十分の一にも過ぎない。江戸時代のことは、故老の話に聴くだけであるが、自分の眼で視た明治の東京――その新年の賑いを今から振返ってみると、文字通りに隔世の感がある。三ケ日は勿論であるが、七草を過ぎ、十日を過ぎる頃までの東京は、回礼者の往来で実に賑やかなものであった。

明治の中頃までは、年賀郵便を発送するものは無かった。恭賀新年の郵便を送る先は、主に地方の親戚知人で、府下でもよほど辺鄙(へんぴ)な不便な所に住んでいない限りは、郵便で回礼の義理を済ませると云うことはなかった。まして市内に住んでいる人々に対して、郵便で年頭の礼を述べるなどは、有るまじき事になっていたのであるから、総ての回礼者は下町から山の手、或は郡部にかけて、知人の戸別訪問をしなければならない。市内電車が初めて開通したのは明治三十六年の十一月であるが、それも半蔵門から数寄屋橋見附までと、神田美土代町から数寄屋橋までの二線に過ぎず、市内の全線が今日のように完備したのは大正の初年である。

それであるから、人力車に乗れば格別、さもなければ徒歩のほかは無い。正月は車代が高いのみならず、全市の車台の数も限られているのであるから、大抵の者は車に乗ることは出来ない。男も女も、老いたるも若きも、殆どみな徒歩である。今日ほどに人口が多くなかったにもせよ、東京に住むほどの者は一戸に少くも一人、多くは四人も五人も一度に出動するのであるから、往来の混雑は想像されるであろう。平生は人通りの少い屋敷町のようなところでも、春の初めには回礼者が袖をつらねてぞろぞろと通る。それが一種の奇観でもあり、また春らしい景色でもあった。

日清戦争は明治二十七、八年であるが、二十八年の正月は戦時という遠慮から、回礼を年賀ハガキに換える者があった。それ等が例になって、年賀ハガキがだんだんに行われて来た。明治三十三年十月から私製絵ハガキが許されて、年賀ハガキに種々の意匠を加えることが出来るようになったのも、年賀郵便の流行を助けることになって、年賀を郵便に換えるのを怪まなくなった。それが又、明治三十七、八年の日露戦争以来いよいよ激増して、松の内の各郵便局は年賀郵便の整理に忙殺され、他の郵便事務は殆ど抛擲されて仕舞うような始末を招来したので、その混雑を防ぐために、明治三十九年の年末から年賀郵便特別扱いということを始めたのである。

その以来、年賀郵便は年々に増加する。それに比例して回礼者は年々に減少した。それでも明治の末年までは昔の名残りをとどめて、新年の巷に回礼者のすがたを相当に見受けたのであるが、大正以後はめっきり廃れて、年末の郵便局には年賀郵便の山を築くことになつた。

電車が初めて開通した当時は、新年の各電車ことごとく満員で、女や子供は容易に乗れない位であったが、近年は元日二日の電車でも満員は少い。回礼の著るしく減少したことは、各劇場が元日から開場しているのを見ても知られる。前に云ったようなわけで、男は回礼に出る、女はその回礼客に応接するので、内外多忙、とても元日早々から芝居見物にゆくような余裕はないので、大劇場はみな七草以後から開場するのが明治時代の習いであった。それが近年は元日開場の各劇場満員、新年の市中寂寥たるも無理はないのである。

忙がしい世の人に多大の便利をあたえるのは、年賀郵便である。それと同じに、人生に一種の寂寥を感ぜしむるのも、年賀郵便であろう。

夏季雑題

市中の夏

市中に生れて市中に暮らして来た私たちは、繁華熱鬧（はんかねっとう）のあいだにも自からなる涼味を見出すことに多年馴らされている。したがって、盛夏の市中生活も遠い山村水郷は勿論、近い郊外に住んでいる人々が想像するほどに苦しいものではないのである。

地方の都市は知らず、東京の市中では朝早くから朝顔売や草花売が来る。郊外にも売りに来るが、朝顔売なども矢はり市中のもので、殆ど一坪の庭をも持たないような家つづきの狭い町々を背景として、かれらが売物とする幾鉢かの白や紅やむらさきの花の色が初めてあざやかに浮き出して来るのである。郊外の朝顔売は絵にならない。夏のあかつきの薄い靄がようやく剝げて、一町内の家々が大戸をあける。店を飾り付ける。水をまく。そうしてきょう一日の活動に取りかかろうとする時、彼（か）の朝顔売や草花売が早くも車一杯の花を運んで来る。花も葉もまだ朝の露が乾かない。それを見て一味の涼を感じないであろうか。

売りに来るものもあれば、無論、買う者もある。買われた一鉢あるいは二鉢は、店の主人または娘などに手入れをされて、それから幾日、長ければ一月ふた月のあいだも彼等の店さきを飾って、朝夕の涼味を漂わしている。近ごろは店の前の街路樹を利用して、その周囲に小さい花壇を作って、そこに白粉(おしろい)や朝鮮朝顔や鳳仙花(ほうせんか)のたぐいを栽えているのもある。

釣葱(つりしのぶ)は風流に似て俗であるが、東京の夏の景物として詩趣と画趣と涼味とを多分に併せ持っているのは、彼(か)の虎耳草(ゆきのした)であることを記憶しなければならない。村園にあれば勿論、たとい市中にあってもそれが人家の庭園に叢生する場合には、格別の値(あたい)あるものとして観賞されないらしいが、一たび鮑(あわび)の貝に養われて人家の軒にかけられた時、俄(にわか)に風趣を添うること幾層倍である。鮑の貝と虎耳草、富貴の家には殆ど縁のないもので、いわゆる裏店に於てのみそれを見るようであるが、その裏長屋の古い軒先に吊されて、苔(こけ)の生えそうな古い鮑の貝から長い蔓は垂れ、白い花はこぼれかかっているのを仰ぎ視れば、誰でも涼しいという心持を誘い出されるに相違ない。周囲が穢ければ穢ないほど、花の涼しげなのがいよいよ眼立ってみえる。いつの頃に誰がかんがえ出したのか知らないが、おそらく遠い江戸の昔、うら長屋の奥にも無名の詩人が住んでいて、かかる風流を諸人に教え伝えたのであろう。

　虫の声、それを村園や郊外の庭に聴く時、たしかに幽寂の感をひくが、それが一つならず、二つならず、無数の秋虫一度にみだれ咽(むせ)んで、いわゆる虫声満地(ちゅうせいちにみつ)とか虫声如雨(ちゅうせいあめのごとし)とかいう境に至ると、身にしみるような涼しさは掻き消されてしまう憾(うら)みがある。寧ろ白日炎天に汗をふきながら下町の横町を通った時、どこかの窓の虫籠できりぎりすの声が一(ひ)と声、二(ふた)声、土用のうちの日盛りにも秋をおぼえしめるのは正にこの声ではあるまいか。

　秋虫一度にみだれ鳴くのは却って涼味を消すものであると、私は前に云った。しかもその騒がしい虫の声を市中の虫売の家台(やたい)のうちに聴く場合には、まったくその趣を異にするのである。夜涼をたずねる市中の人は、往来の少い幽暗の地を選ばないで、却って灯火のあかるい雑沓の巷へ迷ってゆく。そこにはさまざまの露店が押合って列んでいる。人もまた押合って通る。その混雑のあいだに一軒の虫売が市松障子の家台をおろしている。松虫、鈴虫、草雲雀(くさひばり)のたぐいが掛行灯の下に声をそろえて鳴く。ガチャガチャ虫が一ときわ高く鳴き立てている。周囲がそうぞうしい為であるかも知れないが、この時この声は些とも騒がしくないばかりか、昼のように明るい夜の町のまん中で俄に武蔵野の秋を見出したかのようにも感じられて、思わずその店さきに足を停めるものは子供ばかりではあるまい。楊誠斎の詩に「時に微涼あり、是れ風ならず。」とあるのは、こういう場合にも適応されると思う。

夏の夜店で見るから涼しげなものは西瓜の截ち売である。衛生上の見地からは別に説明する人があろう。わたしたちは子供のときから何十度か夜店の西瓜を買って食ったが、幸いに赤痢にもチブスにもならないで、この年まで生きて来た。夜の灯に照された西瓜の色は物の色の涼しげなる標本と云ってもよい。唐蜀黍の附焼も夏の夜店にふさわしいものである。強い火に焼いて売るのであるから、本来は暑苦しそうな筈であるが、街路樹などの葉の蔭に小さい店を出して唐もろこしを焼いているのを見れば、決して暑い感じは起らない。却ってこれも秋らしい感じをあたえるものである。

金魚も肩にかついで売りあるくよりも、夜店に金魚桶をならべて見るべきものであろう。幾つもの桶をならべて、緋鯉、金魚、目高のたぐいがそれぞれの桶のなかに群り遊んでいるのを、夜の灯にみると一層涼しく美しい。一緒に大きい亀の子などを売っていれば、更に面白い。

　こんなことを一々かぞえたてていたら際限がない。

　心頭を滅却すれば火も自ら涼し。――そんなむずかしい悟りを開くまでもなく、誰でもおのずから暑中の涼味を見出すことを知っている。とりわけて市中に住むものは、山によらず、水に依らずして、到るところに涼味を見出すことを最もよく知っているのである。

　わたしは滅多に避暑旅行などをしたことは無い。

夏の食いもの

　汎く夏の食いものと云えば格別、それを食卓の上にのみ限る場合には、その範囲がよほど狭くなるようである。

　勿論、コールドビーフやハムサラダでビールを一杯飲むのもいい。日本流の洗肉や水貝も悪くない。果物にパンぐらいで、あっさりと冷し紅茶を飲むのもいい。

　その人の趣味や生活状態によって、食物などは色々の相違のあるものであるから、勿論一概には云えないことであるが、旧東京に生長した私たちは矢はり昔風の食い物の方が何だか夏らしく感じられる。とりわけて、夏の暑い時節にはその感が多いようである。

今日の衛生論から云うと余り感心しないものであろうが、彼の冷奴（ひややっこ）なるものは夏の食い物の大関である。奴豆腐を冷たい水に浸（ひた）して、どんぶりに盛る。氷のぶっ搔きでも入れれば猶さら贅沢である。別に一種の薬味として青紫蘇（しそ）か茗荷（みょうが）の子を細かに刻んだのを用意して置いて、鰹節を沢山にかき込んで生（き）醤油にそれを混ぜて、冷え切った豆腐に附けて食う。所詮は湯豆腐を冷たくしたものに過ぎないが、冬の湯豆腐よりも夏の冷奴の方が感じがいい。湯豆腐から受取る温か味よりも、冷奴から受取る涼し味の方が遥かに多い。樋口一葉女史の「にごり江」のうちにも、源七の家の夏のゆう飯に、冷奴に紫蘇の香たかく盛り出すという件（くだり）が書いてあって、その場の情景が浮き出していたように記憶している。「夕顔や一丁残る夏豆腐」許六（きょろく）の句である。

ある人は洒落て「水貝」などと呼んでいるが、もとより上等の食いものではない。しかもほんとうの水貝に比較すれば、その価が廉（やす）くて、夏向きで、いかにも民衆的であるところがこの「水貝」の生命で、いつの時代に誰がかんがえ出したのか知らないが、江戸以来何百年のあいだ、殆ど無数の民衆が夏の一日の汗を行水に洗い流した後、ゆう飯の膳の上にならべられた冷奴の白い肌に一味の清涼を感じたであろうことを思う時、今日喇叭(ラッパ)を吹いて来る豆腐屋の声にも一種のなつかしさを感じずにはいられない。現にわたしなどもこの「水貝」で育てられて来たのである。但し近年は腸胃を弱くしているので、冬の湯豆腐に箸を付けることはあっても、夏の「水貝」の方は残念ながら遠慮している。

冷奴の平民的なるに対して、貴族的なるは鰻のかば焼である。前者の甚だ淡泊なるに対して、後者は甚だ濃厚なるものであるが、いずれも夏向きの食い物の両大関である。むかしは鰻を食うのと駕籠に乗るのとを平民の贅沢と称していたという。今は流石(さすが)にそれほどでもないが、鰻を食ったり自動車に乗ったりするのは、懐中の冷たいときには矢はりむずかしい。国学者の斎藤彦麿(さいとうひこまろ)翁はその著「神代余波」のうちに、盛んにかば焼の美味を説いて「一天四海に比類あるべからず」と云い、「われ六、七歳のころより好みくひて、八十歳まで無病なるはこの霊薬の効験にして、草根木皮(そうこんぼくひ)のおよぶ所にあらず」とも云っている。今日でも彦麿翁の流れを汲んで、長生きの霊薬として鰻をくう人があるらしい。それほどの霊薬かどうかは知らないが、「一天四海に比類あるべからず」だけは私も同感である。しかもそれは昔のことで、江戸前ようやくに亡び絶えて、旅うなぎや養魚場生まれの鰻公(まんこう)が到るところに蜿(のた)くる当世と相成っては、「比類あるべからず」も余ほど割引をしなければならないことになった。

次は瓜である。夏の野菜は沢山あるが、そのうちでも代表的なのは瓜と枝豆であろう。青々した枝豆の塩ゆでも悪くない。しかも見るから夏らしい感じをあたえるものは、胡瓜(きゅうり)と白瓜である。胡瓜は漬物のほかに、胡瓜揉(も)みという夏向きの旨い調理法がむかしから工夫されていて、彼の冷奴と共に夏季の食膳の上には欠くべからざる民衆的の食い物となっている。白瓜は漬物のほかに使い道はないようであるが、それだけでも十分にその役目を果たしているではないか。そのほかに茄子(なす)や生姜(しょうが)のたぐいがあるとしても、夏の漬物は矢はり瓜である。茄子の濃(こ)むらさき、生姜の薄くれない、皆それぞれに美しい色彩に富んでいるが、青く白く、見るから清々(すがすが)しいのは瓜の色におよぶものはない。味はすこしく茄子に劣るが、その淡い味が如何(いか)にも夏のものである。

百人一首の一人中納言朝忠(あさただ)卿は干瓜を山のごとくに積んで、水漬けの飯をしたたかに食って人をおどろかしたと云うが、その干瓜というのは彼のかみなり干のたぐいかも知れない。瓜を割(さ)いて炎天に干すのを雷干(かみなりぼし)という。食っては左(さ)のみ旨いものでもないが、一種の俳味のあるもので、誰が云い出したか雷干とは面白い名をつけたものだと思う。

花火

俳諧では花火を秋の季に組み入れているが、どうもこれは夏のものらしい。少くも東京では夏の宵の景物である。

衰えたと云っても、両国の川開きに江戸以来の花火のおもかげは幾分か残っている。しかし私は川開き式の大花火をあまり好まない。由来、どこの土地でも大仕掛の花火を誇りとする傾きがあるらしいが、いたずらに大仕掛を競うものには、どうも風趣が乏しいようである。花火はむしろ子供達が弄ぶ細い筒の火にかぎるように私は思う。

わたしの子供の頃には、花火をあげて遊ぶ子供達が多かった。夏の長い日もようやく暮れて、家々の水撒きも一通り済んで、町の灯がまばらに燦めいてくると、子供たちは細い筒の花火を持ち出して往来に出る。そこらの涼み台では団扇の音や話し声が聞える。子供たちは往来のまん中に出るのもある、うす暗い立木のかげにあつまるものもある。そうして、思い思いに花火をうち揚げる。もとより細い筒であるから、火は高くあがらない。せいぜいが二階家の屋根を越えるくらいで、ぽんと揚るかと思うと、すぐに開いて直ぐに落ちる。まことに単純な、まことに呆気ないものではあるが、うす暗い夜の町でそこにもここにもこの小さい火の飛ぶ影をみるのは、一種の涼しげな気分を誘い出すものであった。

白地の浴衣を着た若い娘が虫籠をさげて夜の町をゆく。子供の小さい花火は、その行く手を照らすかのように低く飛んでいる。——こう書くと、それは絵であるというかも知れない。しかし私たちの子供のときには、こういう絵のような風情はめずらしくなかった。絵としては勿論月並の画題でもあろうが、さて実際にそういう風情をみせられると、決して悪くは感じない。まわり灯籠、組みあげ灯籠、虫籠、蚊いぶしの煙、西瓜の截売、こうしたものが都会の夏の夜らしい気分を作り出すとすれば、子供たちの打ちあげる小さい花火もたしかにその一部分を担任していなければならない。

花火は普通の打揚げのほかに、鼠花火、線香花火のあることは説明するまでもあるまい。鼠花火はいたずら者が人を嚇してよろこぶのである。線香花火は小さい児や女の児をよろこばせるのである。そのほかに幽霊花火というのもあった。これはお化花火とも云って、鬼火のような青い火が唯とろとろと燃えて落ちるだけであるが、いたずら者は暗い板塀や土蔵の白壁のかげにかくれて、蚊に食われながらその鬼火を燃やして、臆病者の通りかかるのを待っているのであった。

学校の暑中休暇中の仕事は、勉強するのでもない、避暑旅行に出るのでもない、活動写真にゆくのでもない。昼は泳ぎにゆくか、蟬やとんぼを追いまわしに出るか。そうして、夜は屹と花火をあげに出る。所謂いたずらっ児として育てられた自分達の少年時代を追懐して、わたしは決してそれを悔もうとは思わない。

その時代にくらべると、今は世の中がまったく変ってしまった。大通りには電車が通る。横町にも自動車や自転車が駆け込んでくる。警察官は道路の取締りにいそがしい。春の紙鳶も、夏の花火も、秋の独楽も、だんだんに子供の手から奪われてしまった。今でも場末のさびしい薄暗い町を通ると、ときどきに昔なつかしい子供の花火をみることもある。神経の尖った現代の子供達はおそらくこの花火に対して、その昔の私達ほどの興味を持っていないであろうと思われる。「花火間もなき光かな」などと云って、むかしから花火は果敢ないものに謳われているが、その果敢ない運命もやがては全くほろび尽して、花火といえば両国式の大仕掛の物ばかりであると思われるような時代が来るであろう。どんなに精巧な螺旋仕掛のおもちゃが出来ても、あの疎末な細い竹筒が割れて、あかい火の光がぽんとあがるのを眺めていた昔の子供たちの愉快と幸福とを想像することは出来まい。

花火は夏のものであると私は云った。しかし秋の宵の花火もまた一種の風趣がないでもない。鉢のあさ顔の蔓がだんだんに伸びて、あさ夕はもう涼風が単衣(ひとえもの)の襟にしみる頃、まだ今年の夏を忘れ得ない子供たちが夜露の降りた町に出て、未練らしく花火をあげているのもある。勿論、その火の数は夏の頃ほどに多くない。秋の蛍——そうした寂しさを思わせるような火の光がところどころに揚っていると、暗い空から弱い稲妻がときどきに落ちて来て、その光を奪いながら共に消えてゆく。子供心にも云い知れない淡い哀愁を誘い出されるのは、こういう秋の宵であった。

雷雨

夏季に入っていつも感じるのは、夕立と雷鳴の少くなったことである。私たちの少年時代から青年時代にかけては、夕立と雷鳴が随分多く、いわゆる雷嫌いをおびやかしたものであるが、明治末期から次第に減じた。時平公の子孫万歳である。

地方は知らず、都会は周囲が開けて来る関係上、気圧や気流にも変化を生じたとみえて、東京などは近年たしかに雷雨が少くなった。第一に夕立の降り方までが違って来た。むかしの夕立は、今までカンカン天気であったかと思うと、俄に蟬の声が止む、頭の上が暗くなる。おやッと思う間に、一朶の黒雲が青空に拡がって、文字通りの驟雨沛然、水けむりを立てて滝のように降って来る。

往来の人々はあわてて逃げる。家々では慌てて雨戸をしめる、干物を片附ける。周章狼狽、いやもう乱痴気騒ぎであるが、その夕立も一時間とはつづかず、せいぜい二十分か三十分でカラリと晴れて、夕日が赫と照る、蟬がまた啼き出すという始末。

急がずば湿れざらましを旅人の、あとより晴るる野路の村雨——太田道灌よく詠んだとは、まったくこの事であった。近年こんな夕立はめったにない。

空がだんだんに曇って来て、今に降るかと用意していても、この頃の雷雨は待機の姿勢を取って容易に動かない。三、四十分乃至一時間の余裕をあたえて、それからポツポツ降り出して来るという順序で、昔のような不意撃を食わせない。況んや青天霹靂などは絶無である。その代りに揚り際もよくない。雷も遠くなり、雨も止むかと見えながら、まだ思い切りの悪いようにビショビショと降っている。むかしの夕立の男性的なるに引きかえて、このごろの夕立は女性的である。雷雨一過の後も爽かな涼気を感ずる場合が少く、いつまでもジメジメして、蒸暑く、陰鬱で、こんな夕立ならば降らない方が優しだと思うことが屢々ある。

こういうと、ひどく江戸子で威勢が好いようであるが、正直をいえば私はあまり雷を好まない。いわゆる雷嫌いという程でもないが、聞かずに済むならば聞きたくない方で、電光がピカリピカリ、雷鳴がゴロゴロなどは、どうも愉快に感じられない。しかも夕立には雷電を伴うのが普通であるから、自然に夕立をも好まないようになる。殊に近年の夕立のように、雨後の気分が好くないならば、降ってくれない方が仕合せである。雷ばかりでなく、私は風も嫌いである。夏の雷、冬の風、いずれも私の平和を破ること少くない。

むかしの子供は雷を呼んでゴロゴロ様とか、かみなり様とか云っていたが、私が初めてかみなり様とお近附き（?）になったのは、六歳の七月、日は記憶しないが、途方もなく暑い日であった。私の家は麴町の元園町にあったが、その頃の麴町辺は今日の旧郊外よりもさびしく、どこの家も庭が広くて、家の周囲にも空地が多かった。

わたしの家と西隣の家とのあいだにも、五、六間の空地があって、隣の家には枸杞の生垣が青々と結いまわしてあった。私はその枸杞の実を食べたこともあった。その生垣の外に一株の大きい柳が立っている。それが自然の野生であるか、或は隣の家の所有であるか、そんなこともよく判らなかったが、兎もかくも相当の大木で、夏から秋にかけては油蟬やミンミンやカナカナや、あらん限りの蟬が来てそうぞうしく啼いた。柳の近所にはモチ竿や紙袋を持った子供のすがたが絶えなかった。前にいう七月のある日、なんでも午後の三時頃であったらしい、大夕立の真最中、その柳に落雷したのである。

雷雨を恐れて、わたしの家では雨戸をことごとく閉じていたので、落雷当時のありさまは知らない。唯すさまじい雷鳴と共に、家内が俄に明るくなったように感じただけであったが、雨が晴れてから出てみると、彼の柳は真黒に焦げて、大木の幹が半分ほども裂けていた。わたしは子供心に戦慄した。それ以来、わたしはかみなり様が嫌いになった。

それでも幸いに、ひどい雷嫌いにもならなかったが、さりとて平然と落付いているような勇士にはなれなかった。雷鳴を不愉快に感ずることは、昔も今も変りがない。その私が暴雷におびやかされた例が三回ある。

その一は、明治三十七年の九月八日か九日の夜とおぼえている。私は東京日日新聞の従軍記者として満洲の戦地にあって、遼陽陥落の後、半月ほどは南門外の迎陽子という村落の民家に止宿していたが、そのあいだの事である。これは夕立というのではなく、午後二時頃からシトシトと降り出した雨が、暮るると共に烈しく降りしきって、九時を過ぎる頃から大雷雨となった。

雷光は青く、白く、あるいは紅く、あるいは紫に、みだれて裂けて、乱れて飛んで、暗い村落を色々に照らしている。雨はごうごうと降っている。雷はすさまじく鳴りはためいて、地震のような大きい地ひびきがする。それが夜の白むまで、八、九時間も小歇みなしに続いたのであるから、実におどろいた。大袈裟にいえば、最後の審判の日が来たのかと思われる程であった。もちろん眠られる筈もない。私は頭から毛布を引っかぶって、小さくなって一夜をあかした。

「毎日大砲の音を聞き慣れている者が、雷なんぞを恐れるものか。」

こんなことを云って強がっていた連中も、仕舞にはみんな降参したらしく、夜の明けるまで安眠した者は一人もなかった。夜が明けて、雨が晴れて、ほっとすると共にがっかりした。

その二は、明治四十一年の七月である。午後八時を過ぎる頃、わたしは雨を衝いて根岸方面から麴町へ帰った。普通は池の端から本郷台へ昇ってゆくのであるが、今夜の車夫は上野の広小路から電車線路を真直に神田にむかって走った。御成街道へさしかかる頃から、雷鳴と電光が強くなって来たので、臆病な私は用心して眼鏡をはずした。

もう神田区へ踏み込んだと思う頃には、雷雨はいよいよ強くなった。まだ宵ながら往来も途絶えて、ときどきに電車が通るだけである。眼の先もみえないように降りしきるので、車夫も思うようには進まれない。ようように五軒町附近まで来かかった時、ゆく先がぱっと明るくなって、がんというような霹靂一声、車夫はたちまちに膝を突いた。車は幌のままで横に倒れた。わたしも一緒に投げ出された。幌が深いので、車外へは転げ出さなかったが、兎も角もはっと思う間にわたしの体は横倒しになっていた。二、三町先の旅籠町辺の往来のまん中に落雷したのである。

私は別に怪我もなかった。車夫も膝がしらを少し擦り剝いたぐらいで、差したる怪我もなかった。落雷が大地にひびいて、思わず膝を折ってしまったと、車夫は話した。しかし大難が小難で済んだわけで、若し私の車がもう一、二町も南へ進んでいたら、どんな禍を蒙ったか判らない。二人はたがいに無事を祝して、豪雨のなかを又急いだ。

その三は、大正二年の九月、仙台の塩釜から金華山参詣の小蒸汽船に乗って行って、島内の社務所に一泊した夜である。午後十時頃から山もくずれるような大雷雨となった。

「なに、直ぐに晴れます。」

社務所の人は慰めてくれたが、なにしろ場所が場所である。孤島の雷雨はいよいよ凄愴の感が深い。あたまの上の山からは滝のように水が落ちて来る、海はどうどうと鳴っている。雷は縦横無尽に駈けめぐってがらがらとひびいている。文字通りの天地震動である。こんなありさまで、明日は無事に帰られるかと危ぶまれた。天候の悪いときには幾日も帰られないこともあるが、社務所の倉には十分の食料がたくわえてあるから、決して心配には及ばないと云い聞かされて、心細いなかにも少しく意を強うした。

社務所の人の話に嘘はなかった。さすがの雷雨も十二時を過ぎる頃からだんだんに衰えて、枕もとの時計が一時を知らせる頃には、山のあたりで鹿の鳴く声がきこえた。喜んで窓をあけて見ると、空は拭ったように晴れ渡って、旧暦八月の月が昼のように明るく照らしていた。私はあしたの天気を楽みながら、窓に倚(よ)って徐かに鹿の声を聞いた。その爽かな心持は今も忘れないが、その夜の雷雨のおそろしさも、おなじく忘れ得ない。

白柳秀湖氏の研究によると、東京で最も雷雨の多いのは杉並のあたりであるという。私の知る限りでも、東京で雷雨の多いのは北多摩郡の武蔵野町から杉並区の荻窪、阿佐ケ谷のあたりであるらしい。甲信盆地で発生した雷雲が武蔵野の空を通過して、房総の沖へ流れ去る。その通路が恰(あたか)も杉並辺の上空に当り、下町方面へ進行するに従って雷雲も次第に稀薄になるように思われる。但し俗に「北鳴り」と称して、日光方面から押込んで来る雷雲は別物である。

鳶

去年（昭和十年）の十月頃の新聞を見た人々は記憶しているであろう。日本橋蠣殻町のある商家の物干へ一羽の大きい鳶が舞い降りたのを店員大勢が捕獲して、警察署へ届け出たというのである。ある新聞には、その鳶の写真まで掲げてあった。

そのとき私が感じたのは、鳶という鳥がそれほど世間から珍らしがられるようになった事である。今から三、四十年前であったら、鳶なぞがそこらに舞っていても、降りていても、誰も見返る者もあるまい。云わば鴉や雀も同様で、それを捕獲して警察署へ届け出る者もあるまい。鳶は現在保護鳥の一種になっているから、それで届け出たのかも知れないが、昔なら恐らくそれを捕獲しようと考える者もあるまい。それほどに鳶は普通平凡の鳥類と見なされていたのである。

私は山の手の麹町に生長したせいか、子供の時から鳶なぞは毎日のように見ている。天気晴朗の日には一羽や二羽はかならず大空に舞っていた。トロトロトロと云うような鳴き声も常に聞き慣れていた。鳶が鳴くから天気が好くなるだろうなぞと云った。鳶に油揚げを攫われると云うのは嘘ではない。子供が豆腐屋へ使いに行って笊や味噌こしに油揚げを入れて帰ると、その途中で鳶に攫って行かれることは屢々あった。油揚げばかりでなく、魚屋が人家の前に盤台をおろして魚をこしらえている処へ、鳶が突然にサッと舞い下って来て、その盤台の魚や魚の腸なぞを引摑んで、あれという間に虚空遥かに飛び去ることも珍らしくなかった。鷲が子供を攫って行くのもおそらくこうであろうかと、私たちも小さい魂を脅かされたが、それも幾たびか見慣れると、やあ又攫われたなぞと面白がって眺めているようになった。往来で白昼掻払いを働く奴を東京では「昼とんび」と云った。

　小石川に富坂町というのがある。富坂はトビ坂から転じたので、昔はここらの森に沢山の鳶が棲んでいた為であるという。してみると、江戸時代には更に沢山の鳶が飛んでいたに相違ない。鳶ばかりでなく、鶴も飛んでいたのである。明治以後、鶴を見たことはないが、鳶は前に云う通り、毎日のように東京の空を飛び廻っていたのである。

　鳶も鷲と同様に、いわゆる鷙鳥とか猛禽とか云うものに数えられ、前に云ったような悪いたずらをも働くのであるが、鷲のように人間から憎まれ恐れられていないのは、平生から人家に近く棲んでいるのと、鷲ほどの兇暴を敢てしない為であろう。子供の飛ばす凧は鳶から思い附いたもので、日本ではトンビ凧といい、漢字では紙鳶と書く。英語でも凧をカイトという。即ち鳶と同じことである。それを見ても、遠い昔から人間と鳶とは余ほどの親みを持っていたらしいが、文明の進むに連れて、人間と鳶との縁がだんだんに遠くなった。

日露戦争前と記憶している。麴町の英国大使館の旗竿に一羽の大きい鳶が止まっているのを見付けて、英国人の館員や留学生が嬉しがって眺めていた。留学生の一人が私に云った。

「鳶は男らしくて好い鳥です。しかしロンドン附近ではもう見られません。」

まだその頃の東京には鳶のすがたが相当に見られたので、英国人はそんなに鳶を珍らしがったり、嬉しがったりするのかと、私は心ひそかに可笑しく思った位であったが、その鳶もいつか保護鳥になった。東京人もロンドン人と同じように、鳶を珍らしがる時代が来たのである。もちろん鳶に限ったことではなく、大都会に近いところでは、鳥類、虫類、魚類が年々に亡びて行く。それは余儀なき自然の運命であるから、特に鳶に対して感傷的の詠嘆を洩すにも及ばないが、初春の空に彼のトンビ凧を飛ばしたり、大きな口をあいて「トンビ、トロロ」と歌った少年時代を追懐すると、鳶の衰滅に対して一種の悲哀を感ぜずにはいられない。

むかしは矢羽根に雉又は山鳥の羽を用いたが、それ等は多く得られないので、下等の矢には鳶の羽を用いた。その鳶の羽すらも払底になった頃には、矢は廃れて鉄砲となった。そこにも需要と供給の変遷が見られる。

私はこのごろ上目黒に住んでいるが、ここらにはまだ鳶が棲んでいて、晴れた日には大きい翼をひろげて悠々と舞っている。雨のふる日でもトロトロと鳴いている。私は旧友に逢ったような懐かしい心持で、その鳶が輪を作って飛ぶ影をみあげている。鳶はわが巣を人に見せないという俗説があるが、私の家のあたりへ飛んで来る鳶は近所の西郷山に巣を作っているらしい。その西郷山もおいおいに拓かれて分譲地となりつつあるから、やがてはここらにも鳶の棲家を失うことになるのかも知れない。いかに保護されても、鳶は次第に大東京から追い遣らるるの外はあるまい。

私はよく知らないが、金鵄勲章の鵄は鳶のたぐいであると云う。然らば、たとい鳶がいずこの果へ追い遣られても、或はその種族が絶滅に瀕しても、その雄姿は燦として永久に輝いているのである。鳶よ、憂うる勿れ、悲しむ勿れと云いたくもなる。

きょうも暮春の晴れた空に、二羽の鳶が舞っている。折から一台の飛行機が飛んで来たが、彼等はそれに驚かされたような気色も見せないで、やはり悠々として大きい翼を空中に浮べていた。

旧東京の歳晩

昔と云っても、遠い江戸時代のことはわたしも知らない。ここでいう昔は、わたし自身が目撃した明治十年ごろから三十年頃に亘る昔のことである。そのつもりで読んで貰いたい。

その頃のむかしに比べると、最近の東京が著るしく膨脹し、著るしく繁昌して来たことは云うまでもない。その繁昌につれて、東京というものの色彩もまた著るしく華やかになった。家の作り方、ことに商店の看牌や店飾りのたぐいが、今と昔とは殆ど比較にならないほどに華やかになった。勿論、一歩あやまって俗悪に陥ったような点もみえるが、いずれにしても賑かになったのは素晴らしいものである。今から思うと、その昔の商店などは何商売にかかわらず、いずれも甚だ質素な陰気なもので、大きな店ほど何だか薄暗いような、陰気な店構えをしているのが多かった。大通りの町々と云っても、平日は寂しいもので――その当時は相当に賑かいと思っていたのであるが

——人通りもまた少かった。

それが年末から春初にかけては、俄に景気づいて繁昌する。平日がさびしいだけに、その繁昌がひどく眼に立って、いかにも歳の暮らしい、忙がしい気分や、または正月らしい浮いた気分を誘い出すのであった。今日のように平日から絶えず賑わっていると、歳の暮も正月も余り著るしい相違はみえないが、くどくも云う通り、ふだんが寝入っているだけに、暮の十五、六日頃から正月の十五、六日まで約一ケ月のあいだは、まったく世界が眼ざめて来たように感じられたものである。

今日のように各町内連合の年末大売出しなどというものはない。楽隊で囃し立てるようなこともない。大福引きで箪笥や座蒲団をくれたり、商品券をくれたりするようなこともない。しかし二十日過ぎになると、各商店では思い思いに商品を店一杯に列べたり、往来まではみ出すように積みかさねたりする。景気づけにほおずき提灯をかけるのもある。福引のような大当りはないが、大抵の店では買物相当のお景物をくれることになっているので、その景品をこれ見よとばかりに積み飾って置く。それがまた馬鹿に景気のいいもので、それに惹かされると云うわけでもあるまいが、買手がぞろぞろと繋がって這入る。その混雑は実におびただしいものであった。

それらの商店のうちでも、絵草紙屋――これが最も東京の歳晩を彩るもので、東京に育った私たちに取っては生涯忘れ得ない思い出の一つである。絵草紙屋は歳の暮にかぎられた商売ではないが、どうしても歳の暮に無くてはならない商売であることを知らなければならない。錦絵の板元では正月をあて込みに色々の新版を刷り出して、小売りの絵草紙屋の店さきを美しく飾るが習いで、一枚絵もある、二枚つづきもある、三枚つづきもある。各劇場の春狂言が早くきまっている時には、先廻りをして三枚つづきの似顔絵を出すこともある。そのほかに色々の双六も絵草紙屋の店先にかけられる。そのなかには年々歳々おなじ版をかさねているような、例のいろは短歌や道中双六のたぐいもあるが、何か工夫して新しいものを作り出すことになっているので、武者絵双六、名所双六、お化け双六、歌舞伎双六のたぐい、主題はおなじでも画面の違ったものを撰んで作る。ことに歌舞伎双六は羽子板とおなじように、大抵はその年の当り狂言を撰むことになっていて、人物はすべて俳優（やくしゃ）の似顔であること勿論である。その双六だけでも十種、二十種の多きに達して、それらが上に下に右に左に掛け連ねられて、師走の風に軽くそよいでいる。しかもみな彩色の新版であるから、いわゆる千紫万紅（せんしばんこう）の絢爛をきわめたもので、眼も綾というのはまったくこの事であった。女子供は勿論、大抵の男でもよくよくの忙がしい人でないかぎりは、自ずとそれに吸い寄せられて、店さきに足を停めるのも無理はなかった。絵草紙屋では歌がるたも売る、十六むさしも売る、福笑いも売る、正月の室内の遊び道具は殆どみなここに備わっていると云うわけであるから、子供のある人にかぎらず、歳晩年始の贈物を求めるために絵草紙屋の前に立つ人は、朝から晩まで絶え間がなかった。わたしは子供の時に、麹町から神田、日本橋、京橋、それからそれへと絵草紙屋を見てあるいて、とうとう芝まで行ったことがあった。

歳の市を観ないでも、餅搗(つ)きや煤(すす)はきの音を聞かないでも、ふところ手をして絵草紙屋の前に立ちさえすれば、春の来るらしい気分は十分に味うことが出来たのである。江戸以来の名物たる錦絵がほろびたと云うのは惜むべきことに相違ないが、わたしは歳晩の巷を行くたびに特にその感を深うするもので、いかに連合大売出しが旗や提灯で飾り立てても、楽隊や蓄音器で囃し立てても、わたしをして一種寂寥の感を覚えしめるのは、東京市中に彼(か)の絵草紙屋の店を見出し得ない為であるらしい。

歳晩の寄席――これにも思い出がある。いつの頃から絶えたか知らないが、昔は所々の寄席に大景物(だいけいぶつ)ということがあった。十二月の下席(しもせき)は大抵休業で、上(かみ)十五日もあまり好い芸人は出席しなかったらしい。そこで、第二流どころの芸人の出席する寄席では、客を寄せる手段として景物を出すのである。中入りになった時に、色々の景品を高座に持ち出し、前座の芸人が客席をまわって、めいめいに籤を引かせてあるく。そうして、その籤の番号によって景品をくれるのであるが、そのなかには空くじも沢山ある。中ったものには、安物の羽子板や、紙鳶や、羽根や、菓子の袋などをくれる。箒や擂り こ木や、鉄瓶や、提灯や、小桶や、薪や、炭俵や、火鉢などもある。安物があたった時は仔細ないが、すこし好い物をひき当てた場合には、空くじの連中が妬み半分に声をそろえて、「遣ってしまえ、遣ってしまえ。」と呶鳴る。自分がそれを持ち帰らずに、高座の芸人に遣ってしまえと云うのである。そう云われて躊躇していると、芸人達の方では如才なくお辞儀をして、「どうもありがとうございます。」と、早々にその景品を片附けてしまうので、折角好い籤をひき当てても結局有名無実に終ることが多い。それを見越して、沢山の景品のうちにはいかさま物もならべてある。羊羹とみせかけて、実は拍子木を紙につつんだたぐいの物が幾らもあるなどと云うが、まさか然うでもなかったらしい。

わたしも十一の歳のくれに、麴町の万よしと云う寄席で紙鳶をひき当てたことを覚えている。それは二枚半で、龍という字凧であった。わたしは喜んで高座の前へうけ取りにゆくと、客席のなかで例の「遣ってしまえ。」を呶鳴るものが五、六人ある。わたしも負けない気になって、「子供が紙鳶を取って、遣ってしまう奴があるものか。」と、大きな声で呶鳴りかえすと、大勢の客が一度に笑い出した。高座の芸人たちも笑った。兎もかくも無事に、その紙鳶をうけ取って元の席に戻ってくると、なぜそんな詰らないことを云うのだと、一緒に行っていた母や姉に叱られた。その紙鳶はよくよくわたしに縁が無かったとみえて、あくる年の正月二日に初めてそれを揚げに出ると、たちまちに糸が切れて飛んでしまった。

近年は春秋二季の大掃除というものがあるので——これは明治三十二年の秋から始まったように記憶している。——特に煤掃きをする家は稀であるらしいが、その頃はどこの家でも十二月に這入って煤掃きをする。手まわしの好い家は月はじめに片附けてしまうが、もう数え日という二十日過ぎになってトントンバタバタと埃を掃き立てている家が沢山ある。商店などは昼間の商売が忙がしいので、日がくれてから提灯をつけては煤掃きに取りかかるのもある。なにしろ戸々で思い思いに掃き立てるのであるから、その都度に近所となりの迷惑は思いやられるが、お互いのことと諦めて別に苦情もなかったらしい。江戸時代には十二月十三日と大抵きまっていたのを、維新後にはその慣例が頽れてしまったので、おたがいに迷惑しなければならないなどと、老人たちは呟いていた。

もう一つの近所迷惑は、彼の餅搗きであった。米屋や菓子屋で餅を搗くのは商売として已むを得ないが、そのころには俗にひきずり餅というのが行われた。搗屋が臼や釜の諸道具を車につんで来て、家々の門内や店さきで餅をつくのである。これは依頼者の方であらかじめ糯米を買い込んでおくので、米屋や菓子屋にあつらえるよりも経済であると云うのと、また一面には世間に対する一種の見栄もあったらしい。又なんという理窟も無しに、代々の習慣でかならず自分の家で搗かせることにしているのもあったらしい。勿論、この搗屋も大勢あったには相違ないが、それでも幾人か一組になって、一日に幾ケ所も搗いて廻るのであるから、夜のあけないうちから押掛けて来る。そうして、幾臼かの餅を搗いて、祝儀を貰って、それからそれへと移ってゆくので、遅いところへ来るのは夜更けにもなる。なにしろ大勢がわいわい云って餅を搗き立てるのであるから、近所となりに取っては安眠妨害である。殊に釜の火を熾に焚くので、風のふく夜などは危険でもある。しかしこれに就ても近所から苦情が出たという噂も聞かなかった。運が悪いと、ゆうべは夜ふけまで隣の杵の音にさわがされ、今朝は暗いうちから向うの杵の音に又おどろかされると云うようなこともあるが、これも一年一度の歳の暮だから仕方がないと覚悟していたらしい。現にわたしなども霜夜の枕にひびく餅の音を聴きながら、やがて来る春のたのしみを夢みたもので――有明は晦日に近し餅の音――こうした俳句のおもむきは到るところに残っていた。

冬至のゆず湯――これは今も絶えないが、そのころは物価が廉いので、風呂のなかには柚が沢山に浮んでいるばかりか、心安い人々には別に二つ三つぐらいの新しい柚の実をくれたくらいである。それを切って酒にひたして、ひび薬にすると云って、みんなが喜んで貰って帰った。なんと云っても、むかしは万事が鷹揚であったから、今日のように柚湯とは名ばかりで、風呂中をさがし廻って僅かに三つか四つの柚を見つけ出すのとは雲泥の相違であった。冬至の日から獅子舞が来る。その囃子の音を聴きながら柚湯のなかに浸っているのも、歳の暮の忙しいあいだに何となく春らしい暢やかな気分を誘い出すものであった。

わたしはこういう悠長な時代に生まれて、悠長な時代に育って来たのである。今日の劇しい、目まぐるしい世のなかに堪えられないのも無理はない。

新旧東京雑題

祭礼

東京で著るしく廃(すた)れたものは祭礼(まつり)である。江戸以来の三大祭といえば、麴町の山王、神田の明神、深川の八幡として、殆ど日本国じゅうに知られていたのであるが、その祭礼はむかしの姿を止めないほどに衰えてしまった。たとい東京に生まれたといっても、二十代はもちろん、三十代の人では、ほんとうの祭礼らしいものを見た者はあるまい。それほどの遠い昔から、東京の祭礼は衰えてしまったのである。

震災以後は格別、その以前には型ばかりの祭礼を行わないでもなかったが、それは文字通りの「型ばかり」で、軒提灯に花山車(はなだし)ぐらいにとどまっていた。その花山車も各町内から曳(ひき)出すというわけではなく、氏子の町々も大体においてひっそり閑としていて、いわゆる天下祭などという素晴らしい威勢はどこにも見いだされなかった。

わたしの記憶しているところでは、神田の祭礼は明治十七年の九月が名残りで、その時には祭礼番附が出来た。その祭礼中に九月十五日の大風雨があって、東京府下だけでも丸潰れ千八十戸、半つぶれ二千二百二十五戸という大被害で、神田の山車小屋などもみな吹き倒された。それでも土地柄だけに、その後も隔年の大祭を怠らなかったが、その繁昌は遂に十七年度の昔をくり返すに至らず、いつとはなしに型ばかりのものになってしまった。

山王の祭礼は三大祭の王たるもので、氏子の範囲も麴町、四谷、京橋、日本橋にわたって、山の手と下町の中心地区を併合しているので、江戸の祭礼のうちでも最も華麗をきわめたのである。わたしは子供のときから麴町に育って、氏子の一人であったために、この祭礼を最もよく知っているが、これは明治二十年六月の大祭を名残りとして、その後はいちじるしく衰えた。近年は神田よりも寂しいくらいである。

深川の八幡はわたしの家から遠いので、詳しいことを知らないが、これも明治二十五年の八月あたりが名残りであったらしく、その後に深川の祭礼が賑かに出来たという噂を聞かないようである。ここは山車や踊り屋台よりも各町内の神輿が名物で、俗に神輿祭と呼ばれ、色々の由緒つきの神輿が江戸のむかしから沢山に保存されていたのであるが、先年の震災で大かたは焼亡したことと察せられる。

そういうわけで、明治時代の中ごろから東京には祭礼らしい祭礼はないといってよい。明治の末期や大正時代における「型ばかり」の祭礼を見たのでは、とても昔日の壮観を想像することは出来ない。京の祇園会や大阪の天満祭りは今日どうなっているか知らないが、東京の祭礼は実際においてほろびてしまった。しょせん再興はおぼつかない。

湯屋

湯屋を風呂屋という人が多くなっただけでも、東京の湯屋の変遷が知られる。（式亭）三馬の作に「浮世風呂」の名があっても、それは書物の題号であるからで、それを口にする場合には銭湯とか湯屋とかいうのが普通で、元禄のむかしは知らず、文化文政から明治に至るまで、東京の人間は風呂屋などという者を田舎者として笑ったのである。それが今日では反対になって来たらしい。

湯屋の二階はいつ頃まで残っていたか、わたしにも正確の記憶がないが、明治二十年、東京の湯屋に対して種々のむずかしい規則が発布されてから、おそらくそれと同時に禁止されたのであろう。わたしの子供のときには大抵の湯屋に二階があって、そこには若い女が控えていて、二階にあがった客はそこで新聞をよみ、将棋をさし、ラムネをのみ、麦湯を飲んだりしたのである。それを禁じられたのは無論風俗上の取締（とりしまり）から来たのであるが、たといその取締がなくても、カフェーやミルクホールの繁昌する時代になっては、到底存続すべき性質のものではあるまい。しかし、湯あがりに茶を一ぱい飲むのも悪くはない。湯屋のとなりに軽便な喫茶店を設けたらば、相当に繁昌するであろうと思われるが、東京ではまだそんなことを企てたのはないようである。

五月節句の菖蒲（しょうぶ）湯、土用のうちの桃湯、冬至の柚（ゆず）湯――そのなかで桃湯は早く廃（すた）れた。暑中に桃の葉を沸かした湯に這入ると、虫に食われないとかいうのであったが、客が喜ばないのか、湯屋の方で割に合わないのか、いつとはなしに止められてしまったので、今の若い人は桃湯を知らない。菖蒲湯も柚湯も型ばかりになってしまって、これもやがては止められることであろう。

むかしは菖蒲湯又は柚湯の日には、湯屋の番台に三方（さんぼう）が据えてあって、客の方では「お拈（ひね）り」と唱え、湯銭を半紙にひねって三方の上に置いてゆく。もちろん、規定の湯銭よりも幾分か余計につつむのである。ところが、近年はその風がやんで、菖蒲湯や柚湯の日でも誰もおひねりを置いてゆく者がない。湯屋の方でも三方を出さなくなった。そうなると、湯屋に取っては菖蒲や柚代だけが全然損失に帰するわけになるので、どこの湯屋でも沢山の菖蒲や柚を入れない。甚だしいのになると、風呂から外へ持ち出されないように、菖蒲をたばねて縄でくくりつけるのもある。柚の実を麻袋に入れて繋いで置くのもある。こんな殺風景なことをする程ならば、いっそ桃湯同様に廃止した方がよさそうである。

朝湯は江戸以来の名物で、東京の人間はあさ湯のない土地には住めないなどと威張ったものであるが、その自慢のあさ湯も大正八年の十月から一斉に廃止となった。早朝から風呂を焚いては湯屋の経済が立たないというのである。しかし客からの苦情があるので、近年あさ湯を復活したところもあるが、それは極めて少数で、大体においては午後一時ごろに行ってもまだ本当に沸いていないというのが通例になってしまった。

江戸っ子はさんざんであるが、どうも仕方がない。あさ湯は十銭取ったら好かろうなどという説もあるが、これも実行されそうもない。

そば屋

そば屋は昔よりも著るしく綺麗になった。どういうわけか知らないが、湯屋と蕎麦屋とその歩調をおなじくするもので、湯銭があがれば蕎麦の代もあがり、蕎麦の代が下がれば湯屋も下がるということになっていたが、近年は湯銭の五銭に対して蕎麦の盛(も)り掛(かけ)は十銭という倍額になった。尤(もっと)も、湯屋の方は公衆の衛生問題という見地から、警視庁でその値あげを許可しないのである。

わたし達の書生時代には、東京中で有名の幾軒を除いては、どこの蕎麦屋もみな汚いものであった。綺麗な蕎麦屋に蕎麦の旨いのは少い、旨い蕎麦を食いたければ汚い家へゆけと昔から云い伝えたものであるが、その蕎麦屋がみな綺麗になった。そうして、大体においてまずくなった。まことに古人われを欺かずである。山路(やまじ)愛山(あいざん)氏が何かの雑誌に蕎麦のことを書いて、われわれの子供などは蕎麦は庖丁で切るものであるということを知らず、機械で切るものと心得て食っているとか言ったが、確かに機械切りの蕎麦は旨くないようである。そば切り庖丁などという詞(ことば)はいつか消滅するであろう。

人間が贅沢になって来たせいか、近年はそば屋で種物を食う人が非常に多くなった。それに応じて種物の種類もすこぶる殖えた。カレー南蛮などという不思議なものさえ現れた。ほんとうの蕎麦を味わうものは盛か掛を食うのが普通で、種物などを喜んで食うのは女子供であるということになっていたが、近年はそれが一変して、銭のない人間が盛り掛けを食うということになったらしい。種物では本当のそばの味はわからない。そば屋が蕎麦を吟味しなくなったのも当然である。

地方の人が多くなった証拠として、饂飩を食う客が多くなった。蕎麦屋は蕎麦を売るのが商売で、そば屋へ行って饂飩をくれなどというと、田舎者として笑われたものであるが、この頃は普通のそば屋ではみな饂飩を売る。お亀とか天ぷらとかいって注文すると、おそばでございますか、饂飩台でございますかと聞き返される場合が多い。黙っていれば蕎麦にきまっていると思うが、それでも念のために饂飩であるかないかを確かめる必要がある程に饂飩を食う客が多くなったのである。

かの鍋焼うどんなども江戸以来の売物ではない。上方では昔から夜なき饂飩の名があったが、江戸は夜そば売で、俗に風鈴蕎麦とか夜鷹そばとか呼んでいたのである。鍋焼うどんが東京に入り込んで来たのは明治以後のことで、黙阿弥の「嶋衢月白浪」

は明治十四年の作であるが、その招魂社（しょうこんしゃ）鳥居前の場で、堀の内まいりの男が夜そばを食いながら、以前とちがって夜鷹そばは売手が少なくなって、その代りに鍋焼うどんが一年増しに多くなったと話しているのを見ても知られる。その夜そば売も今ではみな鍋焼うどんに変ってしまった。中にはシュウマイ屋に化けたのもある。

そば屋では大正五、六年頃から天どんや親子どんぶりまでも売りはじめた。蕎麦屋が饂飩を売り、更に飯までも売ることになったのである。こうなると、蕎麦のうまいまずいなどはいよいよ論じていられなくなる。

西郷星

一

錺（かざり）職の留さんはこの頃発狂した。かれは自ら西郷隆盛と名乗って近所の人達をおどろかしたのであった。

留さんは本名を木崎安太郎と云うのであるが、世間からは一般に留さんと呼ばれていた。留さんは十一の歳からこの錺職の店へ奉公に来て、小僧のうちは留公と呼ばれていたので、今でも彼は留さんとして近所の人たちにも知られているのであった。親方が死んでから、留さんはその家の養子にきめられて、自分よりも二つ上のお清という娘の婿になった。それは慶応元年（一八六五年）のことで留さんが十八の冬であった。

江戸が東京とあらたまった年に、親方のおかみさんも世を去って、錺職の店は若夫婦の代になって、留さんとお清は睦じく暮していた。留さんは大柄で、色のあさ黒い、見るから職人風の小粋な男であった。お清は色の小白い、容貌も先ず十人並以上の女であったが、顔には薄い痘瘡のあとが残っていた。家附の娘ではあるが、お清は年下の亭主を大事にして、近所でも羨まれるくらいに夫婦仲がよかった。明治になってから、留さんは時世に応じてブリッキ職を始めたところが、それがだんだん繁昌して、今では小僧二人も使って、暮し向きもよほど楽になって来た。それでも近所では昔のままに矢はり錺職の留さんと云っていた。

　こうして、留さんの一家はいよいよ順調にむかって来たが、一つの不足は夫婦のあいだに子種のないことであった。夫婦はひどくそれを苦に病んで、自分の家が赤坂の一ツ木にあるので、お清は近所の豊川稲荷に日参して子供の出来るのを一生懸命に祈っていた。その霊験か、明治八年（一八七五年）の暮に彼女は女の児を生んだ。それは留吉が二十八、お清が三十の時で、夫婦は連れ立って豊川様へお礼まいりをするほどに喜んだ。女の児はお房という名をつけて、夫婦は毎日それをおもちゃにして嬉しがっていた。商売は繁昌して、氷川様の祭礼にも留さんは縮緬の肌ぬぎを着て出るようになった。お房は丈夫に生長する、夫婦仲はいよいよ睦じい。実際、錺屋の留さん夫婦は幸運の一家であった。

お房が数え年の三つになった春の頃から、留さんの様子がすこし変って来た。別にどうということもないのであるが、時々に腕ぐみをして溜息をついていることがある。そうして、ふだんは碌々に読んだこともない東京日日新聞や郵便報知新聞などを買いあつめて来て、夜おそくまで読み耽っているのであった。

「もうお前さん、西郷さんも好加減におしなさいよ。」

女房のお清はしまいには見かねて注意するようになったが、留さんは決して肯かなかった。新聞の記事に眼を晒すばかりでなく、かれは出仕事に行っても髪結床へ行っても、湯屋へ行っても、逢う人ごとに西郷の噂を聴いていた。あらためて註するまでもなく、この年（明治十、一八七七年）の二月には西郷隆盛が兵を鹿児島にあげて、桐野利秋、篠原国幹等と肥後の熊本に向ったのである。今日とは違って通信機関が一向に発達していない時代であるから、九州の戦報が今日の欧州戦争（第一次世界大戦）ほどにも委しく伝わらない。東京の諸新聞に記載されているのも極めて簡単な通信ばかりで、それも不確実の風説がよほどまじっているので、東京にいる者には戦況の推移などは確かに判らないのであるが、それだけに又いろいろの想像や捏造が加わって、取留めのない噂がそれからそれへと拡がっていた。その噂に一々耳をかたむけて、留さんは一種の戦争狂と見らるるまでにその戦報に注意していた。

「西郷さんが勝たなけりゃいけねえ、どうしても勝つ筈だ。」と、留さんは逢う人ごとに西郷隆盛の勝利を説いていた。

留さんは江戸っ子である。江戸城をうけ取りに来た西郷に対して、かれは寧ろ反感を持つべきであったが、どういうわけか、彼は熱烈なる西郷隆盛崇拝者であった。かれは不思議なくらいに西郷さんを偉い人と信じていた。彼は西郷がなんのために兵を起したか、そんな事情を勿論委しく知ろう筈はなかったが、西郷さんが軍をはじめる以上、きっと勝つに相違ないという強い自信をもっていた。勿論、彼とおなじような考えを懐ているものは他にも沢山あったが、そのなかでも彼は最も強い自信をもっている一人であった。

「西郷さんが屹と勝つ。」

留さんは口癖のように云っていた。その熱心には大抵の人も感心して、しまいには誰云うともなしに、世間から彼に西郷さんという綽名をあたえてしまった。朝湯などにゆくと、近所の若いものは冗談半分に呼びかけた。

「やあ、西郷さん、お早う。」

「やあ、お早う。」と、かれは平気で答えた。「今朝の新聞で見ると、西郷さんの方もなかなか威勢が好いようだ。なにしろ官軍はだらしがありませんや。」

西郷を崇拝する彼は、当然の結果として官軍を呪詛するようになった。官軍が勝ったという通信を読むと、彼は云いしれない不快を感じて、日ごろ睦じい女房や可愛がっている小僧等に対しても、なにかにつけて当り散らすようになった。

それに就いては、家内の者ばかりでなく、町内の老人連もだんだんに心配をはじめて来た。地主の仙十郎は留さんを呼んで内々で注意した。

「留さん。おまえの西郷贔屓も好いが、西郷は兎もかくも賊軍の大将だ。その賊軍を贔屓して、官軍の悪口を云うのはどうも穏かでない。世間の手前、ちっと慎まなければいけない。」

「大きに御もっともでございます。これからは気をつけます。」

その場は素直に答えて帰ったが、留さんの西郷贔屓は決してやまなかった。かれは相変らず西郷を讃美して、逢う人ごとに官軍の悪口を云っていた。しかし彼の予想はだんだん裏切られて、上野の花がさく頃から西郷方の敗報が続々伝えられて来た。薩軍は田原坂で敗れた。川尻方面でも敗れた。形勢頗る不利に陥ったのをみて、西郷は熊本城の囲みを解いて退却したというのである。それらの通信記事を新聞紙上で毎日読まされるたびに、留さんの顔色はいよいよ悪くなって来た。彼はときどき腕ぐみをして溜息を洩すようになったのであった。

「西郷さんなんぞ勝ってても負けてもいいじゃありませんか。何にもこっちにかかり合のあることじゃないんだから。」と、お清は見兼ねて意見した。

「ええ、手前の知ったことじゃねえ。」と、留さんは叱りつけるように云った。そうして、「西郷さんはどうして負けるのかなあ。」と、不思議そうに考えつめていた。

なんとかして少し気を紛らせなければいけないと、お清も内々心配していると、四月のなかばに町内の花見があって、男や女が四、五十人も揃って飛鳥山へ繰出すことになった。

「この時節にお花見でもあるめえ。」

留さんはその相談に加わろうとしなかったが、無理にすすめられて一所にゆくことになった。丁度幸いだと思って、お清もよろこんで出して遣った。その頃は警察の取締りが厳重でなかったので、町内の花見連は思い思いに仮装して出ることになって、加藤清正や宮本無三四(むさし)や色々の人物が出来あがった。留さんは西郷隆盛になった。かれは商売物のブリッキを剪(き)って陸軍大将の礼帽を作った。そうしてそれをコールターで黒く塗った。かれは近所の洋服屋にたのんで、古洋服を軍服まがいに仕立て直して貰って、金紙でこしらえた肩章を着けた。体格の大きい彼がその軍服と軍帽とを着けて堂々とあゆみ出した時に、ほかの連中も眼をみはった。

「やあ、立派だ。まるでほんとうの西郷のようだ。」

ほんとうの西郷を見たことの無い者までが皆こんなことを云って褒めた。留さんは意気揚々として真先(まっさき)に立って行った。お清も一所にゆく筈であったが、小さい児があるので留守番することになった。

その日は前夜からどんよりと陰(くも)っていたが、弁当までも用意してしまったのであるから、町内の連中は思い切って繰出(くりだ)すことにした。午頃(ひる)から細い雨がしとしとと降り出して来た。

二

雨は午後からだんだんに強くなって来たので、町内の家々では空をみながら案じていた。電車などは無論にない時代であるから、飛鳥山まで往復徒歩きと覚悟しなければならない。花見に雨は附物であるが、それでも花の雨にぬれて帰るのをよろこぶほどの風流人も少いので、さぞ困っているだろうと留守の人たちも云い暮していた。取分けて、留さんの留守宅では心配していた。

午後五時頃になって、五、六人帰って来た。その話によると、飛鳥山までゆき着かないうちから雨がふり出して、山に着く頃には強降りになって来たので、もう何うすることも出来なくなって、そこでめいめいに弁当を分配して随意解散ということになった。そこで、強情に雨のなかをうろ付いている者もあれば、上野へ引返すという者もあり、浅草へ廻るというものもあり、皆それぞれに自由行動を取ることになって、早いものは今帰って来たのであった。そういうわけであるから、誰がどこへ行ったか判らないが、留さんはおそらく上野へ廻ったのであろうとのことであった。

そのうちに他の人々も湿れて帰って来たが、留さんは帰らなかった。お清は心配して方々を聞きあわせたが、誰も留さんのゆくえを確かに知っている者がなかった。十四、五人が一組になって上野へ引揚げて来た中に、留さんも加わっていたと云うのであるが、何分にも強い雨のなかといい、どの人もみな酔っているので、誰がどこへ行ったか確かに見とどけた者はないのであった。

地主の息子も一所に行ったのであるから、お清はそこへ行って相談すると、地主の家でも心配したが、何分にもどこを探すという的もなかった。もうその頃は午後八時頃で、雨は小歇なしに降っているので、これから探しに出るというのも難儀であるから、兎もかくも明日の朝まで待つがよかろうと云うことになって、お清は一先ず自分の家へ帰った。そうして、十二時頃まで待っていたが、留さんはやはり帰らなかった。

いつまで起きてもいられないので、二人の小僧を寝かして、お清もお房を抱いて寝床に這入ったが、かれは眼が冴えて眠られなかった。雨の音はふけるに連れていよいよ佗しくきこえた。午前一時をすぎたかと思う頃に、店の雨戸にどたんと強くぶつかるような音がひびいたので、お清はすぐに起きて出て、店のうちから念のために訊いた。

「どなた……。お前さんかえ。」

外ではなんの返事もなかった。注意して耳を引き立てると、低く唸っているような声がきこえるので、お清はいよいよ不安になって、そっと雨戸をあけて窺うと、暗い表には一人の男が倒れているらしかった。お清は蠟燭をつけて照してみると、それは亭主の留さんで、軍帽も軍服も靴もぬいでしまって、赤裸のままで土の上にころがっているのであった。

「まあ、おまえさん、どうしたの。」

お清はおどろいて彼を引き起そうとしたが、留さんは容易に動かなかった。大の男を女ひとりでは何うにもならないので、お清は二人の小僧をよび起して、ようよう彼をかかえ起すと、留さんは忽ち大きい声で叱りつけた。

「なんだおまえ達は……。陸軍大将西郷隆盛に無礼を働くな。」

かれは赤裸の泥足のままで内へ這入って、そこへごろりと横になったままで、高鼾で寝入ってしまった。

「親方は着物や何かをどうしたんでしょう。」と、小僧は不思議がっていた。

「酔ってどこへか置いて来たのかも知れない。」

お清は留さんが酔っているものと思っていた。あくる朝になって、留さんはいつもの通りに起きたが、かれはもう今までの留さんではなかった。かれは陸軍大将西郷隆盛であった。女房や小僧達が昨日のことを訊いても、彼はなんにも答えなかった。彼は大きい眼をひからせて、周囲の者どもを睥睨していた。彼はあさ飯の箸をおくと、すぐに店へ出てブリッキを剪りはじめた。そうして再び陸軍大将の軍帽を作って、コールターを塗った。彼はそれを頭にいただいてふらりと店を出て、往来のまん中に突っ立った。

「前へッ。」と、彼は通りがかりの人にむかって、大きい声で号令をかけた。

男でも女でも子供でも誰でもかまわない。留さんの前を通るものは、かならずこの号令を聞かされた。

「おれはこれから鹿児島へ行く。みんな鉄砲をかついで供をして来い。」

家内のものは勿論、近所の者も心配して、無理に家のなかへ連れ込んだが、留さんはすぐに又表へ飛び出すのであった。そうして、頻(しき)りに往来の者に向って号令をかけていた。それがだんだんに嵩じて来て、彼はこんなことを屢々口走るようになった。

「おれは近いうちに竹橋の近衛連隊に火をつけて焼き払ってしまう。」

「大久保や岩倉の首を斬ってしまわなければならない。」

「官軍なんぞ俺が呶鳴り付けてやれば、みんな降参してしまう。」

まだその外にさまざまな不穏の言語を弄するので、町内の者はもう打ちゃっては置かれなくなった。巡査からも注意があった。その間でも留さんは毎日の新聞を見ることを決して怠らなかった。そうして、薩軍が木山の町をも支え切れないで更に退却をつづけているという通信をみると、彼は歯がみをして唸り出した。

「むむう、官軍の畜生、今にみろ。」

くどくも云う通り、賊軍の贔屓をするだけならまだしもであるが、二口目には官軍を罵るので、周囲の者も持余した。巡査の注意でなるべく表へ出さないようにして置くのであるが、さて暴れ出すとなると、女房や小僧の力では迚も押えることが出来ないのであった。さりとて絶えず暴れ狂うというわけでもなく、ある時は店先におとなしく坐って往来の人を睨んでいるばかりであった。しかしこんなことで二月も商売を休んでいるので、女房はその方の苦労もしなければならなかった。可哀そうにお清は色々の苦労で痩せてしまった。

それを見かねて、地主の仙十郎はお清にこういうことを教えた。

「留さんもいつまでもあれでは困る。高尾山の琵琶の滝にかかれば、気違いがよく癒るというから、留さんを連れて行って滝をあびせたら何うだろう。幸い八王子にはわたしの親類があるから、そこへ行って何かの世話をして貰って、しばらく養生をさせてみるがよかろう。」

「何分よろしくお願い申します。」

高尾山の滝のことはお清もかねて聞いているので、途方にくれている折柄、すぐにそうすることに決めた。しかしどうして留さんを連れ出すかが問題であった。

「よろしい。わたしが何とかして上げよう。」

万事の打合せをして、その明る朝、地主の仙十郎は錺屋の店へたずねてゆくと、留さんはいつもの通り、店口に腰をかけて往来を睨んでいた。仙十郎は近寄ってうやうやしく挨拶した。

「西郷大将、お早うございます。」

「なんだ。貴様は官軍の赤シャッポか。」と、留さんは傲然として云った。

「左様でございます。」と、仙十郎はいよいよ丁寧に云った。「しかし迚（とて）も西郷さんにはかないませんので、降参にまいりました。」

「降参か。よし、よし、赦してやろう。」

「就きましては、わたくしの外にまだ降参いたしたいと云う者が沢山ございます。」

「そうか。」と、留さんは笑った。「何人ほどいる。」

「一大隊ほど居ります。」

「ほう、一大隊……。みんな官軍か。」

「左様でございます。」

「それは何処にいる。」

「鹿児島におります。」

「そうか。みんな呼んで来い。」と、留さんはおごそかに命令した。

「いえ、こちらへ参るわけにはまいりません。是非大将に御出張を願いたいと申しております。」

御出張の意味が判らないらしく、留さんは黙って睨んでいた。

「そこへ来て号令をかけて頂きたいのでございます。」と、仙十郎は恐る恐る云った。

「何分にも西郷大将がお出でにならなければ、官軍と戦うことが出来ません。一大隊は降参しましても、まだほかに官軍の敵が沢山控えて居りますので……」

「よし、判った。その一大隊はおれが号令をかけてやる。なに、西郷が出てゆけば、官軍なんぞは木片微塵だ。」

「では、おいで下さいますか。」

「むむ。行く。すぐに馬を持って来い。」と、留さんは起ち上った。

「馬はございません。」

「馬はない。陸軍大将は馬でなけりゃ行かれん。馬を持って来い。」

「どうか人力車で御勘弁をねがいます。その代りあと押しつきに致しますから。」

どうにかこうにか説き賺して、仙十郎は留さんを連れ出すことになった。真先の人力車には留さんを乗せて、何かの用心のために後押しをつけた。その次の人力車にはお清がお房を連れて乗った。あとの人力車には地主の次男の仙吉が乗った。三台の人力車が八王子にむかって赤坂を出発したのは、六月十日の朝であった。

三

留さんの一行はその晩府中に泊って、あくる日の午後に八王子の町へとどこおりなく行き着いた。その途中、留さんは案外におとなしかった。ただ時々に車の上で突然に号令をかけたりして車夫を驚かしたに過ぎなかった。

仙十郎の親戚は八王子の在にあるので、仙吉は留さん夫婦をそこへ案内して行って、一切のわけを話して西郷隆盛の世話をたのむと、そこの家でも快く承知してくれた。その晩は兎もかくもその家に泊ることにして、夕方に風呂に這入って、それから夕飯を食っているあいだに、お清はふと仙吉にこんなことを訊いた。

「あなたはもう徴兵検査はお済みでしたか。」

「いいえ、来年でございます」と、仙吉は云った。

「それじゃあ二十歳……。まだお若いんですね。」

「からだが丈夫ですから、徴兵に取られるかも知れません。」

徴兵という詞が留さんの耳に這入ると、今まで黙っていた彼は忽ちに眼をひからせた。

「なに、貴様は徴兵にいく。では、官軍だな。おのれ、西郷隆盛を知らんか。」

云うかと思うと、かれは膳の上にあった平の椀を取って突然に仙吉に叩きつけた、避ける間もなく、それが仙吉の額にあたって、大した怪我ではなかったが、薄い血がにじみ出した。それでも相手が気違いであるから、仙吉は黙って額をおさえていた。

「まあ、どうも済みません。何分にもああ云う人ですから何うぞ御勘弁を……。」と、お清は平あやまりにあやまった。

「いいえ、何、わたしが悪かったんです。うっかりしたことを云ったもんですから。」

「いいえ、わたくしの方からうっかりしたことを云い出したもんですから、ほんとうに申訳がありません。」

お清はくり返して詫びた。いかに気違いの仕業とは云いながら、親切にここまで送って来て何かの世話をしてくれる仙吉に対して、こんな乱暴を働いて、たとい微り傷でも負わせたかと思うと、お清はまったく申訳がなかった。おとなしい仙吉は別に忌な顔も見せないで、その場はそれで済んでしまった。

あくる日は高尾山まで駕籠で登って、琵琶の滝のお籠り所に留さんを預けて来ることになった。それでもなんだか不安なので、お清と仙吉は麓の茶屋に二、三日逗留して、その後の様子を見とどけて行くことになった。お房は仙吉によく懐いて、一所にそこらの川縁などを遊びあるいていた。

山へ行ってからの留さんは大分落ちついたらしかった。かれは他の患者と一所におとなしく滝を浴びていた。滝には季節が少し早いので、そこには余り沢山の患者も逗留していなかった。三日目にお清と仙吉はいよいよ東京へ引揚げることになって、よそながらその様子をうかがいにゆくと、留さんは矢はりブリッキの帽子をかぶっていた。そうして、一大隊の兵卒が二大隊に殖えたので号令に忙しいなどと云っていた。

帰り路もお清と仙吉は府中にとまって帰った。それから、小一月も過ぎて、七月の盆前になると、お清は再び高尾山へ行きたいと云った。

「それもよかろう。」と、仙十郎も同意した。「どうしているか案じるも無理はない。留守はわたしが気をつけているから、安心して行って来なさるがいい。」

「就きましては、まことに我儘(わがまま)なことを申すようでございますが、なにぶんにも小さい者を連れまして女一人で参るのは不安心でございますから、御差支えがなければもう一度、仙さんに行っていただく訳にはまいりますまいか。」と、お清は気の毒そうに云った。

その頃では八王子まで行くのも旅である。子供を連れて女一人でゆくのは不安心というのも無理はないと思ったので、仙十郎は異議なく承知して、再び仙吉を一所に出してやることにした。ふたりは麓の茶屋に二日ほど逗留して帰って来た。

それから後は別に変ったこともなかったが、お房がたびたび地主の家へ遊びに来て、仙吉を小父(おじ)さん小父さんと慕っていた。仙吉もお房を可愛がっていた。一所に幾日か旅をして来たので、子供は自然仙吉に懐いたのであろうと仙十郎も思っていた。

「もうこうなったらうかうかしてはいられません。」と、お清は云った。彼女は二人の小僧を追いまわして、店の得意先を働かせた。自分も得意先へ顔を出して、亭主が病気の事情を話して、どうぞ今まで通りに仕事をさせてくれと頼んであるいた。それが世間の同情をひいて、親方が留守でも何うにかこうにか店の方も行き立つようになって来た。

高尾山に送られた留さんは、その後めったに暴れるようなことはなかった。彼は一定の時間に滝を浴びる以外になんにもしなかった。夜も昼も例の帽子をかぶって唯黙って考えていた。琵琶の滝も西郷隆盛にはあまり効験がないとみえて、彼は日ましに痩せ衰えて来た。蒼ざめた顔は眼ばかり大きく晃って、普通の患者以上に物すごく見られた。ほかの患者がいかに騒ぎまわる時でも、彼ばかりは儼然として滝の音に耳をかたむけているらしかった。

その中に九月の一日が来た。

「おれはいよいよ鹿児島へ帰る。」

こう云って、留さんは滝壺に這入った。かれは冷い滝に打たれながら、なにか頻りに呪文のようなことを唱えていた。

九月の二十四日になった。

「いよいよおれの死ぬ日が来た。」

留さんは例の帽子をぬいで谷川へ投げ込んでしまった、気違いの云うことであるから、別に気に留める者もなかったが、その日の午頃に留さんは果して滝に打たれながら死んだ。

その電報をうけ取って、お清は死骸を引取りに行った。その時にも仙吉が一所に行った。あとで聞くと、西郷隆盛が日向の長井から可愛ケ嶽の囲みを衝いて、無事に故郷の鹿児島へ帰りついたのは九月の一日であった。西郷隆盛が城山で滅亡したのは九月二十四日であった。武州高尾山と九州の鹿児島と遠くかけ離れていながら、留さんの西郷隆盛はかれの崇拝する西郷隆盛の消息を委しく知っていたらしい。そうして、かれは西郷と日を同じゅうして死んだのであった。留さんを単に一種の気違い扱いにしていた町内の人たちも、今更のように奇異の感に打たれた。

「留さんにはほんとうに西郷が乗り移っていたのかも知れない。」

こんな噂が町内の湯屋や髪結床をしばらく賑わした。

お清はなにぶん女の手ではブリッキ屋の店は持切れないと云うので、その歳の暮に商売をやめてしまって、更に荒物屋をはじめた。お清はまだ三十二であるから、誰か相当の入夫をしたらよかろうと勧める者もあったが、彼女は皆それを断って、お房の生長を楽みに一生後家を立通すと云っていた。小僧等は勿論暇を出して、お清は母子ふたりで暮していた。

西郷隆盛が亡びてから三年目の夏に、一種の彗星が東の空に毎晩あらわれた。誰が云い出したともなく、それを西郷星と呼んで、日の暮れるのを待兼ねて東京の人々は東の空を仰いだ。その評判が高くなったので、西郷隆盛が雲に乗って大きい光を放っている錦絵なども出版された。

七月の十三日は盂蘭盆で、その頃はどこの家でも迎い火を焚く習いがまだ廃れなかった。お清の家でも店のまえで迎い火を焚いて、今年五つのお房が母と一所に苧殻の火を拝んでいると、涼みに出たらしい地主の次男が丁度そこへ来あわせた。仙吉は徴兵検査に不合格で、その後も自分の家にぶらぶらして、父の仕事を手伝っているのであった。

「お迎い火ですか。」と、仙吉は声をかけた。

「今晩は。」と、お清も会釈した。「随分お暑いじゃございませんか。」

「まったく暑うござんすね。」

そんなことを云っているうちに、隣近所で迎い火を焚いていた人々が東の空を仰いで口々に叫び出した。

「そら、出た、出た。今夜も西郷星が……。」

毎晩のことではあるが、西郷星という声を聴いて、お清も仙吉も思わず空を見あげると、丁度山王山の森の上に一つの大きい星が薄紅いような尾をひいてあざやかに流れかかっていた。

「西郷星――今夜はいつもよりもはっきりと見えますね。」と仙吉は云った。

その途端に、幼いお房は俄にけたたましい声をあげた。

「あら、西郷さんが来た。」

彼女は物に悸えたように顔色を変えて内へ逃げ込んだ。そうして、奥の長火鉢のまえに倒れてしまった。お清もおどろいて駈付けて、仙吉と一所に介抱したが、お房は正気が付かなかった。

「西郷さんが来た。お父さんが西郷さんになって来た。」

こんな囈言を云いつづけて、お房はその夜の暁方に死んだ。父と西郷隆盛とのことを小耳に挟んで、おそらくそんな囈言を云ったのであろうと母のお清は説明していた。医師は急性脳膜炎であると云った。しかし一部の迷信家のうちには、彼女の父と西郷隆盛とのあいだに一種の霊感があったように、彼女の死についても何かの秘密があるかのように囁く者もあった。

八月の初めになっても、西郷星はまだ東京の空にあらわれていた。お清は突然に店をたたんで夜逃げ同様に姿を隠したので、近所の人達も又おどろかされた。それと同時に、地主の次男の仙吉も影をかくした。

誰の仕業か知らないが、空店になっているお清の家の雨戸に、西郷星の錦絵が貼り着けてあった。

一日一筆

五分間

用があって兜町の紅葉屋へ行く。株式仲買店である。午前十時頃、店は掻き廻されるような騒ぎで、そこらに群がる男女の店員は一分間も静坐してはいられない。電話は間断無しにチリンチリン云うと、女は眼を険しくして耳を傾ける。電報が投げ込まれると、男は飛びかかって封を切る。洋服姿の男がふらりと入って来て「郵船は……」と訊くと、店員は指三本と五本を出して見せる。男は「八、五だね」とうなずいて又飄然と出てゆく。詰襟の洋服を着た小僧が、汗を拭きながら自転車を飛ばして来る。上布の帷子に兵子帯という若い男が入って来て、「例のは九円には売れまいか」と云うと、店員は「何うして何うして」と頭を掉って、指を三本出す。男は「八ならこちらで買わあ、一万でも二万でも……」と笑いながら出て行く。電話の鈴は相変らず鳴っている。表を見ると、和服や洋服、老人やハイカラや小僧が、所謂「足も空」という形で、残暑の烈しい朝の町を駈け廻っている。

私は椅子に腰をかけて、唯茫然と眺めている中に、満洲従軍当時のありさまを不図思い泛んだ。戦場の混雑は勿論これ以上である。が、その混雑の間にも軍隊には一定の規律がある。人は総て死を期している。随って混雑極まる乱軍の中にも、一種冷静の気を見出すことが能る。しかもここの町に奔走している人には、一定の規律が無い、各個人の自由行動である。人は総て死を期していない、寧ろ生きんが為に焦っているのである。随って動揺又動揺、何等冷静の気を見出すことは能ない。

株式市場内外の混雑を評して、火事場の様だとは云い得るかも知れない。軍のような騒ぎと云う評は当らない。ここの動揺は確に戦場以上であろうと思う。

ヘボン先生

今朝（明治四十四年九月二十三日）の新聞を見ると、ヘボン先生は二十一日の朝、米国のイーストオレンジに於て長逝せられたとある。ヘボン先生と云えば、何人もすぐに名優（三世沢村）田之助の足を連想し、岸田（吟香）の精錡水を連想し、和英字書を連想するが、私もこの字書に就ては一種の思い出がある。

私が十五歳で、築地の府立中学校に通っている頃、銀座の旧日報社の北隣――今は額縁屋になっている――にめざましと呼ぶ小さい汁粉屋があって、又その隣に間口二間ぐらいの床店同様の古本店があった。その店頭の雑書の中に積まれていたのは、例のヘボン先生の和英字書であった。

今日ではこれ以上の和英字書も数種刊行されているが、その当時の我々は先ずヘボン先生の著作に縋るより他は無い。私は学校の帰途、その店頭に立って「ああ、欲いなあ。」とは思ったが、価を訊くと二円五十銭也。無論、わたしの懐中には無い。しかも私は書物を買うことが好で、「お前は役にも立たぬ書物を無闇に買うので困る。」と、毎々両親から叱られている矢先である。この際、五十銭か六十銭ならば知らず、二円五十銭の書物を買って下さいなどと云い出しても、お小言を頂戴して空しく引退るに決っている。何とか好智慧は無いか知らぬと帰る途次も色々に頭脳を悩ました末に、父に対ってこういう嘘を吐いた。

学校では今月から会話の稽古が始まった。英語の書物を読むには英和の字書で済むが、英語の会話を学ぶには和英の字書が無くては成らぬ。就てはヘボン先生の和英字書を買って貰いたい。殊に会話受持のチャペルと云う教師は、非常に点数の辛い人であるから、会話の成績が悪いと或は落第するかも知れぬと実事虚事打混ぜて哀訴嘆願に及ぶと、案じるよりも産むが易く、ヘボンの字書なら買っても可いと云うことになって、すぐに二円五十銭を渡された。父は私の申立を一から十まで信用したか何うか判らないが、兎に角にヘボンの字書ならば買って置いても損は無いと云う料見であったらしい。その当時に於ける彼の字書の信用は偉いものであった。

その字書は今も私の書斎の隅に押込まれている。今日では余り用をなさないので、私も殆ど忘れていたが、今や先生の訃音を聞くと同時に、俄に彼の字書を思い出して、塵埃を掃いて出して見た。父は十年前に死んだ。先生も今や亡矣。その当時十五歳の少年は、思い出多きこの字書に対して、そぞろに我身の秋を覚えた。簾の外には梧の葉が散る。

品川の台場

陰った寒い日、私は高輪の海岸に立って、灰色の空と真黒の海を眺めた。明治座一月興行の二番目を目下起稿中で、その第三幕目に高輪海岸の場がある。今初めてお目にかかる景色でも無いが、兎にかくに筆を執るに当って、その実地を一度見たいと云うような考えで、わざわざここまで足を運んだのである。

海岸には人家が連ってしまったので、眺望が自由でない。且は風が甚だしく寒いので、更に品川の町に入り、海寄りの小料理屋へ上って、午餐を喫いながら硝子戸越しに海を見た。暗い空、濁った海。雲は低く、浪は高い。彼の「お台場」は、泛ぶが如くに横わっている。今更ではないが、これが江戸の遺物かと思うと、私は何とは無しに悲しくなった。

今日の眼を以て、この台場の有用無用を論じたくない。およそ六十年の昔、初めて江戸の海にこれを築いた人々は、これに依て江戸八百八町の人民を守ろうとしたのである。其当時の徳川幕府は金が無かった。已むを得ずして悪い銀を造った、随って物価は騰貴した、市民は難渋した。また一方には馴れない工事の為に、多数の死人を出した。此の如く上下ともに苦みつつ、予定の十一ケ所を全部竣工するに至らずして、徳川幕府も亡びた、江戸も亡びた。しかも江戸の血を享けた人は、これに依て江戸を安全ならしめようと苦心した徳川幕府の当路者と、彼等自身の祖先とに対して、努力の労を感謝せねばなるまい。

今日は品川荒神の秋季大祭とか云うので、品川の町から高輪へかけて往来が劇しい。男も通る、女も通る、小児も通る。この人々の阿父さんや祖父さんは、六十年前にここを過ぎて、工事中のお台場を望んで、「まあ、これが出来れば大丈夫だ」と、心強く感じたに相違ない。しかもそれは殆ど何の用を為さず、空しく渺茫たる海中に横わっているのである。

荒神様へ詣るも可い。序にここを通ったらば、霎時この海岸に立って、諸君が祖先の労苦を忍んで貰いたい。しかし電車で帰宅を急ぐ諸君は、暗い海上などを振向いても見まい。

日比谷公園

友人と日比谷公園を散歩する。今日は風も無くて暖い。芝原に二匹の犬が巫山戯ている。一匹は純白で、一匹は黒斑で、どこから啣えて来たか知らず、一足の古草履を奪合って、追いつ追われつ、起きつ転びつ、左も面白そうに狂っている。

「見給え、実に面白そうだね。」と友人が云う。「むむ、いかにも無心に遊んでるのが可愛い。」と云いながら不図見ると、白には頸環が附いている。黒斑の頸には何も無い。「片方は野犬だぜ。」と云うと、友人は無言にうなずいて、互に顔を見合せた。

今、無心に睦じく遊んでいる犬は、恐く何にも知らぬであろうが、見よ、一方には頸環がある。その安全は保障されている。しかも他の一方は野犬である。何時虐殺の悲運に逢わないとも限らない。或は一時間乃至半時間の後には、残酷な犬殺しの獲物となってその皮を剝がれてしまうかも知れない。日暖き公園の真中で、愉快に遊び廻っている二匹の犬にも、これほどの幸不幸がある。

犬は頸環に因て、その幸と不幸とが直ちに知られる。人間にも恐らく眼に見えない運命の頸環が附いているのであろうが、人も知らず、我も知らず、所謂「一寸先は闇」の世を、何れも面白そうに飛び廻っているのである。我々もこうして暢気に遊び歩いていても、二人の中の何方かは運命の頸環に見放された野犬であるかも知れない。

「おい、君。そこらで酒でも飲もう。」と、友人は云った。

旅すずり

心太

川越の喜多院に桜をみる。ひとえはもう盛りを過ぎた。紫衣の僧は落花の雪を袖に払いつつゆく。

境内の掛茶屋に這入って休む。なにか食うものはないかと婆さんにきくと、ところてんばかりだと云う。試みに一皿を買えば、価八厘。

花をさそう風は梢をさわがして、茶店の軒も葭簀も一面に白い。わたしは悠然として心太を啜る。

天海僧正の墓のまえで、わたしは少年の昔にかえった。

天狗

広島の街をゆく。冬の日は陰って寒い。

忽ち（たちま）に横町から天狗があらわれた。足駄（あしだ）を穿いて、矛（ほこ）をついて、どこへゆくでもなし、迷うが如くに徘徊している。一人ならず、そこからも此処（ここ）からも現れた。みな十二、三歳の子供である。

宿に帰って聞けば、きょうは亥の子の祭だという。あまたの小天狗はそれがために出現したらしい。

空はやがて時雨（しぐれ）となった。神通力（じんつうりき）のない天狗どもは、雨のなかを右往左往に逃げてゆく。

その父か叔父であろう。四十前後の大男は、ひとりの天狗を小脇に引っ抱えて駈け出した。

ひるがお

午後三時頃、白河（しらかわ）停車場前の茶店に休む。となりの床几（しょうぎ）には二十四、五の小粋な女が腰をかけていた。女は茶店の男に向って、黒磯へゆく近路を訊いている。あるいてゆく積りらしい。

まあ、兎もかくも行ってみようかと独り言を云いながら、女は十銭の茶代を置いて出た。

茶屋女らしいねと私が云えば、どうせ食いつめ者でしょうよと、店の男は笑いながら云った。

夏の日は暑い。垣の昼顔は凋れていた。

唐がらし

日光の秋八月、中禅寺をさして旧道をたどる。

紅い鳥が、青い樹のあいだから不意に飛び出した。形は山鳩に似て、翼も口嘴もみな深紅である。案内者に問えば、それは俗に唐辛といい、鳴けば必ず雨がふるという。

鳥は忽ち隠れてみえず、谷を隔てて二声、三声。私たちは恐れて路を急いだ。

仲の茶屋へ着く頃には、山も崩るるばかりの大雨となった。

夜泊の船

船は門司にかかる。小春の海は浪おどろかず、風も寒くない。酒を売る船、菓子を売る船、うろうろと漕ぎまわる。石炭をつむ女の手拭が白い。向河岸の下の関はもう暮れた。寿永のみささぎはどの辺であろう。なにを呼ぶか、人の声が水に響いて遠近にきこえる。四面のかかり船は追々に灯を掲げた。すべて源氏の船ではあるまいか。わたしは敵に囲まれたように感じた。

蟹

遼陽城外、すべて緑楊の村である。秋雨の晴れた夕に宿舎の門を出ると、斜陽は城楼の壁に一抹の余紅をとどめ、水のごとき雲は喇嘛塔を掠めて流れてゆく。南門外は一面の畑で、馬も隠るるばかりの高粱が、俯しつ仰ぎつ秋風に乱れている。村落には石の井があって、その辺は殊に楊が多い。楊の下には清国人が籃をひらいて蟹を売っている。蟹の大なるは尺を越えたのもある。「半江紅樹売鱸魚」は王漁洋の詩である。夕陽村落、楊の深いところに蟹を売っているのも、一種の詩料になりそうな情趣で、今も忘れない。

三条大橋

京は三条のほとりに宿った。六月はじめのあさ日は鴨河の流れに落ちて、雨後の東山は青いというよりも黒く眠っている。

この辺で名物という大津の牛が柴車を牽いて、今や大橋を渡っている。その柴の上には、誰が風流ぞ、むらさきの露の滴る菖蒲の花が挟んである。

紅い日傘をさした舞子が橋を渡って来て、恰も柴車とすれ違ってゆく。

所は三条大橋、前には東山、見るものは大津牛、柴車、花菖蒲、舞子と絵日傘——京の景物は総てここにあつまった。

木蓼

信濃の奥にふみ迷って、おぼつかなくも山路をたどる夏のゆうぐれに、路ばたの草木の深いあいだに白点々、さながら梅の花の如きをみた。

後に聞けば、それはまたたびの花だという。猫にまたたびの諺はかねて聞いていたが、その花を見るのは今が初めであった。

天地蒼茫として暮れんとする夏の山路に、蕭然として白く咲いているこの花をみた時に、わたしは云い知れない寂しさをおぼえた。

鶏

秋雨を衝いて箱根の旧道を下る。笈の平の茶店に休むと、神崎与五郎が博労の丑五郎に詫証文をかいた故蹟という立札がみえる。

五、六日まえに修学旅行の学生の一隊がそこに休んで、一羽の飼鶏をぬすんで行ったと、店のおかみさんが甘酒を汲みながら口惜しそうに語った。

「あいつ泥坊だ。」と、三つばかりの男の児が母のあとに附いて、まわらぬ舌で罵った。この児に初めて泥坊という詞を教えた学生等は、今頃どこの学校で勉強しているであろう。

赤穂義士の立札は雨にぬれていた。

山蛭

妙義の山をめぐるあいだに、わたしは山蛭（やまびる）に足を吸われた。いくら洗っても血のあとが消えない。

ただ洗っても消えるものでない。水を口にふくんで、所謂（いわゆる）ふくみ水にして、それを手拭（てぬぐい）か紙にしめして拭き取るのが一番いいと、案内者が教えてくれた。

蛭に吸われた旅の人は、妙義の女郎のふくみ水で洗って貰ったのですと、かれは昔を忍び顔に又云った。上州一円は明治二十三年から廃娼を実行されているのである。

雨のように冷たい山霧は妙義の町を掩って、そこが女郎屋の跡だというあたりには、桑の葉が一面に暗くそよいでいた。

ゆず湯

一

本日ゆず湯というビラを見ながら、わたしは急に春に近づいたような気分になって、いつもの湯屋の格子をくぐると、出あいがしらに建具屋のおじいさんが湿手拭(ぬれてぬぐい)で額(ひたい)をふきながら出て来た。

「旦那、徳(とく)がとうとう死にましたよ。」

「徳さん……。左官屋の徳さんが……。」

「ええ、今朝死んだそうで、今あの書生さんから聞きましたから、これからすぐに行って遣ろうと思っているんです。なにしろ、別に親類というようなものも無いんですから、みんなが寄りあつまって何とか始末して遣らなけりゃあなりますまいよ。運のわるい男でしてね。」

こんなことを云いながら、気の短いおじいさんは下駄を突っかけて、そそくさと出て行ってしまった。午後二時頃の銭湯は広々と明るかった。狭い庭には縁日で買って来たらしい大きい鉢の梅が、がらす戸越しに白く見えた。

着物をぬいで風呂場へゆくと、流しの板は白く乾いていて、あかるい風呂の隅には一人の若い男の頭がうしろ向きに浮いているだけであった。すき透るような新しい湯は風呂一杯に漲って、輪切の柚があたたかい波にゆらゆらと流れていた。窓硝子を洩れる真昼の冬の日に照されて、陽炎のように立迷う湯気のなかに、黄い木実の強い匂いが籠っているのも快かった。わたしは好心持になって先ずからだを湿していると、隅の方に浮いていた黒い頭がやがてくるりと振向いた。

「今日は。」

「押詰まってお天気で結構です。」と、私も挨拶した。

彼は近所の山口という医師の薬局生であった。わたしと別に懇意でもないが、湯屋なじみで普通の挨拶だけはするのであった。建具屋のおじいさんが書生さんと云ったのはこの男で、左官屋の徳さんはおそらく山口医師の診察を受けていたのであろうと私は推量した。

「左官屋の徳さんが死んだそうですね。」と、わたしもやがて風呂に這入って、少し熱い湯に顔をしかめながら訊いた。

「ええ、今朝七時頃に……。」

「あなたのところの先生に療治して貰っていたんですか。」

「そうです。慢性の腎臓炎でした。わたしのところへ診察を受けに来たのは先月からでしたが、何でもよっぽど前から悪かったらしいんですね。先生も最初からむずかしいと云っていたんですが、昨日頃から急に悪くなりました。」

「そうですか。気の毒でしたね。」

「なにしろ、気の毒でしたよ。」

鸚鵡返しにこんな挨拶をしながら、薬局生は堆かい柚を掻きわけて流場へ出た。それから水船の傍へ沢山の小桶をならべて、真赤に茹られた胸や手足を石鹸の白い泡に埋めていた。それを見るともなしに眺めながら、わたしはまだ風呂のなかに浸っていた。表には師走の町らしい人の足音が忙しそうにきこえた。冬至の獅子舞の囃子の音も遠く響いた。ふと眼をあげて硝子窓の外をうかがうと、細い露地を隔てた隣の土蔵の白壁のうえに冬の空は青々と高く晴れて、下界のいそがしい世の中を知らないように鳶が一羽緩く舞っているのが見えた。こういう場合、わたしはいつものんびりした気持になって、何だかぼんやりと薄ら眠くなるのが習(ならい)であったが、きょうはなぜか落付いた気分になれなかった。徳さんの死と云うことが私の頭を色々に動かしているのであった。

「それにしてもお玉さんはどうしているだろう。」

わたしは徳さんの死から惹いて、その妹のお玉さんの悲しい身の上をも考えさせられた。

お玉さんは親代々の江戸っ児で、お父さんは立派な左官の棟梁株であったと聞いている。昔はどこに住んでいたか知らないが、わたしが麹町の元園町に引越して来た時には、お玉さんは町内のあまり広くもない露地の角に住んでいた。わたしの父はその露地の奥のあき地に平家(ひらや)を新築して移った。お玉さんの家は二階家で、東の往来に向かった格子作りであった。あらい格子の中は広い土間になっていて、そこには漆喰の俵や土舟(つちぶね)などが横わっていた。住居の窓は露地のなかの南に向かっていて、住居につづく台所のまえは南から西へ折りまわした板塀に囲まれていた。塀のうちには小さい物置と四、五坪の狭い庭があって、庭には柿や桃や八つ手のたぐいが押被(おしかぶ)さるように繋り合っていた。いずれも庭不相当の大木であった。二階はどうなっているか知らないが、わたしの記憶しているところでは、一度も東向きの窓を明けたことはなかった。北隣には雇人の口入屋（くちいれや）があった。どういうわけか、お玉さんの家とその口入屋とはひどく仲が悪くって、いつも喧嘩が絶えなかった。

わたしが引越して来た頃には、お玉さんのお父さんという人はもう生きていなかった。阿母（おっか）さんと兄の徳さんとお玉さんと、水入らずの三人暮しであった。

阿母さんの名は知らないが、年の頃は五十ぐらいで、色の白い、痩形で背のたかい、若いときには先ず美（い）い女の部であったらしく思われる人であった。徳さんは二十四、五で、顔附もからだの恰好も阿母さんに生写しであったが、男としては少し小柄の方であった。それに引かえて妹のお玉さんは、眼鼻立こそ兄さんに肖（に）ているが、寧ろ兄さんよりも大柄の女で、平べったい顔と厚ぼったい肉とをもっていた。年は二十歳（はたち）ぐらいで、いつも銀杏がえしに髪を結って、うすく白粉（おしろい）を着けていた。

となりの口入屋ばかりでなく、近所の人はすべてお玉さん一家に対してあまり好い感情を有っていないらしかった。お玉さん親子の方でも努めて近所との交際（つきあい）を避けて、孤立の生活に甘んじているらしかった。阿母さんは非常に口やかましい人で、私たちの子供仲間からは左官屋の鬼婆と綽名されていた。

お玉さんの家の格子のまえには古風の天水桶があった。わたし達が若しその天水桶のまわりに集まって、夏はぼうふらを探し、冬は氷をいじったりすると、阿母さんは忽ちに格子をあけて、「誰だい、いたずらをするのは……」と、かみ付くように呶鳴り付けた。雨のふる日に露地をぬける人の傘が、お玉さんの家の羽目か塀にがさりとでも障る音がすると、阿母さんはすぐに例の「誰だい」を浴せかけた。わたしも学校のゆきかえりに度々この阿母さんから「誰だい」と叱られた。

徳さんは若い職人に似合わず、無口で陰気な男であった。見かけは小粋な若い衆であったが、町内の祭などにも一切かかりあったことはなかった。その癖、内で一杯飲むと、阿母さんやお玉さんの三味線で清元や葉唄を歌ったりしていた。お玉さんが家中で一番陽気な質らしく、近所の人をみればいつもにこにこ笑って挨拶していた。しかし阿母さんや兄さんがこういう風変りであるので、娘盛りのお玉さんにも親い友達はなかったらしく、麴町通りの夜店をひやかしにゆくにも、平河天神の縁日に参詣するにも、お玉さんはいつも阿母さんと一緒に出あるいていた。ときどきに阿母さんと連立って芝居や寄席へ行くこともあるらしかった。

この一家は揃って綺麗好きであった。阿母さんは日に幾たびも格子のまえを掃いていた。お玉さんも毎日かいがいしく洗濯や張物などをしていた。それで決して髪を乱していたこともなく、毎晩かならず近所の湯に行った。徳さんは朝と晩とに一日二度ずつ湯に這入った。

徳さん自身は棟梁株ではなかったが、一人前の職人としては相当の腕をもっているので、別に生活に困るような風はみせなかった。お玉さんもいつも小綺麗ななりをしていた。近所の噂によると、お玉さんは一度よそへ縁付いて子供まで生んだが、なぜだか不縁になって帰って来たのだと云うことであった。そのせいか、私がお玉さんを知ってからもう三、四年も経っても、嫁にゆくような様子は見えなかった。お玉さんもだんだんに盛りを通り過ぎて、からだの幅のいよいよ広くなってくるのばかりが眼についた。

そのうちに誰が云い出したのか知らないが、お玉さんには旦那があるという噂が立った。もちろん旦那らしい人の出入りする姿を見かけた者はなかったが、お玉さんの方から泊りにゆくのだとほんとうらしく吹聴する者もあった。その旦那は異人さんだなどと云う者もあった。しかしそれには何れも確かな証拠はなかった。この怪しからぬ噂がお玉さん一家の耳にも響いたらしく、その後のお玉さんの様子はがらりと変って、買物にでも出るほかには、滅多にその姿を世間へ見せないようになった。近所の人たちに逢っても情なく顔をそむけて、今までのようなにこにこした笑い顔を見せなくなった。三味線の音も些とも聞かせなくなった。

なんでもその明る年のことと記憶している。日枝神社の本祭で、この町内では踊屋台を出した。しかし町内には踊る子が揃わないので、誰かの発議でその頃牛込の赤城下にあった赤城座という小芝居の俳優を雇うことになった。俳優はみんな十五、六の子供で、嵯峨や御室の光国と瀧夜叉と御注進の三人が引抜いてどんつくの踊になるのであった。この年の夏は陽気がおくれて、六月なかばでも若い衆達の中形のお揃衣がうすら寒そうにみえた。宵宮の十四日には夕方から霧のような細い雨が花笠の上にしとしとと降って来た。

踊屋台は湿れながら町内を練り廻った。囃子の音が浮いてきこえた。屋台の軒にも牡丹のような紅い提灯がゆらめいて――それおぼえてか君様の、袴も春のおぼろ染――瀧夜叉がしどけない細紐をしゃんと結んで少しく胸を反したときに、往来を真黒にうずめている見物の雨傘が一度に揺いだ。

「うまいねえ。」

「上手だねえ。」

「そりゃほんとの役者だもの。」

こんな褒詞（ことば）がそこにもここにも囁かれた。

お玉さんの家の人たちも格子のまえに立って、同じくこの踊屋台を見物していたが、お玉さんの阿母さんは左も情ないと云うように顔をしかめて、誰にいうとも無しに舌打しながら小声で罵った。

「なんだろう、こんな小穢いものを……。芸は下手でも上手でも、お祭には町内の娘さん達が踊るもんだ。こんな乞食芝居みたいなものを何処（どっ）からか引っ張って来やあがって、お祭も無いもんだ。ああ、忌（いや）だ、忌だ。長生きはしたくない。」

こう云って阿母さんは内へついと引込んでしまった。お玉さんもつづいて這入ってしまった。

「鬼婆め、お株を云っていやあがる。長生きがしたくなければ、早くたばってしまえ。」と、花笠をかぶった一人が罵った。

それが讖（しん）をなしたわけでもあるまいが、阿母さんはその年の秋からどっと寝付いた。

その頃には庭の大きい柿の実もだんだん紅らんで、近所のいたずら小僧が塀越しに竹竿を突っ込むこともあったが、阿母さんは例の「誰だい」を呶鳴る元気もなかった。そうして、十一月の初めにはもう白木の棺に這入ってしまった。さすがに見ぬ顔もできないので、葬式には近所の人が五、六人見送った。おなじ仲間の職人も十人ばかり来た。寺は四谷の小さい寺であったが、葬儀の案外立派であったのには、みんなもおどろかされた。当日の会葬者一同には白強飯と煮染の弁当が出た。三十五日には見事な米饅頭と麦饅頭との蒸物に茶を添えて近所に配った。

万事が案外によく行きとどいているので、近所の人たちも少し気の毒になったのと、もう一つは口やかましい阿母さんがいなくなったと云うのが動機になって、以前よりは打解けて附合おうとする人も出来たが、なぜかそれも長くはつづかなかった。三月半年と経つうちに、近所の人はだんだんに遠退いてしまって、お玉さんの兄妹は再び元のさびしい孤立のすがたに立帰った。

それでも或世話好きの人がお玉さんに嫁入先を媒酌しようと、わざわざ親切に相談にゆくと、お玉さんは切口上で断った。

「どうせ異人の妾だなんて云われた者を、どこでも貰って下さる方はありますまい。」

その人も取付く島がないので引退がった。これに懲りて誰もその後は縁談などを云い込む人はなかった。

詳しく調べたならば、其当時まだほかにも色々の出来事があったかも知れないが、学校時代のわたしはこうした問題に就てあまり多くの興味をもっていなかったので、別に穿索もしなかった。むかしのお玉さん一家に関して、わたしの幼い記憶に残っているのは先ずこのくらいのことに過ぎなかった。

こんなことをそれからそれへと手繰り出して考えながら、わたしはいつの間にか流場へ出て、半分は浮の空で顔や手足を洗っていた。石鹼の泡が眼にしみたのに驚いて、わたしは水で顔を洗った。それから風呂へ這入って、再び柚湯に浸っていると、薬局生もあとから這入って来た。そうして、又こんなことを話しかけた。

「あの徳さんという人は、まあ行倒れのように死んだんですね。」

「行き倒れ……。」と、私は又おどろいた。

「病気が重くなっても、相変らず自分の方から診察を受けに通って来ていたんです。そこで今朝も家を出て、薬罐をさげてよろよろ歩いてくると、床屋の角の電信柱の前でもう歩けなくなったんでしょう、電信柱に倚り掛ってしばらく休んでいたかと思ううちに、急にぐたぐたと頽れるように倒れてしまったんです。床屋でもおどろいて、すぐに店へかかえ込んで、それから私の家へ知らせて来たんですが、先生の行った頃にはもういけなくなっていたんです。」

こんな話を聴かされて、私はいよいよ情なくなって来た。折角の柚湯にも好心持に浸っていることは出来なくなった。私はからだを生拭きにして早々に揚ってしまった。

二

家へ帰ってからも、徳さんとお玉さんとのことが私の頭にまつわって離れなかった。殊にきょうの柚湯については一つの思い出があった。

わたしは肩揚が取れてから下町へ出ていて、山の手の実家へは七、八年帰らなかった。それが或都合で再び帰って住むようになった時には、私ももう昔の子供ではなかった。十二月のある晩に遅く湯に行った。今では代が変っているが、湯屋は矢はりおなじ湯屋であった。わたしは夜の湯は嫌いであるが、その日は某所の宴会へ行ったために帰宅が自然遅くなって、よんどころなく夜の十一時頃に湯に行くことになった。その晩も冬至の柚湯で、仕舞湯に近い濁った湯風呂の隅には、さんざん煮くたれた柚の白い実が腐ったように穢らしく浮いていた。わたしは気味悪そうにからだを縮めて這入っていた。もやもやした白い湯気が瓦斯のひかりを陰らせて、夜ふけの風呂のなかは薄暗かった。

——常から主の仇な気を、知っていながら女房に、なって見たいの欲が出て、神や仏をたのまずに、義理もへちまの皮羽織——

少し錆のある声で清元を唄っている人があった。音曲に就てはまんざらのつんぼうでもない私は、その節廻しの巧いのに驚かされた。じっと耳をかたむけながらその声の主を湯気のなかに透してみると、それは彼の徳さんであった。徳さんが唄うことは私も子供のときから知っていたが、こんなに好い喉をもっていようとは思いも付かなかった。琵琶歌や浪花節が無遠慮に方々の湯屋を掻きまわしている世のなかに、清元の神田祭——しかもそれを偏人のように思っていた徳さんの喉から聞こうとは、まったく思いがけないことであった。

私のほかには商家の小僧らしいのが二人這入っているきりであった。徳さんは好い心持そうに続けて唄っていた。しみじみと聴いているうちに、私はなんだか寂しいような暗い気分になって来た。お玉さんの兄妹が今の元園町に孤立しているのも、無理がないようにも思われて来た。

「どうもおやかましゅうございました。」

徳さんは好加減に唄ってしまうと、誰にいうとも無しに挨拶して、流場の方へすたすた出て行ってしまった。そうして、手早くからだを拭いて揚って行った。私もやがてあとから出た。露地へさしかかった時には、徳さんの家はもう雨戸を閉めて灯火（あかり）のかげも洩れていなかった。霜曇りとも云いそうな夜の空で、弱々しい薄月の光が庭の八つ手の葉を寒そうに照していた。

わたしは毎日大抵明るいうちに湯にゆくので、その柚湯の晩ぎりで再び徳さんの唄を聴く機会がなかった。それから半年以上も過ぎた或夏の晩に又こんなことがあった。わたしが夜の九時頃に涼みから帰ってくると、徳さんの家のなかから劈（つんざ）くような女の声がひびいた。格子の外には通りがかりの人や近所の子供がのぞいていた。

「なんでえ、畜生。ざまあ見やがれ。うぬ等のような百姓に判るもんか。」

それはお玉さんの声らしいので、私はびっくりした。なにか兄妹喧嘩でも始めたのかとも思った。店先に涼んでいる八百屋のおかみさんに聞くと、おかみさんは珍しくもないという顔をして笑っていた。

う。」

「ええ、気ちがいが又あばれ出したんですよ。急に暑くなったんで逆上せたんでしょう。」

「お玉さんですか。」

「もう五、六年まえから可怪いんですよ。」

わたしは思わず戦慄した。わたしにはそれが初耳であった。お玉さんはわたしが下町へ行っているあいだに、いつか気ちがいになっていたのであった。私が八百屋のおかみさんと話しているうちにも、お玉さんはなにかしきりに呶鳴っていた。息もつかずに「べらぼう、畜生」などと罵っていた。徳さんの声は些とも聞えなかった。

家へ帰ってその話をすると、家の者もみんな知っていた。お玉さんの気ちがいということは町内に隠れもない事実であったが、その原因は誰にも判らなかった。しかし別に乱暴を働くと云うのでもなく、夏も冬も長火鉢のまえに坐って、死んだように鬱いでいるかと思うと、時々だしぬけに破れるような大きい声を出して、誰を相手にするとも無しに「なんでえ、畜生、べらぼう、百姓」などと罵りはじめるのであった。兄の徳さんも近頃は馴れたとみえて、別に取鎮めようともしない。気のおかしい妹一人に留守番をさせて、平気で仕事に出てゆく。近所でも初めは不安に思ったが、これもしまいには馴れてしまって別に気に止める者もなくなった。

お玉さんは自分で髪を結う、行水をつかう、気分の好い時には針仕事などもしている。そんな時には何にも変ったことはないのであるが、一月か二月に一遍ぐらい急にむらむらとなって、例の「畜生、べらぼう」を呶鳴り始める。それが済むと、狐が落ちたようにけろりとしているのであった。気ちがいというほどのことではない、一種のヒステリーだろうと私は思っていた。気狂いにしても、ヒステリーにしても、一人の妹があの始末ではさぞ困ることだろうと、わたしは徳さんに同情した。ゆず湯で清元を聴かされて以来、わたしは徳さんの一家を掩っている暗い影を、悼ましく眺めるようになって来た。

「畜生！　べらぼう！」

お玉さんはなにを罵っているのであろう、誰を呪っているのであろう。進んでゆく世間と懸けはなれて、自分たちの周囲に対して無意味の反抗をつづけながら、自然にほろびてゆく所謂江戸っ児の運命をわたしは悲しく思い遣った。お祭の乞食芝居を痛罵した阿母さんは、鬼ばばあと謳われながら死んだ。清元の上手な徳さんもお玉さんも、不幸な母と同じ路をあゆんでゆくらしく思われた。取分けてお玉さんは可哀そうでならなかった。母は鬼婆、娘は狂女、よくよく呪われている母子だと思った。

お玉さんは一人も友達をもっていなかったが、私の知っているところでは徳さんには三人の友達があった。一人は地主の長左衛門さんで、もう七十に近い老人であった。格別に親く往来をする様子もなかったが、徳さんもお玉さんもこの地主様にはいつも叮寧に頭をさげていた。長左衛門さんの方でもこの兄妹の顔をみれば打解けて話などをしていた。

もう一人は上田屋という貸本屋の主人であった。上田屋は江戸時代からの貸本屋で、番町一円の屋敷町を得意にして、昔はなかなか繁昌したものだと伝えられている。わたしが知ってからでも、土蔵附の大きい角店で、見るから基礎のしっかりとしているらしい家構えであった。わたしの家でもここから色々の小説などを借りたことがあった。わたしが初めて読んだ八犬伝もここの本であった。活版本がだんだんに行われるに付けて、むかしの貸本屋もだんだんに亡びてしまうので、上田屋もとうとう見切りをつけて、日清戦争前後に店をやめてしまった。しかしほかにも家作などをもっているので、店は他人にゆずって、自分たちは近所でしもた家暮しをすることになった。ここの主人ももう六十を越えていた。徳さんの兄妹は時々にここへ遊びに行くらしかった。もう一人はさっき湯で逢った建具屋のおじいさんであった。この建具屋の店にも徳さんが腰をかけている姿を折々に見た。

こう列べて見渡したところで、徳さんの友達には一人も若い人はなかった。地主の長左衛門さんも、上田屋の主人も、徳さんと殆ど親子ほども年が違っていた。建具屋の親方も十五、六の年上であった。したがってこれらの老たる友達は、頼りない徳さんをだんだんに振捨てて、別の世界へ行ってしまった。上田屋の主人が一番先に死んだ。長左衛門さんも死んだ。今生き残っているのは建具屋のおじいさん一人であった。

三

わたしの家では父が死んだのちに、おなじ露地のなかで南側の二階家にひき移って、わたしの家の水口(みずぐち)がお玉さんの庭の板塀と丁度むかい合になった。わたしの家の者が徳さんと顔を見あわせる機会が多くなった。それでも両方ながら別に挨拶もしなかった。その時はわたしが徳さんの清元を聴いてからもう四、五年も過ぎていた。

その年の秋に強い風雨(あらし)があって、わたしの家の壁に雨漏りの汚点(しみ)が出た。大した仕事でもないから近所の人に頼もうと云うことになって、早速徳さんを呼びにやると、徳さんは快く来てくれた。多年近所に住んでいながら、わたしの家で徳さんに仕事を頼むのはこれが初めてであった。わたしはこの時はじめて徳さんと正面にむき合って、親しく彼と会話を交換したのであった。

徳さんはもう四十を三つ四つ越えているらしかった。髪の毛の薄い、色の蒼黒い、眼の嶮しい、顋の尖った、見るから神経質らしい男で、手足は職人に不似合なくらいに繊細くみえた。紺の匂いの新しい印半纏をきて、彼は行儀よくかしこまっていた。私から繕いの註文を一々訊いて、徳さんは叮寧に、はきはきと答えた。

「あんな人がなぜ近所と折合が悪いんだろう。」

徳さんの帰ったあとで、家内の者はみんな不思議がっていた。あくる日は朝早くから仕事に来て、徳さんは一日黙って働いていた。その働き振のいかにも親切なのが嬉しかった。今時の職人にはめずらしいと家内の評判はますます好かった。多寡が壁の繕いであったから、仕事は三日ばかりで済んでしまった。徳さんは勘定を受取りにくる時に、庭の青柿の枝を沢山に切って来て呉れて、「渋くって迚も食べられません、花活へでもお挿しください。」と云った。なるほど粒は大きいが渋くって食えなかった。わたしは床の間の花瓶に挿した。

「妹はこの頃どんな塩梅ですね。」と、その時私はふいと訊いてみた。

「お蔭さまでこの頃は大分おちついているようですが、あいつのこってすから何時あばれ出すか知れやあしません。しかし彼奴も我儘者ですから、なまじっかの所へ嫁なんぞに行って苦労するよりも、ああ遣って家で精一ぱい威張り散して終る方が仕合せかも知れませんよ。」と、徳さんは寂しく笑った。「おふくろも丁度あんな人間ですから、みんな血を引いているんでしょうよ。」

それからだんだん話してみると、徳さんは妹のことを左のみ苦労にしてもいないらしかった。気のおかしくなるのは当りまえだぐらいに思っているらしかった。ときどきに大きな声などを出して呶鳴ったり騒いだりしても、近所に対して気の毒だとも思っていないらしかった。しかし徳さんが妹を可愛がっていることは私にもよく判った。かれは妹が可哀そうだから、自分もこの年まで独身でいると云った。その代りに少しは道楽もしましたと笑っていた。

これが縁になって、徳さんは私達とも口を利くようになった。途中で会っても彼は叮寧に時候の挨拶などをした。わたしの家へ仕事に来てから半月ばかりも後のことであったろう、私がある日の夕方銀座から帰ってくると、町内の酒屋の角で徳さんに逢った。徳さんも仕事の帰りであるらしく、印半纏を着て手には薄の一束を持っていた。十月の日はめっきり詰まって、酒屋の軒ランプにはもう火が這入っていた。徳さんの持っている薄の穂が夕闇のなかに仄白くみえた。

「今夜は十三夜ですか。」と、私はふと思い出して云った。

「へえ、片月見になるのも忌ですから。」

徳さんは笑いながら薄をみせた。二人は云い合わしたように暗い空をみあげた。後の月は雨に隠れそうな雲の色であった。私はさびしい心持で徳さんと列んであるいた。袷でももう薄ら寒いような心細い秋風が、すすきの白い穂をそよそよと吹いていた。

露地の入口へ来ると、あかりもまだ点けない家の奥で、お玉さんの尖った声がひびいた。

「なんでえ、なに云ってやあがるんでえ。畜生！　馬鹿野郎！」

お玉さんが又狂い出したかと思うと、私はいよいよ寂しい心持になった。もう珍しくもないので、薄暗い表には誰も覗いている者もなかった。徳さんは黙って私に会釈して格子をあけて這入った。格子のあく音がきこえると同時に、南向の窓が内からがらりと明いた。前にも云った通り、窓は南に向いているので、露地を通っている私は丁度その窓から出た女の顔と斜めに向合った。女の歯の白いのが先ず眼について物凄かった。

わたしは毎朝家を出て、夕方でなければ帰って来ない。お玉さんは滅多に外へ出たことはない。お玉さんがこの頃幽霊のように窶れているということは、家の者の話には聞いていたが、わたしは直接にその変った姿をみる機会がなくて過ぎた。それを今夜初めて見たのである。お玉さんの平べったい顔は削られたように痩せて尖って、櫛巻にしているらしい髪の毛は一本も乱さずに掻き上げられていた。その顔の色は気味の悪いほどに白かった。

「旦那、旦那。」と、お玉さんはひどく若々しい声で呼んだ。

私も呼ばれて立どまった。

「あなたは洋服を着ているんですか。」

その時、私は和服を着ていたので、わたしは黙って蝙蝠のように両袖をひろげて見せた。お玉さんは彼の白い歯をむき出してにやにやと笑った。

「洋服を着て通りやあがると、あたまから水をぶっ掛けるぞ。気をつけやあがれ。」

窓はぴっしゃり閉められた。お玉さんの顔は消えてしまった。私は物に魘われたような心持で早々に家へ帰った。その当時、わたしは毎日出勤するのに、和服を着て出ることもあれば、洋服を着て出ることもあった。お玉さんから恐ろしい宣告を受けて以来、わたしは洋服を着るのを一時見あわせたが、そうばかりも行かない事情があるので、よんどころなく洋服をきて出る場合には、なるべく足音をぬすんでお玉さんの窓の下を窃と通り抜けるようにしていた。

それから一月ばかり経って、寒い雨の降る日であった。わたしは雨傘をかたむけてお玉さんの窓際を通ると、さながら待設けていたかのように、窓が不意に明いたかと思うと、柄杓の水がわたしの傘の上にざぶりと降って来た。幸いに傘をかたむけていたので、差したることも無かったが、その時わたしは和服を着ていたにも拘らず、こういう不意討の難に出会ったのであった。それ以来自分は勿論、家内の者にも注意して、お玉さんの窓の下はいつも忍び足で通ることにしていた。それでも時々に内から鋭い声で叱り附けられた。

「馬鹿野郎！　百姓！　水をぶっかけるぞ。しっかりしろ。」

口でいうばかりでない、実際に水の降って来ることが度々あった。酒屋の小さい御用聞きなどは、寒中に頭から水を浴びせられて泣いて逃げた。近所の子供などは口惜がって、窓へ石を投げ込むのもあった。お玉さんも負けずに何か罵りながら、内から頻りに水を振りまいた。石と水との闘いが時々にこの狭い露地のなかで演ぜられた。

そのうちにお玉さんの家は路地のそばを三尺通り切縮められることになった。それは露地の奥の土蔵附の家へ新しく越して来た某実業家の妾が、人力車の自由に出入のできるだけに露地の幅をひろげて貰いたいと地主に交渉の結果、露地の入口にあるお玉さんの家をどうしても三尺ほどそぎ取らなければならないことになったのである。こういう手前勝手の要求を提出した人は、地主に対しても無論に高い地代を払うことになったに相違なかった。お玉さんの家の修繕費用も先方で全部負担すると云った。「長左衛門さんがおいでなら、わたくしも申すこともありますが、今はもう仕様がありません。」と、徳さんは若い地主からその相談を受けた時に、存外素直に承知した。しかし修繕の費用などは一銭も要らないときっぱり跳ね付けた。

それから一月の後に露地は広くなった。お玉さんの家はそれだけ痩せてしまった。その年の夏も暑かったが、お玉さんの家の窓は夜も昼も雨戸を閉めたままであった。お玉さんの乱暴があまり激しくなったので、徳さんは妹が窓から危険な物を投げ出さない用心に、露地にむかった窓の雨戸を釘付にしてしまったのであった。お玉さんは内から窓をたたいて何か呶鳴っていた。

暑さが募るにつれて、お玉さんの病気もいよいよ募って来たらしかった。この頃では家のなかで鉄瓶や土瓶を投げ出すような音もきこえた。ときどきには跣足で表へ飛び出すこともあった。建具屋のおじいさんももう見ていられなくなって、無理に徳さんをすすめて妹を巣鴨の病院へ入れさせることにした。今の徳さんには入院料を支弁する力もない。さりとて仮にも一戸を持っている者の家族には施療を許されない規定になっているので、徳さんはとうとうその家を売ることになった。そうして、建具屋のおじいさんの尽力で、お玉さんはいよいよ巣鴨へ送られた。それは九月はじめの陰った日で、お玉さんはこの家を出ることを非常に拒んだ。ようよう宥めて人力車に乗せると、お玉さんは幌をかけることを嫌った。

「畜生！ べらぼう！ 百姓！ ざまあ見やがれ。」

お玉さんは町中の人を呪うように大きな声で叫びつづけながら、傲然として人力車にゆられて行った。わたしは露地の口に立って見送った。建具屋のおじいさんと徳さんとは人力車のあとに附いて行った。

「妹も長々御厄介になりました。」

巣鴨から帰って来て、徳さんは近所へ一々挨拶にまわった。そうして、その晩のうちに世帯をたたんで、元の貸本屋の上田屋の二階に同居した。そのあとへは更に手入れをして質屋の隠居さんが越して来た。近所ではあるが町内が違うので、わたしはその後徳さんの姿を見かけることは殆ど無かった。

それから又二年過ぎた。そうして、柚湯の日に徳さんの死を突然きいたのである。徳さんの末路は悲惨であった。しかし徳さんもお玉さんも飽くまで周囲の人間を土百姓と罵って、自分達だけがほんとうの江戸っ児であると誇りつつ、長い一生を強情に押通て行ったかと思うと、単に悲惨というよりも、寧ろ悲壮の感がないでもない。

そのあくる日の午後にわたしは再び建具屋のおじいさんに湯屋で逢った。おじいさんは徳さんの葬式から今帰ったところだと云った。

「徳の野郎、あいつは不思議な奴ですよ。なんだか貧乏していたようでしたけれど、いよいよ死んでからその葛籠をあらためると、小新しい双子の綿入が三枚と羽織が三枚、銘仙の着物と羽織の揃ったのが一組、帯が三本、印半纏が四枚、ほかに浴衣が五枚と、それから現金が七十円ほどありましたよ。ところが、今までめったに寄付いたことのねえ奴等が、やれ姪だの従弟だのと云って方々からあつまって来て、片っ端からみんな持って行ってしまいましたよ。世の中は薄情に出来てますね。なるほど徳の野郎が今の奴等と附合わなかった筈ですよ。」

わたしは黙って聴いていた。そうして、お玉さんはこの頃どうしているかと訊いた。

「お玉は病院へ行ってから、からだはますます丈夫になって、まるで大道臼のように肥ってしまいましたよ。」

「病気の方はどうなんです。」

「いけませんね。もうどうしても癒らないでしょうよ。まあ、あすこで一生を終るんですね。」と、おじいさんは溜息をついた。「だが、当人としたらその方が仕合せかも知れませんよ。」

「そうかも知れませんね。」

二人はそれぎり黙って風呂へ這入った。

温泉雑記

一

ことしの梅雨も明けて、温泉場繁昌の時節が来た。この頃では人の顔をみれば、この夏はどちらへお出(い)でになりますと尋ねたり、尋ねられたりするのが普通の挨拶になったようであるが、私たちの若い時——今から三、四十年前までは決してそんなことは無かった。

もちろん、むかしから湯治にゆく人があればこそ、どこの温泉場も繁昌していたのであるが、その繁昌の程度が今と昔とはまったく相違していた。各地の温泉場が近年著るしく繁昌するようになったのは、何と云っても交通の便が開けたからである。

江戸時代には箱根の温泉まで行くにしても、第一日は早朝に品川を発(た)って程ケ谷(ほどがや)か戸塚に泊る、第二日は小田原に泊る。そうして、第三日にはじめて箱根の湯本(ゆもと)に着く。

但しそれは足の達者な人たちの旅で、病人や女や老人の足の弱い連れでは、第一日が神奈川泊り、第二日が藤沢、第三日が小田原、第四日に至って初めて箱根に入り込むというのであるから、往復だけでも七、八日はかかる。それに滞在の日数を加えると、どうしても半月以上に達するのであるから、金と暇とのある人々でなければ、湯治場めぐりなどは容易に出来るものではなかった。

江戸時代ばかりでなく、明治時代になって東海道線の汽車が開通するようになっても、先ず箱根まで行くには国府津（こうづ）で汽車に別れる。それから乗合いのガタ馬車にゆられて、小田原を経て湯本に着く。そこで、湯本泊りならば格別、更に山の上へ登ろうとすれば、人力車か山駕籠に乗るのほかはない。小田原電鉄が出来て、その不便がやや救われたが、それとても国府津、湯本間だけの交通に止まって、湯本以上の登山電車が開通するようになったのは、大正のなかば頃からである。そんなわけであるから、一泊でも可なりに気忙（きぜわ）しい。況んや日帰りに於てをやである。

それが今日では、一泊はおろか、日帰りでも悠々と箱根や熱海に遊んで来ることが出来るようになったのであるから、鉄道省その他の宣伝と相待って、そこらへ浴客が続々吸収せらるるのも無理はない。それと同時に、浴客の心持も旅館の設備なども全く昔とは変ってしまった。

いつの世にも、温泉場に来るものは病人と限ったわけでは無い。健康な人間も遊山がてらに来浴するのではあるが、原則としては温泉は病を養うところと認められ、大体において病人の浴客が多かった。それであるから、入浴に来る以上、一泊や二泊で帰る客は先ず少い。短くても一週間、長ければ十五日、二十日、あるいは一月以上も滞在するのは珍しくない。私たちの若いときには、江戸以来の習慣で、一週間を一回りといい、二週間を二回りといい、既に温泉場へゆく以上は、少くとも一回りは滞在して来なければ、何のために行ったのだか判らないということになる。二回りか三回り入浴して来なければ、温泉の効目はないものと決められていた。

たとい健康の人間でも、往復の長い時間をかんがえると、一泊や二泊で引揚げて来ては、わざわざ行った甲斐が無いということにもなるから、少くも四、五日や一週間は滞在するのが普通であった。

二

温泉宿へ一旦踏み込んだ以上、客もすぐには帰らない。宿屋の方でも直ぐには帰らないものと認めているから、双方ともに落着いた心持で、そこにおのずから暢(のび)やかな気分が作られていた。

座敷へ案内されて、まず自分の居どころが決まると、携帯の荷物をかたづけて、型のごとくに入浴する。そこで一息ついた後、宿の女中にむかって両隣の客はどんな人々であるかを訊く。病人であるか、女づれであるか、子供がいるかを詮議した上で、両隣へ一応の挨拶にゆく。

「今日からお隣へ参りましたから、よろしく願います。」

宿の浴衣を着たままで行く人もあるが、行儀の好い人は衣服をあらためて行く。単に言葉の挨拶ばかりでなく、なにかの土産(みやげ)を持参するのもある。前にもいう通り、滞在期間が長いから、大抵の客は甘納豆とか金米糖とかいうたぐいの干菓子(ひがし)をたずさえて来るので、それを半紙に乗せて盆の上に置き、御退屈でございましょうからと云って、土産のしるしに差出すのである。

貰った方でもそのままには済まされないから、返礼のしるしとして自分が携帯の菓子類を贈る。携帯品のない場合には、その土地の羊羹か煎餅のたぐいを買って贈る。それが初対面の時ばかりでなく、日を経ていよいよ懇意になるにしたがって、時々に鮓や果物などの遣り取りをすることもある。

わたしが若いときに箱根に滞在していると、両隣ともに東京の下町の家族づれで、ほとんど毎日のように色々の物をくれるので、頗る有難迷惑に感じたことがある。交際好きの人になると、自分の両隣ばかりでなく、他の座敷の客といつの間にか懇意になって、そことも交際しているのがある。温泉場で懇意になったのが縁となって、帰京の後にも交際をつづけ、果は縁組みをして親類になったなどというのもある。

両隣りに挨拶するのも、土産ものを贈るのも、ここに長く滞在すると思えばこそで、一泊や二泊で立去ると思えば、たがいに面倒な挨拶もしないわけである。こんな挨拶や交際は、一面からいえば面倒に相違ないが、又その代りに、浴客同士のあいだに一種の親しみを生じて、風呂場で出逢っても、廊下で出逢っても、互いに打解けて挨拶をする。病人などに対しては容体をきく。要するに、一つ宿に滞在する客はみな友達であるという風で、なんとなく安らかな心持で昼夜を送ることが出来る。こうした湯治場気分は今日は求め得られない。

浴客同士のあいだに親しみがあると共に、また相当の遠慮も生じて来て、となりの座敷には病人がいるとか、隣の客は勉強しているとか思えば、あまりに酒を飲んで騒いだり、夜ふけまで碁を打ったりすることは先ず遠慮するようにもなる。おたがいの遠慮――この美徳はたしかに昔の人に多かったが、殊に前にいったような事情から、むかしの浴客同士のあいだには遠慮が多く、今日のような傍若無人の客は少かった。

三

しかしまた一方から考えると、今日の一般浴客が無遠慮になるというのも、所詮は一夜泊りのたぐいが多く、浴客同士のあいだに何の親しみもないからであろう。殊に東京近傍の温泉場は一泊または日帰りの客が多く、大きい革包や行李をさげて乗込んでくるから、せめて三日や四日は滞在するのかと思うと、きょう来て明日はもう立ち去るのが幾らもある。こうなると、温泉宿も普通の旅館と同様で、文字通りの温泉旅館であるから、それに対して昔の湯治場気分などを求めるのは、頭から間違っているかも知れない。

それにしても、今日の温泉旅館に宿泊する人たちは思い切ってサバサバしたものである。洗面所で逢っても、廊下で逢っても、風呂場で逢っても、お早ようございますの挨拶さえもする人は少い。こちらで声をかけると、迷惑そうに、あるいは不思議そうな顔をして、しぶしぶながら返事をする人が多い。男はもちろん、女でさえも洗面所で顔をあわせて、お早ようはおろか、黙礼さえもしないのが沢山ある。こういう人たちは外国のホテルに泊って、見識らぬ人達からグード・モーニングなどを浴せかけられたら、びっくりして宿換えをするかも知れない。そんなことを考えて、私はときどきに可笑(おかし)くなることもある。

客の心持が変ると共に、温泉宿の姿も昔とはまったく変った。むかしの名所図絵や風景画を見た人はみな承知であろうが、大抵の温泉宿は茅葺屋根であった。明治以後は次第にその建築も改まって、東京近傍には流石(さすが)に茅葺のあとを絶ったが、明治三十年頃までの温泉宿は、今から思えば実に粗末なものであった。

勿論、その時代には温泉宿にかぎらず、すべての宿屋が大抵古風なお粗末なもので、今日の下宿屋と大差なきものが多かったのであるが、その土地一流の温泉宿として世間にその名を知られている家でも、次の間つきの座敷を持っているのは極めて少い。そんな座敷があったとしても、それは僅かに二間(ふたま)か三間(みま)で、特別の客を入れる用心に過ぎず、普通はみな八畳か六畳か四畳半の一室で、甚だしきは三畳などという狭い部屋もある。

好い座敷には床の間、ちがい棚は設けてあるが、チャブ台もなければ、机もない。茶簞笥や茶道具なども備えつけていないのが多い。近来はどこの温泉旅館にも机、硯、書翰箋、封筒、電報用紙のたぐいは備えつけてあるが、そんなものは一切無い。

それであるから、こういう所へ来て私たちの最も困ったのは、机のないことであった。宿に頼んで何か机をかしてくれというと、大抵の家では迷惑そうな顔をする。やがて女中が運んでくるのは、物置の隅からでも引きずり出して来たような古机で、抽斗の毀れているのがある、脚の折れかかっているのがあるという始末。読むにも書くにも実に不便不愉快であるが、仕方がないから先ずそれで我慢するのほかは無い。したがって、筆や硯にも碌なものはない。それでも型ばかりの硯箱を違い棚に置いてある家はいいが、その都度に女中に頼んで硯箱を借りるような家もある。その用心のために、古風の矢立などを持参してゆく人もあった。わたしなども小さい硯や墨や筆をたずさえて行った。もちろん、万年筆などは無い時代である。

こういう不便が多々ある代りに、むかしの温泉宿は病を養うに足るような、安らかな暢びやかな気分に富んでいた。今の温泉宿は万事が便利である代りに、なんとなくがさついて落着きのない、一夜どまりの旅館式になってしまった。一利一害、まことに已むを得ないのであろう。

四

万事の設備不完全なるは、一々数え立てるまでもないが、肝腎の風呂場とても今日のようなタイル張りや人造石の建築は見られない。どこの風呂場も板張りである。普通の銭湯とちがって温泉であるから、板の間が兎角にぬらぬらする。近来は千人風呂とかプールとか唱えて、競って浴槽を大きく作る傾きがあるが、むかしの浴槽はみな狭い。畢竟、浴客の少かった為でもあろうが、どこの浴槽も比較的に狭いので、多人数がこみ合った場合には頗る窮屈であった。

電灯のない時代は勿論、その設備が出来てからでも、地方の電灯は電力が十分でないと見えて、夜の風呂場などは濛々たる湯気に鎖されて、人の顔さえもよく見えないくらいである。まして電灯のない温泉場で、うす暗いランプの光をたよりに、夜ふけのふろなどに入っていると、山風の声、谷川の音、なんだか薄気味の悪いように感じられることもあった。今日でも地方の山奥の温泉場などへ行けば、こんなところが無いでもないが、以前は東京近傍の温泉場も皆こんな有様であったのであるから、現在の繁華に比較して実に隔世の感に堪えない。したがって、昔から温泉場には怪談が多い。そのなかでやや異色のものを左に一つ紹介する。

柳里恭の「雲萍雑志」のうちに、こんな話がある。

「有馬に湯あみせし時、日くれて湯桁のうちに、耳目鼻のなき痩法師の、ひとりほと、ほとと入りたるを見て、余は大いに驚き、物かげよりうかがふうち、早々湯あみして出でゆく姿、骸骨の絵にたがふところなし。狐狸どもの我をたぶらかすにやと、その夜は湯にもいらで臥しぬ。夜あけて、この事を家あるじに語りければ、それこそ折ふしは来り給ふ人なり。かの女尼は大阪の唐物商人伏見屋てふ家のむすめにて、しかも美人の聞えありけれども、姑の病みておはせし時、隣より失火ありて、火の早く病床にせまりしかど、助け出さん人もなければ、かの尼とびいりて抱へ出しまゐらせしなり。そのとき焼けたゞれたる傷にて、目は豆粒ばかりに明きて物見え、口は五分ほどあれど食ふに事足り、今年はや七十歳ばかりと聞けりといへるに、いと有難き人とおもひて、後も折ふしは人に語りいでぬ。」

これは怪談どころか、一種の美談であるが、その事情をなんにも知らないで、暗い風呂場で突然こんな人物に出逢っては、さすがの柳沢権太夫もぎょっとしたに相違ない。元来、温泉は病人の入浴するところで、そのなかには右のごとき畸形や異形の人もまじっていたであろうから、それを誤り伝えて種々の怪談を生み出した例も少くないであろう。

五

次に記(しる)すのは、ほんとうの怪談らしい話である。

安政三年の初夏である。江戸番町の御厩谷(おんまやだに)に屋敷を持っている二百石の旗本根津民次郎は箱根へ湯治に行った。根津はその前年十月二日の夜、本所(ほんじょ)の知人の屋敷を訪問している際に、彼(か)のおそろしい大地震に出逢って、幸いに一命に別条はなかったが、左の背から右の腰へかけて打撲傷を負った。

その当時はさしたることでも無いように思っていたが、翌年の春になっても痛みが本当に去らない。それが打身のようになって、暑さ寒さに祟(たた)られては困るというので、支配頭(がしら)の許可を得て、箱根の温泉で一ケ月ばかり療養することになったのである。旗本と云っても小身(しょうしん)であるから、伊助という仲間(ちゅうげん)ひとりを連れて出た。

道中は別に変ったこともなく、根津の主従は箱根の湯本、塔の沢を通り過ぎて、山の中のある温泉宿に草鞋をぬいだ。その宿の名はわかっているが、今も引きつづいて立派に営業を継続しているから、ここには秘して置く。

宿は大きい家で、ほかにも五、六組の逗留客があった。根津は身体に痛み所があるので下座敷の一間を借りていた。着いて四日目の晩である。入梅に近いこの頃の空は曇り勝で、きょうも宵から小雨が降っていた。夜も四つ（午後十時）に近くなって、根津もそろそろ寝床に這入ろうかと思っていると、何か奥の方がさわがしいので、伊助に様子を見せに遣ると、やがて彼は帰って来て、こんなことを報告した。

「便所に化け物が出たそうです。」

「化け物が出た……。」と、根津は笑った。「どんな物が出た。」

「その姿は見えないのですが……。」

「一体どうしたというのだ。」

その頃の宿屋には二階の便所はないので、逗留客はみな下の奥の便所へ行くことになっている。今夜も二階の女の客がその便所へ通って、そとから第一の便所の戸を開けようとしたが開かない。さらに第二の便所の戸を開けようとしたが、これも開かない。そればかりでなく、うちからは戸をこつこつと軽く叩いて、うちには人がいると知らせるのである。そこで、しばらく待っているうちに、他の客も二、三人来あわせた。いつまで待っても出て来ないので、その一人が待ちかねて戸を開けようとすると、やはり開かない。前とおなじように、うちからは戸を軽く叩くのである。しかも二つの便所とも同様であるので、人々もすこしく不思議を感じて来た。

かまわないから開けてみろというので、男二、三人が協力して無理に第一の戸をこじ開けると、内には誰もいなかった。第二の戸をあけた結果も同様であった。その騒ぎを聞きつけて、他の客もあつまって来た。宿の者も出て来た。

「なにぶん山の中でございますから、折々にこんなことがございます。」

宿の者はこう云っただけで、その以上の説明を加えなかった。伊助の報告もそれで終った。

それ以来、逗留客は奥の客便所へゆくことを嫌って、宿の者の便所へ通うことにしたが、根津は血気盛りといい、且は武士という身分の手前、自分だけは相変らず奥の便所へ通っていると、それから二日目の晩に又もやその戸が開かなくなった。

「畜生、おぼえていろ。」

根津は自分の座敷から脇差を持ち出して再び便所へ行った。戸の板越しに突き透してやろうと思ったのである。彼は片手に脇差をぬき持って、片手で戸を引きあけると、第一の戸も第二の戸も仔細無しにするりと開いた。

「畜生、弱い奴だ。」と、根津は笑った。

根津が箱根における化物話は、それからそれへと伝わった。本人も自慢らしく吹聴していたので、友達等は皆その話を知っていた。

それから十二年の後である。明治元年の七月、越後の長岡城が西軍のために攻め落された時、根津も江戸を脱走して城方に加わっていた。落城の前日、彼は一緒に脱走して来た友達に語った。

「ゆうべは不思議な夢をみたよ。君達も知っている通り、大地震の翌年に僕は箱根へ湯治に行って宿屋で怪しいことに出逢ったが、ゆうべはそれと同じ夢をみた。場所も同じく、すべてがその通りであったが、ただ変っているのは……僕が思い切ってその便所の戸をあけると、中には人間の首が転がっていた。首は一つで、男の首であった。」

「その首はどんな顔をしていた。」と、友達のひとりが訊いた。

根津はだまって答えなかった。その翌日、彼は城外で戦死した。

六

昔はめったに無かったように聞いているが、温泉場に近年流行するのは心中沙汰である。とりわけて、東京近傍の温泉場は交通便利の関係から、ここに二人の死場所を択ぶのが多くなった。旅館の迷惑はいうに及ばず、警察もその取締りに苦心しているようであるが、容易にそれを予防し得ないらしい。

心中もその宿を出て、近所の海岸から入水（じゅすい）するか、山や森へ入り込んで劇薬自殺を企てるたぐいは、旅館に迷惑をあたえる程度も比較的に軽いが、自分たちの座敷を最後の舞台に使用されると、旅館は少からぬ迷惑を蒙ることになる。

地名も旅館の名もしばらく秘して置くが、わたしが曾てある温泉旅館に投宿した時、すこし書き物をするのであるから、なるべく静かな座敷を貸してくれというと、二階の奥まった座敷へ案内され、となりへは当分お客を入れない筈であるから、ここは確かに閑静であるという。成程それは好都合であると喜んでいると、三、四日の後、町の挽き地物（ひきじもの）屋へ買物に立寄った時、偶然にあることを聞き出した。一月ほど以前、わたしの旅館には若い男女の劇薬心中があって、それは二階の何番の座敷であると云うことがわかった。

その何番はわたしの隣室で、当分お客を入れないといったのも無理はない。そこは幽霊（?）に貸切りになっているらしい。宿へ帰ると、私はすぐに隣座敷をのぞきに行った。夏のことであるが、人のいない座敷の障子は閉めてある。その障子をあけて窺ったが、別に眼につくような異状もなかった。

その日もやがて夜となって、夏の温泉場も大抵寝鎮まった午後十二時頃になると、隣の座敷で女の軽い咳の声がきこえる。もちろん、気のせいだとは思いながらも、私は起きてのぞきに行った。何事もないのを見さだめて帰って来ると、やがて又その咳の声がきこえる。どうも気になるので、又行ってみた。三度目には座敷のまん中へ通って、暗い所にしばらく坐っていたが、やはり何事もなかった。

わたしが隣座敷へ夜中に再三出入したことを、どうしてか宿の者に覚られたらしい。その翌日は座敷の畳換えをするという口実の下に、わたしはここと全く没交渉の下座敷へ移されてしまった。何か詰まらないことを云い触らされては困ると思ったのであろう。しかし女中達は私にむかって何にも云わなかった。私も云わなかった。

これは私の若い時のことである。それから三、四年の後に、「金色夜叉」の塩原温泉の件（くだり）が読売新聞紙上に掲げられた。それを読みながら、私はかんがえた。私がもし一ケ月以前に彼（か）の旅館に投宿して、間貫一（はざまかんいち）とおなじように、隣座敷の心中の相談をぬすみ聴いたとしたらば、私はどんな処置を取ったであろうか。貫一のように何千円の金を無雑作に投げ出す力がないとすれば、所詮は宿の者に密告して、一先ず彼等の命をつなぐというような月並の手段を取るのほかはあるまい。貫一のような金持でなければ、ああいう立派な解決は附けられそうもない。

「金色夜叉」はやはり小説であると、わたしは思った。

震災の記

火に追われて

なんだか頭がまだほんとうに落ちつかないので、まとまったことは書けそうもない。去年（大正十一年）七十七歳で死んだわたしの母は、十歳の年に日本橋で安政の大地震に出逢ったそうで、子供の時からたびたびそのおそろしい昔話を聴かされた。それが幼い頭にしみ込んだせいか、わたしは今でも人一倍の地震ぎらいで、地震と風、この二つを最も恐れている。風の強く吹く日には仕事が出来ない。少し強い地震があると、又そのあとにゆり返しが来はしないかという予覚におびやかされて、やはり何うも落ちついていられない。

わたしが今まで経験したなかで、最も強い地震としていつまでも記憶に残っているのは、明治二十七年六月二十日の強震である。晴れた日の午後一時頃と記憶しているが、これも随分ひどい揺れ方で、市内に潰れ家も沢山あった。百六、七十人の死傷者もあった。それに伴って二、三ケ所にボヤも起ったが、一軒焼けか二軒焼けぐらいで皆消し止めて、殆ど火事らしい火事はなかった。多少の軽いゆり返しもあったが、それも二、三日の後には鎮まった。三年まえの尾濃震災におびやかされている東京市内の人々は、一時仰山におどろき騒いだが、一日二日と過ぎるうちにそれもおのずと鎮まった。勿論、安政度の大震とはまるで比較にならないくらいの小さいものではあったが、兎もかくも東京としては安政以来の強震として伝えられた。わたしも生れてから初めてこれほどの強震に出逢ったので、その災禍のあとをたずねるために、当時すぐに銀座の大通りから、上野へ出て、更に浅草へまわって、汗をふきながら夕方に帰って来た。そうして、しきりに地震の惨害を吹聴したのであった。その以来、わたしに取っては地震というものが、一層おそろしくなった。わたしはいよいよ地震ぎらいになった。したがって、去年四月の強震のときにも、わたしは書きかけていたペンを捨てて庭先へ逃げ出した。

こういう私がなんの予覚も無しに大正十二年九月一日を迎えたのであった。この朝は誰も知っている通り、二百十日前後に有勝の何となく穏かならない空模様で、驟雨がおりおりに見舞って来た。広くもない家のなかは忌に蒸暑かった。二階の書斎には雨まじりの風が吹き込んで、硝子戸をゆする音がさわがしいので、わたしは雨戸をしめ切って下座敷の八畳に降りて、二、三日まえから取りかかっている週刊朝日の原稿をかきつづけていた。庭の垣根から棚のうえに這いあがった朝顔と糸瓜（へちま）の長い蔓や大きい葉が縺れ合って、雨風にざわざわと乱れてそよいでいるのも、やがて襲ってくる暴風雨（あらし）を予報するようにも見えて、わたしの心はなんだか落ちつかなかった。

勉強して書きつづけて、もう三、四枚で完結するかと思うところへ、図書刊行会の広谷君が雨を冒して来て、一時間ほど話して帰った。広谷君は私の家から遠くもない麹町山元町に住んでいるのである。広谷君の帰る頃には雨もやんで、うす暗い雲の影は溶けるように消えて行った。茶の間で早い午飯（ひるめし）をくっているうちに、空は青々と高く晴れて、初秋の強い日のひかりが庭一面にさし込んで来た。どこかで蝉も鳴き出した。

わたしは箸を措いて起（た）った。天気が直ったらば、仕事場をいつもの書斎に変えようと思って、縁先へ出てまぶしい日を仰いだ。それから書きかけの原稿紙をつかんで、玄関の二畳から二階へ通っている階子段（はしごだん）を半分以上も昇りかけると、突然に大きい鳥が羽搏（はばた）きをするような音がきこえた。わたしは大風が吹き出したのかと思った。その途端にわたしの踏んでいる階子がみりみりと鳴って動き出した。壁も襖（ふすま）も硝子窓も皆それぞれの音を立てて揺れはじめた。

勿論、わたしはすぐに引返して階子をかけ降りた。玄関の電灯は今にも振り落されそうに揺れている。天井から降ってくるらしい一種のほこりが私の眼鼻にしみた。

「地震だ、ひどい地震だ。早く逃ろ。」

妻や女中に注意をあたえながら、ありあわせた下駄を突っかけて、沓ぬぎから硝子戸の外へ飛び出すと、碧桐の枯葉がばさばさと落ちて来た。門の外へ出ると、妻もつづいて出て来た。女中も裏口から出て来た。震動はまだ止まない。わたしたちは真直に立っているに堪えられないで、門柱に身を寄せて取り縋っていると、向うのA氏の家からも細君や娘さんや女中たちが逃げ出して来た。わたしの家の門構えは比較的堅固に出来ている上に、門の家根が大きくて瓦の墜落を避ける便宜があるので、A氏の家族は皆わたしの門前に集まって来た。となりのM氏の家族も来た。大勢が門柱にすがって揺られているうちに、第一回の震動がようやく鎮まった。ほっと一息ついて、わたしは兎もかくも内へ引返してみると、家内には何の被害もないらしかった。掛時計の針も止まらないで、十二時五分を指していた。二度のゆり返しを恐れながら、急いで二階へあがって窺うと、棚一ぱいに飾ってある人形はみな無難であるらしかったが、ただ一つ博多人形の夜叉王がうつ向きに倒れて、その首が悼ましく砕けて落ちているのがわたしの心を寂しくさせた。

と思う間もなしに、第二回の烈震がまた起ったので、わたしは転げるように階子をかけ降りて再び門柱に取り縋った。それが止むと、少しく間を置いて更に第三第四の震動がくり返された。A氏の家根瓦がばらばらと揺れ落された。横町の角にある玉突場の高い家根から続いて震い落される瓦の黒い影が鴉の飛ぶようにみだれて見えた。

こうして震動をくり返すからは、おそらく第一回以上の烈震はあるまいという安心と、我も人も幾らか震動に馴れて来たのと、震動がだんだんに長い間隔を置いて来たのとで、近所の人たちも少しくおちついたらしく、思い思いに椅子や床几や花筵(はなむしろ)などを持ち出して来て、門のまえに一時の避難所を作った。わたしの家でも床几を持ち出した。その時には、赤坂の方面に黒い煙がむくむくとうずまき颺っていた。三番町の方角にも煙がみえた。取分けて下町方面の青空に大きい入道雲のようなものが真白にあがっているのが私の注意をひいた。雲か煙か、晴天にこの一種の怪物の出現を仰ぎみた時に、わたしは云い知れない恐怖を感じた。

そのうちに見舞の人たちがだんだんに駈けつけて来てくれた。その人たちの口から神田方面の焼けていることも聞いた。銀座通りの焼けていることも聞いた。警視庁が燃えあがって、その火先が今や帝劇を襲おうとしていることも聞いた。
「しかしここらは無難で仕合せでした。殆ど被害がないと云ってもいいくらいです。」と、どの人も云った。まったくわたしの附近では、家根瓦をふるい落された家があるくらいのことで、著るしい損害はないらしかった。わたしの家でも眼に立つほどの被害は見出されなかった。番町方面の煙はまだ消えなかったが、そのあいだに相当の距離があるのと、こっちが風上に位しているのとで、誰も左ほどの危険を感じていなかった。それでもこの場合、個々に分れているのは心さびしいので、近所の人たちは私の門前を中心として、椅子や床几や花むしろを一つところに寄せあつめた。ある家からは茶やビスケットを持出して来た。ビールやサイダーの壜を運び出すのもあった。わたしの家からも梨を持出した。一種の路上茶話会がここに開かれて、諸家の見舞人が続々齎らしてくる各種の報告に耳をかたむけていた。そのあいだにも大地の震動は幾たびか繰返された。わたしは花むしろのうえに坐って、地震加藤の舞台を考えたりしていた。

こうしているうちに、日はまったく暮れ切って、電灯のつかない町は暗くなった。

あたりがだんだん暗くなるに連れて、一種の不安と恐怖とがめいめいの胸を強く圧して来た。各方面の夜の空が真紅にあぶられているのが鮮かにみえて、ときどきに凄まじい爆音もきこえた。南は赤坂から芝の方面、東は下町方面、北は番町方面、それからそれへとつづいて唯一面にあかく焼けていた。震動がようやく衰えてくると反対に、火の手はだんだんに燃えひろがってゆくらしく、わずかに剰すところは西口の四谷方面だけで、私たちの三方は猛火に囲まれているのである。茶話会の群のうちから若い人は一人起ち、ふたり起って、番町方面の状況を偵察に出かけた。しかしどの人の報告も火先が東にむかっているから、南の方の元園町方面はおそらく安全であろうということに一致していたので、どこの家でも避難の準備に取りかかろうとはしなかった。

最後の見舞に来てくれたのは演芸画報社の市村君で、その住居は土手三番町であるが、火先がほかへ外れたので幸いに難をまぬかれた。京橋の本社は焼けたろうと思うが、とても近寄ることが出来ないとのことであった。市村君は一時間ほども話して帰った。番町方面の火勢はすこし弱ったと伝えられた。

十二時半頃になると、近所が又さわがしくなって来て、火の手が再び熾（さかん）になったという。それでもまだまだと油断して、わたしの横町ではどこでも荷ごしらえをするらしい様子もみえなかった。午前一時頃、わたしは麴町の大通りに出てみると、電車道は押返されないような混雑で、自動車が走る、自転車が走る。荷車を押してくる、荷物をかついでくる。馬が駈ける、提灯が飛ぶ。色々のいでたちをした男や女が気ちがい眼（まなこ）でかけあるく。英国大使館まえの千鳥ケ淵公園附近に逃げあつまっていた番町方面の避難者は、そこにも火の粉がふりかかって来るのにうろたえて、更に一方口の四谷方面にその逃げ路を求めようとするらしく、人なだれを打って押寄せてくる。うっかりしていると、突き倒され、踏みにじられるのは知れているので、わたしは早々に引返して、更に町内の酒屋の角に立って見わたすと、番町の火は今や五味坂上の三井邸のうしろに迫って、怒濤のように暴れ狂う焰のなかに西洋館の高い建物がはっきりと浮き出して白くみえた。

迂回してゆけば格別、さし渡しにすれば私の家から一町あまりに過ぎない。風上であるの、風向きが違うのと、今まで多寡をくくっていたのは油断であった。――こう思いながら私は無意識にそこにある長床几に腰をかけた。床几のまわりには酒屋の店の者や近所の人たちが大勢寄りあつまって、いずれも一心に火をながめていた。

「三井さんが焼け落ちれば、もういけない。」

あの高い建物が焼け落ちれば、火の粉はここまでかぶってくるに相違ない。わたしは床几をたちあがると、その眼のまえには広い青い草原が横わっているのを見た。それは明治十年前後の元園町の姿であった。そこには疎(まば)らに人家が立っていた。わたしが今立っている酒屋のところにはお鉄牡丹餅の店があった。そこらには茶畑もあった。草原にはところどころに小さい水が流れていた。五つ六つの男の児が肩もかくれるような夏草をかき分けてしきりにばったを探していた。そういう少年時代の思い出がそれからそれへと活動写真のようにわたしの眼の前にあらわれた。

「旦那。もうあぶのうございますぜ。」

誰が云ったのか知らないが、その声に気がついて、わたしはすぐに自分の家へ駆けて帰ると、横町の人たちももう危険の迫って来たのを覚ったらしく、路上の茶話会はいつか解散して、どこの家でも俄に荷ごしらえを始め出した。わたしの家の暗いなかにも一本の蠟燭の火が微(かすか)にゆれて、妻と女中と手つだいの人があわただしく荷作りをしていた。どの人も黙っていた。

万一の場合には紀尾井町のK君のところへ立退くことに決めてあるので、私たちは差当りゆく先に迷うようなことはなかったが、そこへも火の手が追って来たらば、更にどこへ逃げてゆくか、そこまで考えている余裕はなかった。この際、いくら欲張ったところで何(ど)うにも仕様はないので、私たちはめいめいの両手に持ち得るだけの荷物を持ち出すことにした。わたしは週刊朝日の原稿をふところに捻じ込んで、バスケットと旅行用の鞄とを引っさげて出ると、地面がまた大きく揺らいだ。

「火の粉が来るよう。」

どこかの暗い家根のうえで呼ぶ声が遠くきこえた。庭の隅にはこおろぎの声がさびしく聞えた。蠟燭をふき消した私の家のなかは闇になった。

わたしの横町一円が火に焼かれたのは、それから一時間の後であった。K君の家へゆき着いてから、わたしは宇治拾遺物語にあった絵仏師の話を思い出した。彼は芸術的満足を以て、わが家の焼けるのを笑いながらながめていたと云うことである。わたしはその烟さえも見ようとはしなかった。

十番雑記

昭和十二年八月三十一日、火曜日。午前は陰、午後は晴れて暑い。

虫干しながらの書庫の整理も、連日の秋暑に疲れ勝ちで兎かくに捗取らない。いよいよ晦日であるから、思い切って今日中に片附けて仕舞おうと、汗をふきながら整理をつづけていると、手文庫の中から書きさしの原稿類を相当に見出した。いずれも書き捨ての反古同様のものであったが、その中に「十番雑記」というのがある。私は大正十二年の震災に麹町の家を焼かれて、その十月から来年の三月まで麻布の十番に仮寓していた。唯今見出したのは、その当時の雑記である。

私は麻布にある間に「十番随筆」という随筆集を発表している。その後にも「猫柳」という随筆集を出した。しかも「十番雑記」の一文はどれにも編入されていない。傾きかかった古家の薄暗い窓の下で、師走の夜の寒さに竦みながら、当時の所懐と所見とを書き捨てたままで別にそれを発表しようとも思わず、文庫の底に押込んで仕舞ったのであろう。自分も今まで全く忘れていたのを、十四年後の今日偶然に発見して、いわゆる懐旧の情に堪えなかった。それと同時に、今更のように思い浮んだのは震災十四周年の当日である。

「あしたは九月一日だ。」

その前日に、その当時の形見ともいうべき「十番雑記」を発見したのは、偶然とは云いながら一種の因縁がないでも無いように思われて、なんだか捨て難い気にもなったので、その夜の灯の下で再読、この随筆集に挿入することにした。

仮住居

十月十二日の時雨ふる朝に、わたし達は目白の額田（六福）方を立退いて、麻布宮村町へ引移ることになった。日蓮宗の寺の門前で、玄関が三畳、茶の間が六畳、座敷が六畳、書斎が四畳半、女中部屋が二畳で、家賃四十五円の貸家である。裏は高い崖になっていて、南向きの庭には崖の裾の草堤が斜めに押寄せていた。

崖下の家はあまり嬉しくないなどと贅沢を云っている場合でない。なにしろ大震災の後、どこにも滅多に空家のあろう筈はなく、さんざん探し抜いた揚句の果に、河野義博君の紹介でようようここに落付くことになったのは、まだしもの幸いであると云わなければなるまい。これで兎も角も一時の居どころは定まったが、心はまだ本当に定まらない。文字通りに、箸一つ持たない丸焼けの一家族であるから、たとい仮住居にしても一戸を持つとなれば、何かと面倒なことが多い。ふだんでも冬の設けに忙がしい時節であるのに、新世帯持の我々はいよいよ心ぜわしい日を送らなければならなかった。

今度の家は元来が新しい建物でない上に、震災以来殆どそのままになっていたので、壁はところどころ崩れ落ちていた。障子も破れていた。襖も傷んでいた。庭には秋草が一面に生いしげっていた。移転の日に若い人達があつまって、庭の草はどうにか綺麗に刈り取ってくれた。壁の崩れたところも一部分は貼ってくれた。襖だけは家主から経師屋の職人をよこして応急の修繕をしてくれたが、それも一度ぎりで姿をみせないので、家内総がかりで貼り残しの壁を貼ることにした。幸いに女中が器用なので、先ず日本紙で下貼りをして、その上を新聞紙で貼りつめて、更に壁紙で上貼りをして、これも何うにかこうにか見苦しくないようになった。そのあくる日には障子も貼りかえた。

その傍らに、わたしは自分の机や書棚やインクスタンドや原稿紙のたぐいを買いあるいた。妻や女中は火鉢や盥(たらい)やバケツや七輪のたぐいを毎日買いあるいた。これで先ず不完全ながらも文房具や世帯道具が一通り整うと、今度は冬の近いのに脅かされなければならなかった。一枚の冬着さえ持たない我々は、どんな粗末なものでも好いから寒さを防ぐ準備をしなければならない。夜具の類は出来合いを買って間にあわせることにしたが、一家内の者の羽織や綿入れや襦袢や、その針仕事に女達はまた忙がしく追い使われた。

目白に避難の当時、それぞれに見舞いの品を贈ってくれた人もあった。ここに移転してからも、わざわざ祝いに来てくれた人もあった。それらの人々に対して、妻とわたしとが代るがわるに答礼に行かなければならなかった。市内の電車は車台の多数を焼失したので、運転系統が色々に変更して、以前ならば一直線にゆかれたところも、今では飛んでもない方角を迂回して行かなければならない。十分か二十分でゆかれたところも三十分五十分を要することになる。勿論どの電車も満員で容易に乗ることは出来ない。市内の電車がこのありさまであるから、それに連れて省線の電車がまた未曾有の混雑を来している。それらの不便のために、一日苛々しながら駈けあるいても、わずかに二軒か三軒しか廻り切れないような時もある。又そのあいだには旧宅の焼跡の整理もしなければならない。震災に因って生じた諸々の事件の始末も付けなければならない。こうして私も妻も女中等も無暗にあわただしい日を送っているうちに、大正十二年も暮れて行くのである。

「こんな年は早く過ぎてしまう方がいい。」

まあ、こんなことでも云うより外はない。なにしろ余ほどの老人でない限りは、生まれて初めてこんな目に出逢ったのであるから、狼狽混乱、どうにも仕様のないのが当りまえであるかも知れないが、罹災以来そのあと始末に四ケ月を費して、まだほんとうに落付かないのは、まったく困ったことである。年があらたまったと云って、すぐに世のなかが改まるわけでないのは判り切っているが、それでも年があらたまったらば、心持だけでも何とか新しくなり得るかと思うが故に、こんな不祥な年は早く送ってしまいたいと云うのも普通の人情かも知れない。

今はまだ十二年の末であるから、新しい十三年がどんな年で現れてくるか判らない。元旦も晴か雨か、風か雪か、それすらもまだ判らない位であるから、今から何にもいうことは出来ないが、いずれにしても私はこの仮住居で新しい年を迎えなければならない。それでもバラックに住む人たちのことを思えば何でもない。たとい家を焼かれても、家財と蔵書一切をうしなっても、わたしの一家は他に比較してまだまだ幸福であると云わなければならない。わたしは今までにも奢侈（おごり）の生活を送っていなかったのであるから、今後も特に節約をしようとも思わない。しかし今度の震災の為に直接間接に多大の損害をうけているから、その幾分を回復するべく大いに働かなければならない。先ず第一に書庫の復興を計らなければならない。

父祖の代から伝わっている刊本写本五十余種、その大部分は回収の見込みはない。父が晩年の日記十二冊、わたし自身が十七歳の春から書きはじめた日記三十五冊、これらは勿論あきらめるより外はない。そのほかにも私が随時に記入していた雑記帳、随筆、書き抜き帳、おぼえ帳のたぐい三十余冊、これも自分としては頗る大切なものであるが、今更悔むのは愚痴である。せめてはその他の刊本写本だけでもだんだんに買い戻したいと念じているが、その三分の一も容易に回収は覚束なそうである。この頃になって書棚の寂しいのがひどく眼についてならない。諸君が汲々として帝都復興の策を講じているあいだに、わたしも勉強して書庫の復興を計らなければならない。それが矢はり何等かの意義、何等かの形式に於て、帝都復興の上にも貢献するところがあろうと信じている。

わたしの家ではこれまでも余り正月らしい設備をしたこともないのであるから、この際とても特に例年と変ったことはない。年賀状は廃する積りであったが、さりとて平生懇親にしている人々に対して全然無沙汰で打過ぎるのも何だか心苦しいので、震災後まだほんとうに一身一家の安定を得ないので歳末年始の礼を欠くことを葉書にしたためて、年内に発送することにした。その外には、春に対する準備もない。

わたしの庭には大きい紅梅がある。家主の話によると、非常に美事な花をつけると云うことであるが、元日までには恐らく咲くまい。

（大正十二年十二月二十日）

箙の梅

狸坂くらやみ坂や秋の暮

これは私がここへ移転当時の句である。わたしの門前は東西に通ずる横町の細路で、その両端には南へ登る長い坂がある。東の坂はくらやみ坂、西の坂は狸坂と呼ばれている。今でも可なりに高い、薄暗いような坂路であるから、昔は左こそと推量られて、狸坂くらやみ坂の名も偶然でないことを思わせた。時は晩秋、今のわたしの身に取っては、この二つの坂の名が一層幽暗の感を深うしたのであった。

坂の名ばかりでなく、土地の売物にも狸羊羹、狸せんべいなどがある。カフェー・たぬきと云うのも出来た。子供たちも「麻布十番狸が通る」などと歌っている。狸はここらの名物であるらしい。地形から考えても、今は格別、むかし狐や狸の巣窟であったらしく思われる。私もここに長く住むようならば、綺堂をあらためて狸堂とか狐堂とか云わなければなるまいかなどとも考える。それと同時に、「狐に穴あり、人の子は枕する所無し」が、今の場合まったく痛切に感じられた。

しかし私の横町にも人家が軒ならびに建ち続いているばかりか、横町から一歩ふみ出せば、麻布第一の繁華の地と称せらるる十番の大通りが眼の前に拡がっている。ここらは震災の被害も少く、勿論火災にも逢わなかったのであるから、この頃は私達のような避難者がおびただしく流れ込んで来て、平常よりも更に幾層の繁昌をましている。殊に歳の暮に押詰まって、ここらの繁昌と混雑は一通りでない。あまり広くもない往来の両側に、居附きの商店と大道の露店とが二重に隙間もなく列んでいるあいだを、大勢の人が押合って通る。又そのなかを自動車、自転車、人力車、荷車が絶えず往来するのであるから、油断をすれば車輪に轢かれるか、路ばたの大溝（おおどぶ）へでも転げ落ちないとも限らない。実に物凄いほどの混雑で、麻布十番狸が通るなどは正に数百年のむかしの夢である。

「震災を無事に逃れた者が、ここへ来て怪我をしては詰まらないから、気をつけろ。」と、わたしは家内の者に向って注意している。

そうは云っても、買い物が種々あるというので、家内の者はたびたび出てゆく。わたしも矢はり出て行く。そうして、何かしら買って帰るのである。震災に懲りたのと、経済上の都合とで、無用の品物は一切買い込まないことに決めているのであるが、それでも当然買わなければ済まないような必要品が次から次へと現れて来て、いつまで経っても果てしが無いように思われる。一口に我楽多（がらくた）というが、その我楽多道具をよほど沢山に貯えなければ、人間の家一戸を支えて行かれないものであると云うことを、この頃になってつくづく悟った。私達ばかりでなく、総ての罹災者は皆どこかでこの失費と面倒とを繰返しているのであろう。どう考えても、怖るべき禍であった。

その鬱憤をここに洩らすわけではないが、十番の大通りはひどく路の悪い所である。震災以後、路普請なども何分手廻り兼ねるのであろうが、雨が降ったが最後、そこらは見渡す限り一面のぬかるみで、殆ど足の踏みどころもないと云ってよい。その泥濘のなかにも露店が出る、買い物の人も出る。売る人も、買う人も、足下の悪いなどには頓着していられないのであろうが、私のような気の弱い者はその泥濘におびやかされて、途中から空しく引返して来ることが屢々ある。

しかも今夜は勇気をふるい起して、そのぬかるみを踏み、その混雑を冒して、やや無用に類するものを買って来た。わたしの外套の袖の下に忍ばせている梅の枝と寒菊の花がそれである。移転以来、花を生けて眺めるという気分にもなれず、花を生けるような物も具えていないので、先ごろの天長祝日に町内の青年団から避難者に対して戸毎に菊の花を分配してくれた時にも、その厚意を感謝しながらも、花束のままで庭の土に挿し込んで置くに過ぎなかった。それがどういう気まぐれか、二、三日前に古道具屋の店さきで徳利のような花瓶を見つけて、不図それを買い込んで来たのが始まりで、急に花を生けて見たくなったのである。

庭の紅梅はまだなかなか咲きそうもないので、灯ともし頃にようやく書き終った原稿をポストに入れながら、夜の七時半頃に十番の通りへ出てゆくと、きのう一日降り暮らした後であるから、予想以上に路が悪い。師走もだんだんに数え日に迫ったので、混雑もまた予想以上である。そのあいだを何うにかこうにか潜りぬけて、夜店の切花屋で梅と寒菊とを買うには買ったが、それを無事に保護して帰るのが頗る困難であった。甲の男のかかえて来るチャブ台に突き当るやら、乙の女の提げてくる風呂敷づつみに擦れ合うやら、ようようのことで安田銀行支店の角まで帰り着いて、人通りの稍少いところで袖の下から彼の花を把り出して、電灯のひかりに照らしてみると、寒菊は先ず無難であったが、梅は小枝の折れたのもあるばかりか、花も蕾もかなりに傷められて、梶原源太が箙の梅という形になっていた。

「こんなことなら、明日の朝にすればよかった。」

この源太は二度の駈をする勇気もないので、寒菊の無難をせめてもの幸いに、箙の梅をたずさえて今夜はそのまま帰ってくると、家には中嶋が来て待っていた。

「渋谷の道玄坂辺は大変な繁昌で、どうして、どうして、この辺どころじゃありませんよ。」と、彼は云った。

「なんと云っても、焼けない土地は仕合せだな。」

こう云いながら、わたしは梅と寒菊とを書斎の花瓶にさした。底冷えのする宵である。

（十二月二十三日）

明治座

この二、三日は馬鹿に寒い。今朝は手水鉢に厚い氷を見た。

午前八時頃に十番の通りへ出てみると、末広座の前にはアーチを作っている。劇場の内にも大勢の職人が忙がしそうに働いている。震災以来、破損のままで捨て置かれたのであるが、来年の一月からは明治座と改称して松竹合名社の手で開場し、左団次一座が出演することになったので、俄に修繕工事に取りかかったのである。今までは繁華の町のまん中に、死んだ物のように寂寞として横わっていた建物が、急に生き返って動き出したかとも見えて、あたりが明るくなったように活気を生じた。焚火の烟が威勢よく舞いあがっている前に、ゆうべは夜明しであったと笑いながら話している職人もある。立ち停まって珍らしそうにそれを眺めている人達もある。

足場をかけてある座の正面には、正月二日開場の口上看板がもう揚がっている。二部興行で、昼の部は忠信の道行、躄の仇討、鳥辺山心中、夜の部は信長記、浪花の春雨、双面という番組も大きく貼り出してある。左団次一座が麻布の劇場に出勤するのは今度が始めてである上に、震災以後東京で興行するのもこれが始めてであるから、その前景気は甚だ盛で、麻布十番の繁昌に又一層の光彩を添えた観がある。どの人も浮かれたような心持で、劇場の前に群れ集まって来て、なにを見るとも無しにたたずんでいるのである。

私もその一人であるが、浮かれたような心持は他の人々に倍していることを自覚していた。明治座が開場のことも、左団次一座が出演のことも、又その上演の番組のことも、わたしは疾(と)うから承知しているのではあるが、今やこの小さい新装の劇場の前に立った時に、復興とか復活とか云うような、新しく勇ましい心持が胸一杯に漲るのを覚えた。

わたしの脚本が舞台に上演されたのは、東京だけでも已に百数十回に上っているのと、もう一つには私自身の性格の然らしむる所とで、わたしは従来自分の作物(さくぶつ)の上演ということに就ては余りに敏感でない方である。勿論、不愉快なことではないが、又さのみに愉快とも感じていないのであった。それが今日にかぎって一種の亢奮を感じるように覚えるのは、単にその上演目録のうちに鳥辺山心中と、信長記と、浪花の春雨と、わたしの作物が三種までも加わっていると云うばかりでなく、震災のために自分の物一切を失ったように感じていた私に取って、自分はやはり何物かを失わずにいたと云うことを心強く感じさせたからである。以上の三種が自分の作として、得意の物であるか不得意の物であるかを考えている暇はない。わたしは焼跡の灰の中から自分の財を拾い出したように感じたのであった。

「お正月から芝居がはじまる……。左団次が出る……。」と、そこらに群がっている人の口々から、一種の待つある如きさざめきが伝えられている。

わたしは愉快にそれを聴いた。わたしもそれを待っているのである。少年時代のむかしに復って、春を待つという若やいだ心がわたしの胸に浮き立った。幸か不幸か、これも震災の賜物である。

「いや、まだほかにもある。」

こう気が注いて、わたしは劇場の前を離れた。横町はまだ滑りそうに凍っているその細い路を、わたしの下駄はかちかちと踏んで急いだ。家へ帰ると、すぐに書斎の戸棚から古いバスケットを取出した。

震災の当時、蔵書も原稿もみな焼かれてしまったのであるが、それでもいよいよ立退くという間際に、書斎の戸棚の片隅に押込んである雑誌や新聞の切抜きを手あたり次第にバスケットへつかみ込んで来た。それから紀尾井町、目白、麻布と転々する間に、そのバスケットの底を叮寧に調べてみる気も起らなかったが、麻布に一先ず落ちついて、はじめてそれを検査すると、幾束かの切抜きがあらわれた。それは何かの参考のために諸新聞や雑誌を切抜いて保存して置いたもので、自分自身の書いたものは二束に過ぎないばかりか、戯曲や小説のたぐいは一つもない、すべてが随筆めいた雑文ばかりである。その随筆も勿論全部ではない、おそらく三分の一か四分の一ぐらいでもあろうかと思われた。

それだけでも摑み出して来たのは、せめてもの幸いであったと思うにつけて、一種の記念としてそれらを一冊に纏めてみようかと思い立ったが、何かと多忙に取りまぎれて、きょうまでその儘になっていたのである。これも失われずに残されている物であると思うと、わたしは急になつかしくなって、その切抜きを一々にひろげて読みかえした。

わたしは今まで随分沢山の雑文をかいている。その全部のなかから選み出したらば、いくらか見られるものも出来るかと思うのであるが、前にもいう通り、手当り次第にバスケットへつかみ込んで来たのであるから、なかには書き捨ての反古同様なものもある。その反古も今のわたしには又捨て難い形見のようにも思われるので、何でもかまわずに掻きあつめることにした。

こうなると、急に気ぜわしくなって、すぐにその整理に取りかかると、冬の日は短い。おまけに午後には二、三人の来客があったので、一向に仕事は捗取らず、どうにかこうにか片附いたのは夜の九時頃である。それでも門前には往来の足音が忙がしそうに聞える。北の窓をあけて見ると、大通りの空は灯のひかりで一面に明るい。明治座は今夜も夜業(よなべ)をしているのであろうなどとも思った。

さて纏まったこの雑文集の名をなんと云っていいか判らない。今の仮住居の地名をそのままに、仮に『十番随筆』ということにして置いた。これもまた記念の意味に外ならない。

(十二月二十五日)

風呂を買うまで

わたしは入浴が好きで、大正八年の秋以来あさ湯の廃止されたのを悲しんでいる一人である。浅草千束町辺の湯屋では依然として朝湯を焚くという話をきいて、山の手から遠くそれを羨んでいたのであるが、そこも震災後はどうなったか知らない。

わたしが多年ゆき馴れた麴町の湯屋の主人は、あさ湯廃止、湯銭値上げなどという問題について、いつも真先に立って運動する一人であるという噂を聞いて、どうも好くない男だとわたしは自分勝手に彼を呪っていたのであるが、呪われた彼も、呪ったわたしも、時をおなじゅうして震災の火に焼かれてしまった。その後わたしは目白に一旦立退いて、雑司ケ谷の鬼子母神（きしもじん）附近の湯屋にゆくことになった。震災後どこの湯屋も一週間乃至（ないし）十日間休業したが、各組合で申合せでもしたのか知れない、再び開業するときには大抵その初日と二日目とを無料入浴デーにしたのが多い。わたしも雑司ケ谷の御園（みその）湯という湯屋でその二日間無料の恩恵を蒙った。恩恵に浴すとはまったくこの事であろう。それから十月の初めまで私は毎日この湯に通っていた。九月二十五日は旧暦の十五夜で、わたしはこの湯屋の前で薄を持っている若い婦人に出逢った。その婦人もこの近所に避難している人であることを予て知っているので、薄ら寒い秋風に靡いているその薄の葉摺れが、わたしの暗いこころを一しお寂しくさせたことを記憶している。

わたしはそれから河野義博君の世話で麻布の十番に近いところに貸家を見つけて、どうにか先ず新世帯を持つことになった。十番は平生でも繁昌している土地であるが、震災後の繁昌と混雑はまた一層甚だしいものであった。ここらにも避難者が沢山あつまっているので、どこの湯屋も少しおくれて行くと、芋を洗うような雑沓で、入浴する方が却って不潔ではないかと思われるくらいであったが、わたしはやはり毎日かかさずに入浴した。ここでは越の湯と日の出湯というのに通って、十二月二十二、二十三の両日は日の出湯で柚湯に這入った。わたしは二十何年ぶりで、ほかの土地のゆず湯を浴びたのである。柚湯、菖蒲湯、なんとなく江戸らしいような気分を誘い出すもので、わたしは「本日ゆず湯」のビラをなつかしく眺めながら、湯屋の新しい硝子戸をくぐった。

宿無しも今日はゆず湯の男哉

二十二日は寒い雨が降った。二十三日は日曜日で晴れていた。どの日もわたしは早く行ったので、風呂のなかは左のみに混雑していなかったが、ゆず湯というのは名ばかりで、湯に浮んでいる柚の数のあまりに少いのにやや失望させられた。それでも新しい湯にほんのりと匂う柚の香は、この頃兎角に尖り勝なわたしの神経を不思議に和げて、震災以来初めてほんとうに入浴したような、安らかな爽かな気分になった。

麻布で今年の正月をむかえたわたしは、その十五日に再び可なりの強震に逢った。去年の大震で傷んでいる家屋が更に破損して、長く住むには堪えられなくなった。家主も建直したいというので、いよいよ三月なかばにここを立退いて、更に現在の大久保百人町に移転することになった。いわゆる東移西転、どこにどう落付くか判らない不安をいだきながら、兎角もここを仮りの宿りと定めているうちに、庭の桜はあわただしく散って、ここらの躑躅の咲きほこる五月となった。その四日と五日は菖蒲湯である。ここでは都湯というのに毎日通っていたが、麻布のゆず湯とは違って、ここの菖蒲湯は風呂一杯に青い葉をうかべているのが見るから快かった。大かた子供たちの仕事であろうが、青々と湿れた菖蒲の幾束が小桶に挿してあったのも、なんとなく田舎めいて面白かった。四日も五日も生憎に陰っていたが、これで湯あがりに仰ぎ視る大空も青々と晴れていたら、更に爽快であろうと思われた。

湯屋は大久保駅の近所にあって、わたしの家からは少し遠いので、真夏になってから困ることが出来た。日盛りに行っては往復がなにぶんにも暑い。ここらは勤人が多いので、夕方から夜にかけては湯屋がひどく混雑する。わたしの家に湯殿はあるが、据風呂がないので内湯を焚くわけに行かない。幸に井戸の水は良いので、七月から湯殿で行水を使うことにした。大盥に湯をなみなみと湛えさせて、遠慮なしにざぶざぶ浴びてみたが、どうも思うように行かない。行水――これも一種の俳味を帯びているものには相違ないので、わたしは行水に因んだ古人の俳句をそれからそれへと繰出して、努めて俳味をよび起そうとした。わたしの家の畑には唐もろこしもある、小さい夕顔棚もある、虫の声もきこえる。月並ながらも行水というものに相当した季題の道具立は先ず一通り揃っているのであるが、どうも一向に俳味も俳趣も浮び出さない。

行水をつかって、唐もろこしの青い葉が夕風にほの白くみだれているのを見て、わたしは日露戦争の当時、満洲で野天風呂を浴びたことを思い出した。海城遼陽その他の城内には支那人の湯屋があるが、城から遠い村落に湯屋というものはない。幸に大抵の民家には大きい甕が一つ二つは据えてあるので、その甕を畑のなかへ持ち出して、高梁(こうりよう)を焚いて湯を沸かした。満洲の空は高い、月は鏡のように澄んでいる。畑には西瓜や唐茄子が蔓を這わせて転がっている。そのなかで甕から首を出して鼻唄を歌っていると、まるで狐に化かされたような形であるが、それも陣中の一興として、その愉快は今でも忘れない。甕は焼物であるから、湯があまりに沸き過ぎた時、迂闊にその縁などに手足を触れると、火傷(やけど)をしそうな熱さで思わず飛びあがることもあった。

しかしそれは二十年のむかしである。今のわたしは野天風呂で鼻唄をうたっている勇気はない。行水も思ったほどに風流でない。狭くても窮屈でも、矢はり据風呂を買おうかと思っている。そこでまた宿無しが一句うかんだ。

宿無しが風呂桶を買ふ暑さ哉

（大正十三年七月）

郊外生活の一年

震災以来、諸方を流転して、おちつかない日を送ること一年九ケ月で、月並の文句ではあるが光陰流水の感に堪えない。大久保へ流れ込んで来たのは去年（大正十三年）の三月で、もう一年以上になる。東京市内に生まれて、東京市内に生活して、郊外というところは友人の家をたずねるか、あるいは春秋の天気のいい日に散歩にでも出かける所であると思っていた者が、測らずも郊外生活一年の経験を積むことを得たのは、これも震災の賜物と云っていいかも知れない。勿論、その賜物に対して可なりの高価を支払ってはいるが……。

はじめてここへ移って来たのは、三月の春寒（はるさむ）がまだ去りやらない頃で、その月末の二十五、二十六、二十七の三日間は毎日つづいて寒い雨が降った。二十八日も朝から陰って、ときどきに雪を飛ばした。わたしの家の裏庭から北に見渡される戸山が原には、春らしい青い色は些（ち）っとも見えなかった。尾州（びしゅう）侯の山荘以来の遺物かと思われる古木が、なんの風情も無しに大きい枯枝を突き出しているのと、陸軍科学研究所の四角張った赤煉瓦の建築と、東洋製菓会社の工場に聳えている大煙突と、風の吹く日には原一面に白く巻きあがる砂煙と、これだけの道具を列べただけでも大抵は想像が付くであろう、実に荒涼索莫、わたしは遠い昔にさまよい歩いた満洲の冬を思い出して、今年の春の寒さが一としお身にしみるように感じた。

「郊外はいやですね。」と、市内に住み馴れている家内の女たちは云った。

「むむ。どうも思ったほどに好くないな。」と、わたしも少しく顔をしかめた。

　省線電車や貨物列車のひびきも愉快ではなかった。陸軍の射的場のひびきも随分騒がしかった。戸山が原で夜間演習のときは、小銃を乱射するにも驚かされた。湯屋の遠いことや、買物の不便なことや、一々かぞえ立てたら色々あるので、わたしもここまで引込んで来たのを悔むような気にもなったが、馴れたら何(ど)うにかなるだろうと思っているうちに、郊外にも四月の春が来て、庭にある桜の大木二本が満開になった。枝は低い生垣を越えて往来へ高く突き出しているので、外から遠く見あげると、その花の下かげに小さく横たわっている私の家は絵のようにみえた。戸山が原にも春の草が萌え出して、その青々とした原の上に、市内ではこのごろ滅多に見られない大きい鳶が悠々と高く舞っていた。

「郊外も悪くないな。」と、わたしは又思い直した。

五月になると、大久保名物の躑躅の色がここら一円を俄に明るくした。躑躅園は一軒も残っていないが、今もその名所のなごりを留めて、少しでも庭のあるところに躑躅の花を見ないことはない。元来の地味がこの花に適しているのであろうが、大きい木にも小さい株にも皆めざましい花を着けていた。わたしの庭にも紅白は勿論、むらさきや樺色の変り種も乱れて咲き出した。わたしは急に眼がさめたような心持になって、自分の庭のうちを散歩するばかりでなく、暇さえあれば近所をうろついて、そこらの家々の垣根のあいだを覗きあるいた。

庭の広いのと空地の多いのとを利用して、わたしも近所の人真似に花壇や畑を作った。花壇には和洋の草花の種を滅茶苦茶にまいた。畑には唐蜀黍や夏大根の種をまき、茄子や瓜の苗を植えた。ゆうがおの種も播き、へちまの棚も作った。不精者のわたしに取っては、それらの世話がなかなかの面倒であったが、苟も郊外に住む以上、それが当然の仕事のようにも思われて、わたしは朝晩の泥いじりを厭わなかった。六月の梅雨のころになると、花壇や畑には茎や蔓がのび、葉や枝がひろがって、庭一面に濡れていた。

夏になって、わたしを少しく失望させたのは、蛙の一向に鳴かないことであった。筋向うの家の土手下の溝で、二、三度その鳴き声を聴いたことがあったが、そのほかには殆ど聞こえなかった。麹町辺でも震災前には随分その声を聴いたものであるが、郊外のここらでどうして鳴かないのかと、わたしは案外に思った。蛍も飛ばなかった。よそから貰った蛍を庭に放したが、その光は一と晩ぎりで皆どこへか消え失せてしまった。さみだれの夜に、しずかに蛙を聴き、ほたるを眺めようとしていた私の期待は裏切られた。その代りに犬は多い。飼犬と野良犬がしきりに吠えている。

幾月か住んでいるうちに、買い物の不便にも馴れた。電車や鉄砲の音にも驚かなくなった。湯屋が遠いので、自宅で風呂を焚くことにした。風呂の話は別に書いたが、ゆうぐれの涼しい風にみだれる唐蜀黍の花や葉をながめながら、小さい風呂にゆっくりと浸っているのも、いわゆる郊外気分というのであろうと、暢気に悟るようにもなった。しかもそう暢気に構えてばかりもいられない時が来た。八月になると旱(ひでり)つづきで、さなきだに水に乏しいここら一帯の居住者は、水を憂いずにはいられなくなった。どこの家でも井戸の底を覗くようになって、わたしの家主の親類の家などでは、駅を越えた遠方から私の井戸の水を貰いに来た。この井戸は水の質も良く、水の量も比較的に多いので、覿面（てきめん）に苦しむほどのことはなかったが、一日のうちで二時間乃至（ないし）三時間は汲めないような日もあった。庭のまき水を倹約する日もあった。折角の風呂も休まなければならないような日もあった。わたしも一日に一度ずつは井戸をのぞきに行った。夏ばかりでなく、冬でも少しく照りつづくと、ここらは水切れに脅かされるのであると、土地の人は話した。

蛙や蛍とおなじように、ここでは虫の声もあまり多く聞かれなかった。全然鳴かないと云うのではないが、思ったほどには鳴かなかった。麹町にいたときには、秋の初めになると機織虫（はたおりむし）などが無暗（むやみ）に飛び込んで来たものであるが、ここではその鳴く声さえも聴いたことはなかった。庭も広く、草も深いのに、秋の虫が多く聴かれないのは、わたしの心を寂しくさせた。虫が少いと共に、藪蚊も案外に少かった。わたしの家で蚊やりを焚いたのは、前後二月に過ぎなかったように記憶している。

秋になっては、コスモスと紫苑（しおん）がわたしの庭を賑わした。夏の日ざかりに向日葵（ひまわり）が軒を越えるほど高く大きく咲いたのも愉快であったが、紫苑が枝や葉をひろげて高く咲き誇ったのも私をよろこばせた。紫苑といえば、いかにも秋らしい弱々しい姿をのみ描かれているが、それが十分に生長して、五株六株あるいは十株も叢をなしているときは、彼の向日葵などと一様に、寧ろ男性的の雄大な趣を示すものである。薄むらさきの小さい花が一つにかたまって、青い大きい葉の蔭から雲のようにたなびき出でているのを遠く眺めると、さながら松のあいだから桜を望むようにも感じられる。世間一般からは余りに高く評価されない花ではあるが、ここへ来てから私はこの紫苑がひどく好きになった。どこへ行っても、わたしは紫苑を栽えたいと思っている。

唐蜀黍もよく熟したが、その当時わたしは胃腸を害していたので、それを焼く煙を唯ながめているばかりであった。糸瓜も大きいのが七、八本ぶら下って、そのなかには二尺を越えたのもあった。

郊外の冬はあわれである。山里は冬ぞ寂しさまさりけり——まさかにそれほどでもないが、庭のかれ芒が木がらしを恐れるようになると、再び彼の荒涼索莫がくり返されて、宵々ごとに一種の霜気が屋を圧して来る。朝々ごとに庭の霜柱が深くなる。晴れた日にも珍しい小鳥が囀ずって来ない。戸山が原は青い衣をはがれて、古木もその葉をふるい落すと、わずかに生き残った枯れ草が北風と砂煙に悼ましく咽んで、彼の科学研究所の煉瓦や製菓会社の煙突が再び眼立って来る。夜は火の廻りの柝の音が絶えずきこえて、霜に吠える家々の犬の声が嶮しくなる。朝夕の寒気は市内よりも確に強いので、感冒にかかり易いわたしは大いに用心しなければならなかった。

郊外に盗難の多いのは屢々聞くことであるが、ここらも用心のよい方ではない。わたしの横町にも二、三回の被害があって、その賊は密行の刑事巡査に捕えられたが、それから間もなく、わたしの家でも窃盗に見舞われた。夜が明けてから発見したのであるが、賊はなぜか一物をも奪い取らないで、新しいメリンスの覆面頭巾を残して立去った。一応それを届けて置くと、警察からは幾人の刑事巡査が来て叮寧に現場を調べて行ったが、賊は不良青年の群で、その後に中野の町で捕われたように聞いた。わたしの家の女中のひとりが午後十時ごろに外から帰って来る途中、横町の暗いところで例の痴漢に襲われかかったが、折よく巡査が巡回して来たので救われた。兎角にこの種の痴漢が出没するから婦人の夜間外出は注意しろと、町内の組合からも謄写版の通知書をまわして来たことがある。わたしの住んでいる百人町には幸に火災はないが、淀橋辺には頻繁に火事沙汰がある。こうした事件は冬の初めが最も多い。

「郊外と市内と、どちらが好うございます。」

私はたびたびこう訊かれることがある。それに対して、どちらも同じことですねと私は答えている。郊外生活と市内生活と、所詮は一長一短で、公平に云えば、どちらも住みにくいと云うのほかはない。その住みにくいのを忍ぶとすれば、郊外か市内か、おのおのその好むところに従えばよいのである。

（大正十四年四月）

九月四日

久しぶりで麴町元園町の旧宅地附近へ行って見た。九月四日、この朔日には震災一週年の握り飯を食わされたので、きょうは他の用達しを兼ねてその焼跡を見て来たいような気になったのである。

旧宅地の管理は同町内のO氏に依頼してあるので、去年以来わたしは滅多に見廻ったこともない。区画整理はなかなか捗取りそうもないので、わざわざ見廻りにゆく必要もないのである。それでも震災から満一ケ年後の今日、その辺はどんなに変ったかという一種の興味に釣られて出てゆくと、麴町の電車通りはバラックながらも昔馴染の商店が建ちつづいている。多少は看板の変っているのもあるが、大抵は昔のままであるのも何となく嬉しかった。

しかもわたしの旧宅地附近は元来が住宅区域であったので、再築に取りかかった家は甚だ少い。筋向いのT氏は震災後まだ一月を経ないうちに、手早くバラックを建築してしまったので、これは勿論そのままに残っている。北隣のK氏は先頃から改築に着手して、これももう大抵は出来あがっている。わたしの横町附近でわたしの眼に這入ったものはこの二つの建物だけで、他はすべて茫々たる草原であるから、番町まで が一目に見渡される。誰も草採りをする者もないので、名も知れない雑草は往来のまん中にまで遠慮なくはびこって、僅かに細い通路を残しているばかりであるが、それも半分は草に埋められて、路があるか無いか判らない。誰がどこの土を運んで来て、なんのために積んだのか捨てたのか知らないが、そこらには曾て見たこともない小さい丘のようなものが幾ケ所も作られて、そこにも雑草がおどろに乱れている。まったく文字通りに荒涼たるありさまで、さながら武蔵野の縮図を見せられたようにも感じられた。

大かたこんなことであろうと予想してはいたものの、よくも思い切って荒れ果てたものである。夏草や兵者（つわもの）どもの夢の跡――わたしも芭蕉翁を気取って、しばらく黯然たらざるを得なかった。まことに月並の感想であるが、この場合そう感じるのほかは無かったのである。

隣にK氏の新しい建物が立っているので、わたしの旧宅地もすぐに見出されたが、さもなければ容易にその見当が付き兼ねて、路に迷った旅人のように、この草原のなかを空しくさまよっている事になったかも知れない。わたしは自分の背よりも高い草をかき分けて、兎もかくも旧宅のあとへ踏み込んでみると、平地であった筈のところが或は高く、あるいは低く、なんだか陥し穽でもありそうに思われて迂闊には歩かれない。わたしの庭に芒などは一株も栽えていなかったのであるが、どこから種を吹き寄せて来たものか、高い芒がむやみに生いしげって、薄白い穂を真昼の風になびかせているのも寂しかった。虫もしきりに鳴いている。白い蝶や赤い蜻蛉もみだれ合って飛んでいる。わたしはここで十年のあいだに色々の原稿を書きつづけた。ここから母と甥との葬式を出した。そんなことをそれからそれへと考えると、まったく蕉翁のいわゆる「夢の跡」である。

いたずらに感傷的の気分に浸っていても仕様がないので、うるさく附き纏って来る藪蚊を袖で払いながら、わたしは早々にここを立退いた。K氏の普請場に家の人は見えなかったので、挨拶もせずに帰った。

それからO氏の家をたずねて、玄関先で十五分ばかり話して別れた後、足ついでに近所を一巡すると、途中で幾たびか知人に出逢った。男もあれば、女もある。その懐しい人々の口からその後の出来事について色々の報告を聞かされたが、特にわたしを驚かしたのは、死んだ人の多いことであった。

震災当時、麹町には殆ど数えるほどの死傷者も無かった。甲の主人、乙の細君、丙のおかみさん、その人々の死んだのは皆その以後のことである。勿論、死んだ人々は皆それぞれの寿命であって、震災とは何の関係もないのであるかも知れないが、わずかに一年を過ぎないあいだにこうも続々仆(たお)れたのは、やはり彼の震災に何かの縁を引いているように思われてならない。その死因は脳充血とか心臓破裂とか急性腎臓炎とか大腸加答児(カタル)とかいうような、急性の病気が多かったらしい。それには罹災後のよんどころない不摂生もあろう。罹災後の重なる心労もあろう。罹災者はいずれもその肉体上に、精神上に、多少の打撃を蒙らない者はない。その打撃の強かったもの、或(あるい)はその打撃に堪え得られなかった者は、更に不幸の運命に導かれて行ったのではあるまいか。死んだ人々のうちに婦人の多いと云うことも、注意に値すると思われた。

その当時、直(ただ)ちに梁(はり)に撃たれ、直ちに火に焚(た)かれたものは、勿論悲惨の極みである。しかも一旦は幸いにその危機を脱し得ながら、その後更に肉体にも精神にも種々の艱苦を嘗(な)めて、結局は死の手を免れ得なかった人々もまた悲惨である。畳の上で死なれたのが幸いであると云えば云うようなものの、前者と後者とのあいだに著るしい相違はないように思われる。特にわたしの近所ばかりでなく、不幸なる後者は到るところの罹災者のあいだにも見出されるのではあるまいか。又、その人々のうちには、あの時いっそ一と思いに死んだ方が優しであったなどと思った人も無いとは云えない。世に悼ましいことである。

番町辺へ行ってみると、荒涼のありさまは更にひどかった。ここらは比較的に大邸宅が多いので、慌ててバラックなどを建てるものは無く、区画整理の決定するまでは皆そのままに打捨ててあるので、そこもここも一面の芒原である。そのなかに半分毀れかかった家などが化物屋敷のように残っているのも物凄く見られた。日中は格別、日没後に婦人などは安心してここらを通行することは出来そうもない。

区画整理はいつ決定するのか、東京市内の草原はいつ取除けられるのか。今のありさまではわたしも当分は古巣へ戻ることを許されぬであろう。先月以来照りつづいた空は青々と晴れている。地にも青い草が戦いでいる。わたしは荒野を辿るような寂しい心持で、電車道の方へ引返した。

（大正十三年九月）

怪談奇譚

魚妖

むかしから鰻の怪を説いたものは多い。これは彼の曲亭馬琴の筆記（「兎園小説」）に拠ったもので、その話をして聴かせた人は決して嘘をつくような人物でないと、馬琴は保証している。

その話はこうである。

上野の輪王寺宮に仕えている儒者に、鈴木一郎という人があった。名乗りは秀実、雅号は有年といって、文学の素養もふかく、馬琴とも親しく交際していた。

天保三、壬辰年の十一月十三日の夜である。馬琴は知人の関潢南の家にまねかれて晩餐の馳走になった。有名な気むずかしい性質から、馬琴には友人というものが極めて少い。ことに平生から出不精を以て知られている彼が十一月——この年は閏年であった。——の寒い夜に湯島台までわざわざ出かけて行ったくらいであるから、潢南とはよほど親密にしていたものと察せられる。酒を飲まない馬琴はすぐに飯の馳走になった。灯火の下で主人と話していると、外では風の音が寒そうにきこえた。ふたりのあいだには今年の八月に仕置になった、鼠小僧の噂などが出た。

そこへ恰も来あわせたのは、彼の鈴木有年であった。有年は実父の喪中であったが、馬琴が今夜ここへ招かれて来るということを知っていて、食事の済んだ頃を見はからって、わざと後れて顔を出したのであった。かれの父は伊勢の亀山藩の家臣で下谷の屋敷内に住んでいたが、先月の二十二日に七十二歳の長寿で死んだ。かれはその次男で、遠い以前から鈴木家の養子となっているのであるが、兎も角もその実父が死んだのであるから、彼は喪中として墓参以外の外出は見あわせなければならなかった。しかしこの潰南の家はかれの親戚に当っているのと、今夜は馬琴が来るというのとで、有年も遠慮なしにたずねて来て、その団欒に這入ったのである。

馬琴は元来無口という人ではない。自分の嫌いな人物に対して頗る無愛想であるが、こころを許した友に対しては話はなかなか跳む方であるから、三人は火鉢を前にして、冬の夜の寒さを忘れるまでに語りつづけた。そのうちに何かの話から主人の潰南はこんなことを云い出した。

「御承知かしらぬが、先頃ある人からこんなことを聴きました。日本橋の茅場町に錦とかいう鰻屋があるそうで、そこの家では鰻や泥鰌(どじょう)のほかに泥鼈(すっぽん)の料理も食わせるので、なかなか繁昌するということです。その店は入口が帳場になっていて、そこを通りぬけると中庭がある。その中庭を廊下づたいに奥座敷へ通ることになっているのですが、ここに不思議な話というのは、その中庭には大きい池があって、そこに沢山のすっぽんが放してある。天気のいい日にはそのすっぽんが岸へあがったり、池のなかの石に登ったりして遊んでいる。ところで、客がその奥座敷へ通って、うなぎの蒲焼や泥鰌鍋をあつらえた時には、彼のすっぽん共は平気で遊んでいるが、もし泥鼈をあつらえる、と彼等はたちまちに水のなかへ飛び込んでしまう。それはまったく不思議で、すっぽんという声がきこえると、沢山のすっぽんがあわてて一度に姿をかくしてしまうそうです。かれらに耳があるのか、すっぽんと聞けば我身の大事と覚(さと)るのか、なにしろ不思議なことで、それをかんがえると、泥鼈を食うのも何だか忌(いや)になりますね。」

　有年はだまって聴いていた。馬琴はしずかに答えた。

「それは初耳ですが、そんなことが無いとも云えません。これはわたしの友達の小沢蘆庵(ろあん)から聴いた話ですが、蘆庵の友だちに伴蒿蹊(ばんこうけい)というのがあります。御存じかも知れないが、蘆庵、蒿蹊、澄月、慈延といえば平安の四天王と呼ばれる和歌や国学の大家ですが、その蒿蹊がこういう話をしたそうです。家の名は忘れましたが、京に名高いすっぽん屋があって、そこへ或人が三人ずれで料理を食いに行くと、その門口に這入ったかと思うと、ひとりの男が急に立ちどまって、おれは食うのを止そうという。ほかの二人もたちまち同意して引返してしまった。見ると、おたがいに顔の色が変っている。先ず一、二町のあいだは黙って歩いていたが、やがてそのひとりが最初帰ろうと云い出した男に向って、折角ここまで足を運びながら何故俄に止めろと云い出したのかと訊くと、その男は身をふるわせて、いや実に怖ろしいことであった。あの家の店へ這入ると、帳場のわきに大きなすっぽんが火燵に倚りかかっていたので、これは不思議だと思ってよく見ると、すっぽんでなくて亭主であった。おれは俄にぞっとして、もうすっぽんを食う気にはなれないので、早々に引返して来たのだという。それを聞くと、ほかの二人は溜息をついて、実はおれ達もおなじものを見たので、お前が止そうと云ったのを幸いに、すぐに一緒に出て来たのだという。それ以来、この三人は決してすっぽんを食わなかったということです。それは作り話でなく、蒿蹊が正しくその中のひとりの男から聴いたのだと云います。」

有年はやはり黙って聴いていた。湏南は聴いてしまって溜息をついた。

「なるほど、そういう不思議が無いとは云えませんね。おい、一郎。おまえの叔父さんのようなこともあるからね。お前、あの話を曲亭先生のお耳に入れたことがあるか。」

「いいえ、まだ……。」と、有年は少し渋りながら答えた。

「こんな話の出た序だ。おまえも叔父さんの話をしろよ。」と、湏南は促した。

「はあ。」

有年はまだ渋っているらしかった。有年の叔父という人は若いときから放蕩者で、屋敷を飛び出して何かの職人になっているとかいう噂を馬琴も度々聞いているので、その叔父に就て何か語るのを甥の有年も流石に恥じているのであろうかと思いやると、馬琴もすこし気の毒になった。上野の五つ（午後八時）の鐘がきこえた。

「おお、もう五つになりました。」と、馬琴は帰り仕度にかかろうとした。

「いや、まだお早うございます。」と、有年は押止めた。「今もここの主人に云われたのですが、実はわたくしの叔父について一つの不思議な話があるのを、今から五年ほど前に初めて聴きました。まことにお恥かしい次第ですが、私の叔父というのは箸にも棒にもかからない放蕩者で、若いときから町家（まちや）の住居をして、それからそれへと流れ渡って、とうとう左官屋になってしまいました。それでもだんだんに年を取るに連れて、職もおぼえ、人間も固まって、今日では先ず三、四人の職人を使い廻してゆく親方株になりましたので、ここの家へもわたくしの家へも出入りをするようになりました。そういう縁がありますので、わたくし共の家で壁をぬり換える時に、叔父にその仕事をたのみますと、叔父は職人を毎日よこしてくれまして、自分もときどきに見廻りに来ました。そこで、ある日の昼飯にうなぎの蒲焼を取寄せて出しますと、叔父は俄に顔の色を変えて、いや鰻は真平（まっぴら）だ。早くあっちへ持って行ってくれと云うのです。これが普通の職人ならばうなぎの蒲焼などを食わせる訳もないのですが、職人と云っても叔父の事ですから、わたくし夫婦も気をつけてわざわざ取寄せて出したのに、見るのも忌（いや）だと云われると、こっちもなんだか詰らないような気にもなります。殊に家内は女のことですから、すこし顔の色を悪くしたので、叔父も気の毒になったらしく、これには訳のあることだから堪忍してくれ。兎（と）も角も江戸の職人をしていて、鰻が嫌いだなどというのは可笑（おか）しいようだが、おれは鰻を見ただけでも忌な心持になる。と云ったばかりでは判るまい。まあ斯ういうわけだと、叔父が自分のわかい時の昔話をはじめたのです。」

有年の叔父は吉助というのであるが、屋敷を飛び出してから吉次郎と呼んでいた。かれは左官屋になるまでに所々をながれあるいて、色々のことをしていたらしい。それについては吉次郎も一々委しく語らなかったが、この話はかれが二十四、五の頃で、浅草のある鰻屋にいた時の出来事である。最初は鰻裂きの職人として雇われたのであるが、兎もかくも武家の出で、読み書きなども一通りは出来るのを主人に見込まれて、そこの家の養子になった。そうして、養父と一緒に鰻の買い出しに千住へも行き、日本橋の小田原町へも行った。

ある夏の朝である。吉次郎はいつもの通りに、養父と一緒に日本橋へ買い出しに行って、幾笊かのうなぎを買って、河岸の軽子に荷わして帰った。暑い日のことでもあるから、汗をふいて先ず一と休みして、養父の亭主がそのうなぎを生簀へ移し入れようとすると、そのなかに吃驚するほどの大うなぎが二匹まじっているのを発見した。亭主は吉次郎をよんで訊いた。

「河岸で今日仕入れたときに、こんな荒い奴はなかったように思うが、どうだろう。」

「そうですね。こんな馬鹿にあらい奴はいませんでした。」と、吉次郎も不思議そうに云った。「どうして蛻(のたく)り込んだか知らねえが、大層な目方でしょうね。」

「おれは永年この商売をしているが、こんなのを見たことがねえ。どこかの沼の主かも知れねえ。」

ふたりは暫くその鰻をめずらしそうに眺めていた。実際、それはどこかの沼か池の主とでも云いそうな大鰻であった。

「なにしろ、囲って置きます。」と、吉次郎は云った。「近江屋か山口屋の旦那が来たときに持ち出せば、屹(きっ)と喜ばれますぜ。」

「そうだ。あの旦那方のみえるまで囲っておけ。」

近江屋も山口屋も近所の町人で、いずれも常得意(じょうとくい)のうなぎ好きであった。殊にどちらも鰻のあらいのを好んで、大串ならば価を論ぜずに貪り食うという人達であるから、この人達のまえに持ち出せば、相手をよろこばせ、併(あわ)せてこっちも高い金が取れる。商売としては非常に好都合であるので、沼の主でもなんでも構わない、大切に飼っておくに限るという商売気がこの親子の胸を支配して、二匹のうなぎは特別の保護を加えて養われていた。

それから、二、三日の後に、山口屋の主人がひとりの友だちを連れて来た。かれの口癖で、門をくぐると直ぐに訊いた。

「どうだい。筋のいいのがあるかね。」

「めっぽう荒いのがございます。」と、亭主は日本橋で彼の大うなぎを発見したことを報告した。

「それはありがたい。すぐに焼いて貰おう。」

ふたりの客は上機嫌で二階へ通った。待設けていたことであるから、亭主は生簀から先ず一匹の大うなぎをつかみ出して、すぐにそれを裂こうとすると、多年仕馴れた業であるのに、何うしたあやまちか彼は鰻錐で左の手をしたたかに突き貫いた。

「これはいけない。おまえ代って裂いてくれ。」

かれは血の滴る手をかかえて引込んだので、吉次郎は入れ代って俎板にむかって、いつもの通りに裂こうとすると、その鰻は蛇のようにかれの手へきりきりとからみ付いて、脈の通はなくなるほどに強く締めたので、左の片手は麻痺れるばかりに痛んで来た。吉次郎もおどろいて少しくその手をひこうとすると、うなぎは更にその尾をそらして、かれの脾腹を強く打ったので、これも息が止まるかと思うほどの痛みを感じた。かさねがさねの難儀に吉次郎も途方にくれたが、人を呼ぶのも流石に恥かしいと思ったので、一生懸命に大うなぎをつかみながら、小声でかれに云いきかせた。

「いくらお前がじたばたしたところで、所詮助かる訳のものではない。どうぞおとなしく素直に裂かれてくれ。その代りにおれは今日かぎりで屹とこの商売をやめる。判ったか。」

それが鰻に通じたとみえて、かれはからみ付いた手を素直に巻きほぐして、俎板の上で安々と裂かれた。吉次郎は先ず安心して、型のごとくに焼いて出すと、連の客は死人を焼いたような匂いがすると云って箸を把らなかった。山口屋の主人は半串ほど食うと、俄に胸が悪くなって嘔き出してしまった。

その夜なかの事である。うなぎの生簀のあたりで凄まじい物音がするので、家内の者はみな眼をさました。吉次郎は先ず手燭をとぼして蚊帳のなかから飛び出してゆくと、そこらには別に変った様子も見えなかった。夜中は生簀の蓋の上に重い石をのせて置くのであるが、その石も元のままになっているので、生簀に別条はないことと思いながら、念のためにその蓋をあけて見ると、沢山のうなぎは蛇のように頭をあげて一度にかれを睨んだ。

「これもおれの気のせいだ。」

こう思いながらよく視ると、ひとつ残っていた彼の大うなぎは不思議に姿を隠してしまった。一度ならず、二度三度の不思議をみせられて、吉次郎はいよいよ怖ろしくなった。かれは夏のみじか夜の明けるを待ちかねて、養家のうなぎ屋を無断で出奔した。

上総に身寄りの者があるので、吉次郎は先ずそこへ辿り着いて、当分は忍んでいる事にした。しかし一旦その家の養子となった以上、いつまでも無断で姿を隠しているのはよくない。万一養家の親たちから駆落の届けでも出されると、おまえの身の為になるまいと周囲の者からも注意されたので、吉次郎は二月ほど経ってから江戸の養家へたよりをして、自分は当分帰らないと云うことを断ってやると、養父からは是非一度帰って来い、何かの相談はその上のことにすると云って来たが、もとより帰る気のない吉次郎はそれに対して返事もしなかった。

こうして一年ほど過ぎた後に、江戸から突然に飛脚が来て、養父はこのごろ重病で頼みすくなくなったから、どうしても一度戻って来いと云うのであった。あるいは自分をおびき寄せる手だてではないかと一旦は疑ったが、まだ表向きは離縁になっている身でもないので、仮にも親の大病というのを聞き流していることも出来まいと思って、吉次郎は兎も角も浅草へ帰ってみると、養父の重病は事実であった。しかも養母は密夫をひき入れて、商売には碌々に身を入れず、重体の亭主を奥の三畳へなげ込んだままで、誰も看病する者もないという有様であった。

余事は兎もあれ、重病の主人を殆ど投げ遣りにして置くのは何事であるかと、吉次郎もおどろいて養母を詰ると、彼女の返事はこうであった。

「おまえは遠方にいて何にも知らないから、そんなことを云うのだが、まあ病人のそばに二、三日附いていて御覧、なにも彼もみんな判るから。」

なにしろ病人をこんなところに置いてはいけないと、吉次郎は他の奉公人に指図して、養父の寝床を下座敷に移して、その日から自分が附切りで看護することになったが、病人は口をきくことが出来なかった。薬も粥も喉へは通らないで、かれは水を飲むばかりであった。かれはうなぎのように頬をふくらせて息をついているばかりか、時々に寝床の上で泳ぐような形をみせた。医者もその病症はわからないと云った。しかし吉次郎には犇々と思いあたることがあるので、その枕もとへ寄付かない養母をきびしく責める気にもなれなくなった。彼はあまりの浅ましさに涙をながした。

それから二月ばかりで病人はとうとう死んだ。その葬式が済んだ後に、吉次郎はあらためて養家を立去ることになった。その時に彼は養母に注意した。

「おまえさんも再びこの商売をなさるな。」

「誰がこんなことをするものかね。」と、養母は身ぶるいするように云った。

吉次郎が左官になったのはその後のことである。

ここまで話して来て、鈴木有年は一と息ついた。三人の前に据えてある火鉢の炭も大方は白い灰になっていた。

「なんでもその鰻というのは馬鹿に大きいものであったそうです。」と、有年は更に附加えた。「伯父の手を三まきも巻いて、まだその尾のさきで脾腹を打ったというのですから、その大きさも長さも思いやられます。打たれた跡は打身のようになって、今でも暑さ寒さには痛むということです。」

それから又色々の話が出て、馬琴と有年とがそこを出たのは、その夜ももう四つ(午後十時)に近い頃であった。風はいつか吹きやんで、寒月が高く冴えていた。下町の家々の屋根は霜を置いたように白かった。途中で有年にわかれて、馬琴はひとりで歩いて帰った。

「この話を斎藤彦麿に聞かして遣りたいな。」と、馬琴は思った。「彦麿はなんというだろう。」

斎藤彦麿はその当時、江戸で有名の国学者である。彼は鰻が大すきで、毎日殆どかかさずに食っていた。それはかれの著作、「神代余波」のうちにこういう一節があるのを見てもわかる。

――かば焼もむかしは鰻の口より尾の方へ竹串を通して丸焼きにしたること、今の鯔このしろなどの魚田楽の如くにしたるよし聞き及べり。大江戸にては早くより天下無双の美味となりしは、水土よろしきゆえに最上のうなぎ出来て、三大都会にすぐれたる調理人群居すれば、一天四海に比類あるべからず。われ六、七歳のころより好み食ひて、八十歳までも無病なるはこの霊薬の効験にして、草根木皮のおよぶ所にあらず。

小坂部伝説

わたしは帝劇の一月狂言に「小坂部姫」（一九二五年初演）をかいた。それを書くに就いて参考のために、小坂部のことを色々調べてみたが、どうも確かなことが判らない。伝説の方でも播州姫路の小坂部といえば誰も知っている。芝居の方でも小坂部といえば、尾上家に取っては家の芸として知られている。それほど有名でありながら、伝説の方でも芝居の方でもそれがはっきりしていないのである。

先ず伝説の方から云うと、人皇第九十二代のみかど伏見天皇のおんときに、小刑部という美しい女房が何かの科によって京都から播磨国に流され、姫山――むかしは姫路を姫山と云った。それが姫路と呼びかえられたのは慶長以後のことで、むかしは土地全体を姫山と称していたのを、慶長以後には土地の名を姫路といい、城の所在地のみを姫山ということになったのである。――に隠れて世を終ったので、それを祭って小刑部明神と崇めたというのであるが、それには又種々の反対説があって、「播磨鑑」

には小刑部明神は女神にあらずと云っている。「播磨名所巡覧図会」には「正一位小刑部大明神は姫路城内の本丸に鎮座、祭神二座、深秘の神とす」とある。それらの考証は藤沢衛彦氏の「日本伝説播磨の巻」に詳しいから、今ここに多くを云わないが、まだ別に刑部姫は高師直のむすめだと云う説もあって、わたしはそれによって一篇の長編小説（「小坂部姫」）をかいたこともある。しかし小坂部――小刑部とも刑部ともいう。――明神の本体が女神であるか無いかという議論以外に、その正体は年ふる狐であるという説が一般に信じられているらしい。なぜそんな伝説が拡まったのか、その由来は勿論わからない。

一体、姫路の城の起源は歴史の上で判っていない。赤松が初めて築いたものか、赤松以前から存在したものか判然しないのであるが、兎に角に赤松以来その名を世に知られ、殊に羽柴筑前守秀吉が中国攻めの根拠地となるに至っていよいよ有名になったのである。慶長五年に池田輝政がここに這入って天守閣を作ったので、それがまた姫路の天主として有名なものになった。しかし徳川時代になってからも、ここの城主はたびたび代っている。池田の次に本多忠政、次は松平忠明、次は松平直基、次は松平忠次、次は榊原政房、次は松平直矩、次は本多政武、次は榊原政邦、次は松平明矩という順序で約百四十年のあいだに城主が十代も代っている。平均すると一代わずかに十四年ということになるわけで、こんなに城主の交代するところは珍しい。それはこの姫路という土地が中国の要鎮であるためでもあるが、城主が余りにたびたび変更するということも、小坂部伝説にはよほどの影響をあたえているらしい。

それについて、こんなことが伝えられている。この城の持主が代替りになるたびに、かならず一度ずつは彼の小坂部が姿をあらわして、新しい城主にむかってここは誰の物であるかと訊く。こっちもそれを心得ていて、ここはお前様のものでございますと答えればよいが、間違った返事をすると必ず何かの祟りがある。現にある城主が庭をあるいていると、見馴れない美しい上臈があらわれて、例の質問を出すと、この城主は気の強い人で、ここは将軍家から拝領したのであるから俺のものだと、きっぱり云い切った。すると、その女は怖い眼をしてじろりと睨んだままで、どこへかその姿を隠したかと思うと、城主のうしろに立っている桜の大木が突然に倒れて来た。城主は早くも身をかわしたので無事であったが、風もない晴天の日にこれほどの大木が俄かに根こぎになって倒れるというのは不思議である。つづいて何かの禍がなければよいがと、家中一同ひそかに心配していると、その城主は間もなく国換えを命じられたということである。こんな話が昔から色々伝えられているが、要するに口碑にとどまって、確かな記録も証拠もない。

小坂部明神なるものが祀られてあるにも拘らず、かれは天守閣に棲んでいると伝えられている。由来、古い櫓や天守閣の頂上には年古る猫や鼬その他の獣が棲んでいることがあるから、それらを混じて小坂部の怪談を作り出したのかも知れない。支那にも何か類似の伝説があるかと思って心がけているが、寡聞にして未だ見あたらない。日本の怪談は九尾の狐ばかりでなく、大抵は三国伝来で、日本固有のものは少ないのであるから、これも何か支那の小説か伝説がわが国に移植されたものではないかとも想像されるが、出所が判然しないので確かなことは云えない。

さて、それから芝居の方であるが、これは専門家の渥美（清太郎）さんに訊いた方が可い。現にわたしも渥美さんに教えられて、初代並木五瓶作の「袖簿播州廻」をくりかえして読んだ。角書にも姫館妖怪、古佐壁忠臣と書いてあるのをみても、かの小坂部を主題としていることはわかる。二つ目の姫ケ城門前の場とその城内の場とが即ちそれであるが、この狂言では桃井家の後室砧の前がこの古城にかくれ棲み、妖怪といつわって家再興の味方をあつめるという筋で、若殿陸次郎などというのもある。

これは淀君と秀頼とになぞらえたもので、小坂部の怪談に託して豊臣滅亡後の大阪城をかいたのである。現に大阪城内には不入(いらず)の間があって、そこには淀君の霊が生けるがごとくに棲んでいるなどと伝えられている。それらを取入れて小坂部の狂言をこしらえあげたと云うのは、作者が大阪の人であるのから考えても容易に想像されることである。しかし兎(と)にかくも小坂部というものを一部の纏まった狂言に作ってあるのは、この脚本のほかには無いらしい。これは安永八年三月、大阪の角(かど)（座）の芝居に書きおろされたものである。

尾上家でそれを家の芸としているというのは、彼(か)の尾上松緑から始まったのであるが、一体それはどういう狂言であるか判っていない。他の通し狂言のなかに一幕はさみ込まれたもので、取立ててこれぞというほどの筋のあるものではないらしい。しかし江戸では松緑の小坂部が有名であったことは、「復再松(またぞろしょう)緑刑部話(ろくおさかべばなし)」などという狂言のあるのを見ても知られる。この狂言は例の四代目鶴屋南北の作で、文化十一年五月に森田座で上演している。すでに「復再」と名乗るくらいであるから、その以前にも屢々好評を博していたものと察しられるが、それがわからない。明治三十三年の正月、歌舞伎座の大切(おおぎり)浄瑠璃「闇(やみの)梅(うめ)百物語」で先代菊五郎が小坂部をつとめたときにも、家の芸だというので色々に穿鑿したそうであるが、一向に手がかりがないので、古い番附面の絵すがたを頼りに、三代目河竹新七が講釈種によって劇に書きおろしたのであった。今度もわたしは尾上松助老人について何か心あたりは無いかと訊いてみたが、老人も矢はり彼の歌舞伎座当時の話をして、自分も多年小坂部の名を聴いているだけで、その狂言については何にも知らないと云っていた。

小坂部の正体が妖狐で、十二ひとえを着て姫路の古城の天守閣に棲んでいて、それを宮本無三四が退治するというのが、最も世間に知られている伝説らしく、わたしは子供のときに寄席の写し絵などで幾度も見せられたものである。こんなことを書いていながらも、一種今昔の感に堪えないような気がする。

そういうわけで、芝居の方では有名でありながら、その狂言が伝わっていない。そこを附け目にして、わたしは新しく三幕物に書いて見たのであるが何分にも材料が正確でないので、先ず色々の伝説を取りあわせて、自分の勝手に脚色したのである。

松緑のも菊五郎のも、小坂部の正体を狐にしているのであるが、狐と決めてしまうのはどうも面白くないと思ったので、わたしは正体を説明せず、単に一種の妖麗幽怪な魔女ということにして置いた。したがって、あれは一体何者だと云うような疑問が起るかも知れないが、それは私にも返答は出来ない。くどくも云う通り、昔は播州姫路の城内にああいう一種の魔女が棲んでいて、ああいう奇怪な事件が発生したのだと思って貰いたい。又、その以上には御穿鑿の必要もあるまいと思っている。

今度の上演について、おそらくこの小坂部の身許しらべが始まるだろうと思われるから、ちょっと申上げておく。

四谷怪談異説

四谷怪談といえば何人もおなじみであるが、扨その実録は伝わっていない。四谷左門町に住んでいた田宮伊右衛門という侍がその妻のお岩を虐待して死に至らしめ、その亡魂が祟りをなして田宮の家は遂にほろびたというのが、先ず普通一般に信じられている伝説である。しかもそんなたぐいの話は支那に沢山あるから、お岩のことも矢はり支那から輸入されたものではないかと思われるが、現に江戸時代には左門町にお岩稲荷があり、今日でも越前堀に田宮稲荷が現存している以上、まったく根拠のないことでもないらしい。

それに就いて、こういう異説がまた伝えられている。お岩稲荷はお岩その人を祀ったのではなくして、お岩が尊崇していた神を祀ったのであると云うのである。即ち田宮なにがしと云う貧困の武士があって、何分にも世帯を持ちつづけることが出来ないので、妻のお岩と相談の上で一先ず夫婦別れをして、夫はある屋敷に住み込み、妻もある武家に奉公することになった。お岩は貞女で、再び世帯を持つときの用意として年々の給料を貯蓄しているばかりか、その奉公している屋敷内の稲荷の社に日参して、一日も早く夫婦が一つに寄合うことが出来るようにと祈願していた。それが主人の耳にもきこえたので、主人も大いに同情して、かれの為に色々の世話を焼いて結局お岩夫婦は元のごとくに同棲することになった。

主人のなさけも勿論であるが、これも日ごろ信ずる稲荷大明神の霊験であるというので、お岩は自分の屋敷内にも彼の稲荷を勧請して朝夕に参拝した。それを聞き伝えて、自分たちにも拝ませてくれと云う者がだんだんに殖えて来た。お岩はそれを拒まずに誰にもこころよく参拝を許した。その稲荷には定まった名が無かったので、誰が云い出したともなしにお岩稲荷と一般に呼ばれるようになった。こういうわけで、お岩稲荷の縁起は、徹頭徹尾おめでたいことであるにも拘らず、講釈師や狂言作者がそれを敷衍して勝手な怪談に作り出し、世間が又それに雷同したのである。お岩が鬼になったから鬼横町であるなどというのも妄誕不稽で、鬼横町などという地名は番町にもあるから証拠にはならない。

この説もかなり有力であったらしく、現にわたしの父などもそれを主張していた。

ほかに四、五人の老人からも同じような説を聴いた。してみると、お岩稲荷について、下町派即ち町人派の唱えるところは一種の怪談で、山の手派即ち武家派の唱えるところは、一種の美談であるらしい。尤もその事件が武家に関することであるから、武家派は自家弁護のために都合のいい美談をこしらえ出したのかも知れない。怪談か美談か、兎(と)もかくも一説として掲げて置く。勿論、南北翁の傑作に対して異論を挾(さしは)さむなどと云うわけでは決して無い。

自来也の話

自来也も芝居や草双紙でおなじみの深いものである。わたしも「喜劇自来也」をかいた。自来也は我来也で、その話は宋の沈俶の「諧史」に載せてある。

京城に一人の兇賊が徘徊した。かれは人家で賊を働いて、その立去るときには必ず白粉を以て我来也（われ来れるなり）の三字を門や壁に大きく書いてゆく。官でも厳重に捜索するが容易に捕われない。かれは相変らず我来也を大書して、そこらを暴してあるく。その噂がますます高くなって、賊といえば我来也の専売のようになってしまって、役人達も賊を捕えろとは云わず、唯だ我来也を捕えろと云って騒いでいるうちに、一人の賊が臨安で捕われた。捕えた者は彼こそ確かに我来也であると主張するのであるが、捕えられた本人はおぼえもない濡衣であると主張する。臨安の市尹は後に尚書となった趙という人で、名奉行のきこえ高い才子であったが、何分にも証拠がないので裁くことが出来ない。どこかに贓品を隠匿しているであろうと詮議したが、それも見あたらない。さりとて迂闊に放免するわけにも行かないので、そのまま獄屋につないで置くと、その囚人がある夜ひそかに獄卒にささやいた。

「わたくしは盗賊に相違ありませんが、まったく彼の我来也ではありません。しかしこうなったら何の道無事に助からないことは覚悟していますから、どうかまあ勦わって下さい。そのお礼としてお前さんに差上げるものがあります。あの宝叔塔の幾階目に白金が少しばかり隠してありますから、どうぞ取出して御勝手にお使いください。」

「それはありがたい。」

とは云ったが、獄卒は又かんがえた。かの塔の上には登る人が多いので、迂闊に取出しにゆくことは出来ない。第一あんなに人目の多いところに金をかくして置くと云うことが疑わしい。こいつそんなことを云って、おれに戯うのではないかと躊躇していると、かれはその肚のなかを見透かしたように又云った。

「旦那、疑うことはありません。寂しいところへ物を隠すなどは素人のすることで、なるたけ人目の多い賑かいところへ隠して置くのがわたくし共の秘伝です。まあ、だまされたと思って行って御覧なさい。あしたはあの寺に仏事があって、塔の上には夜通し灯火がついています。あなたも参詣の振りをして、そこらをうろうろしながら巧く取出しておいでなさい。」

教えられた通りに行ってみると、果して白金が獄卒の手に入ったので、かれは大いに喜んだ。そのうちの幾らかで酒と肉とを買って内所で囚人にも馳走してやると、それから五、六日経って、囚人は又ささやいた。

「もし、旦那。わたくしはまだ外にも隠したものがあります。それは甕に入れて、侍郎橋の水のなかに沈めてありますから、もう一度行ってお取りなさい。」

獄卒はもう彼の云うことを疑わなかったが、侍郎橋も朝から晩まで往来の多いところである。どうしてそれを探しにゆくかと思案していると、囚人は更に教えた。

「あすこは真昼間ゆくに限ります。あなたの家の人が竹籠へ洗濯物を入れて行って、橋の下で洗っている振りをしながら、窃とその甕を探し出して籠に入れる。そうして、その上に洗濯の着物をかぶせて抱えて帰る。そうすれば誰も気がつきますまい。」

「なるほど、お前は悪智慧があるな。」

獄卒は感心して、その云う通りに実行すると、今度も果して甕を見つけ出した。甕には沢山の金銀が這入っていた。獄卒は又よろこんで、しきりに囚人に御馳走をして遣っていると、ある夜更けに囚人が又云った。

「旦那、お願いがございます。今夜わたくしを鳥渡出してくれませんか。」

それは獄卒も承知しなかった。

「飛んでもない。そんなことが出来るものか。」

「いや、決して御心配には及びません。夜のあけるまでには屹と帰って来ます。あなたが何うしても承知してくれなければ、わたくしにも料簡があります。わたくしにも口がありますから、お白洲へ出て何をしゃべるか判りません。そう思っていてください。」

獄卒もこれには困った。飽までも不承知だといえば、這奴は白洲へ出て宝叔塔や侍郎橋の一件をべらべらしゃべるに相違ない。それが発覚したら我身の大事となるのは知れている。飛んでもない脅迫をうけて、獄卒も今さら途方にくれたが、結局よんどころなしに出してやると、かれは約束通りに戻って来て、再び手枷首枷をはめられて獄屋のなかにおとなしく這入っていた。

夜があけると、臨安の町に一つの事件が起っていることが発見された。ある家へ盗賊が忍び入って金銀をぬすみ、その壁に我来也と大きく書き残して立去ったと云うのである。その訴えに接して、名奉行の趙も思わず嘆息した。

「おれは今まで自分の裁判にあやまちは無いと信じていたが、今度ばかりは危く仕損じるところであった。我来也は外にいる。この獄屋につないであるのは全く人違いだ。多寡が狐鼠狐鼠どろぼうだから、杖罪で放逐してしまえ。」

彼の囚人は獄屋からひき出されて、背中を幾つか叩かれて放免された。これでこの方の埒があいて、獄卒は自分の家へ帰ると、その妻は待ち兼ねたように話した。

「ゆうべ夜なかに門をたたく者があるので、あなたが帰ったのかと思って門をあけると、誰だか知らない人が二つの布嚢をかついで来て、黙って投り込んで行きました。なんだろうと思って検めてみると、嚢のなかには金銀が一杯詰め込んでありました。」

獄卒は覚った。

「よし、よし、こんなことは誰にも云うなよ。」

それから間もなく、獄卒は病気を云い立てに辞職して、その金銀で一生を安楽に送った。我来也はそれから何うしたか判らない。獄卒のせがれは放蕩者で、両親のない後にその遺産をすっかり遣い果してしまった。

「おれの身代はもともと悪銭で出来たのだから、こうなるのが当りまえだ。」と、その伜が初めて昔の秘密を他人に明かした。

支那の我来也は先ずこういう筋である。日本でこの我来也を有名にしたのは、感和亭鬼武が最初であるらしい。鬼武は本名を前野曼助といい、以前は某藩侯の家来であったが、後に仕を辞して飯田町に住み、更に浅草の姥ケ池のほとりに住んでいたという。かれの著作は沢山あるが、そのなかで第一の当り作は「自来也物語」十冊で、我来也を自来也に作りかえたのが非常の好評を博して、文化四年には大阪で歌舞伎狂言に仕組まれ、三代目市川団蔵の自来也がまた大当りであった。絵入りの読本を歌舞伎に仕組んだのはこれが始まりであると云うのをみても、いかに「自来也物語」が流行したかを想像することが出来る。そのほかに矢はり鬼武の作で「自雷也話説」という作があるというが、わたしはそれを読んだことがない。おそらく自来也が当ったので、又なにか書いたのであろう。そうして、自来也を更に自雷也と改めたらしい。

こういうわけで、支那の我来也が日本の自来也となり、更に自雷也となったのであるが、それがまた児雷也と変ったのは美図垣笑顔から始まったのである。笑顔は芝の涌泉堂という本屋の主人で、傍らに著作の筆を執っていたが、何か一つ当り物をこしらえようと考えた末に、かの鬼武の「自来也物語」から思いついて、蝦蟇の妖術、大蛇の怪異という角書をつけて「児雷也豪傑譚」という草双紙を芝神明前の和泉屋から出すと、これが果して大当りに当った。所詮は鬼武の「自来也物語」を焼き直したものであるが、主人公の盗賊児雷也を前茶筌の優姿（やさすがた）にして、田舎源氏の光氏式に描かせた趣向がひどく人気に投じたらしい。画家は二代目豊国である。

「児雷也豪傑譚」の初編の出たのは天保十年で、作者も最初から全部の腹案が立っていた訳でもないらしく、それが大当りを取ったところから、図に乗って止度（とめど）も無しに書きつづけているうちに、第十一編を名残として嘉永二年に作者は死んだ。しかも児雷也の流行は衰えないので、そのあとを柳下亭種員（りゅうかていたねかず）がつづけて書く。又そのあとを二代目の種員が書くというわけで、いよいよ止度が無くなって、幕末の慶応二年には第四十四編まで漕ぎ付けたのである。兎（と）もかくも彼（か）の「田舎源氏」や「しらぬい譚（ものがたり）」や「釈迦八相」などと相列（なら）んで、江戸時代における草双紙中の大物と云わなければならない。

　この作がそれほどに人気を得たのは、前に云った豊国の挿絵が時好に投じたのと、もう一つには人気俳優の八代目団十郎が児雷也を勤めたと云うことにも因るらしい。尤もこの作の評判がよいから、芝居の方でも上演したのであろうが、それに因ってこの作も、更に一層の人気を高め、女子供に愛読されたことも又争われない事実であろう。その上演は嘉永五年、河原崎座の七月興行で、原作の初編から十編までを脚色して、外題はやはり「児雷也豪傑譚話」――主なる役割は児雷也（団十郎）、妖婦越路、傾城あやめ、女巡礼綱手（岩井粂三郎）、高砂勇美之助、大蛇丸（嵐璃寛）などであった。

この脚色者は黙阿弥翁である。翁が後年、條野採菊翁に語ったところによると、河原崎座の座主河原崎権之助という人は新狂言が嫌いで、なんでも芝居は古いものに限ると主張しているので、黙阿弥翁が何か新狂言の腹案を提出しても一向に取合わない。これには黙阿弥翁も困り抜いていると、かの「児雷也」の草双紙の評判がよいので、流石の権之助も一つ遣ってみようかと云い出し、黙阿弥翁もここだと腕を揮って脚色すると、その狂言が大当りを取ったので、権之助もすこし考え直したとみえて、来年も何か草双紙を仕組んでくれと云い、今度は「しらぬい譚」を脚色すると、これが又当ったので、権之助もいよいよ兜をぬぎ、成程これからの芝居は新狂言でなければいけないと云い出した。黙阿弥翁もそれに勢いを得て、つづいて「小幡小平次」をかき、「忍ぶの惣太」を書き、ここに初めて狂言作者としての位地を確立したのであるという。

勿論、黙阿弥翁のことであるから、遅かれ早かれ世に出るには相違ないが、ここに「児雷也豪傑譚」という評判物の草双紙がなかったらば、或いはその出世が三年や五年はおくれたかも知れない。してみると、児雷也と黙阿弥翁、その間に一種の因縁がないでもないように思われる。

鬼武が最初に我来也を自来也にあらためたのは、我来也という発音が日本人の耳に好い響きをあたえない為であったらしい。それでも「我来」を「自来」に改めたのはまだ好い。更に「自雷」にあらためたのは何ういうわけか判らない。まして後の作者が「児雷」に改めたのは、いよいよ拙ない。しかもそれが最も広く伝わったので、児雷也というのが一般的の名になってしまった。

女学士の報怨

女の怨み、女の呪い、女の祟り、どこの国にも昔から数え切れないほどに伝えられているが、どれもこれも同じ筋道で余りに変ったのは少ない。清の沈起鳳の「諧鐸（かいたく）」のうちに、奇女雪怨と題してこんな話を載せてある。

線娘（せんじょう）は夏邑の士族の娘である。学問があり、詞賦を善くするので、老師や宿儒にも嘆賞されて、あっぱれ女学士と認められていた。年十七のときに父母が相前後して世を去ったので、線娘は唯ひとりで故宅に棲んでいると、その隣は某生の別宅で、娘の庭に栽えてある一本の玉蘭が両家の地境の垣に倚りかかっていた。ある朝、娘が早く起きてその花を摘んでいると、となりの某生がそれを望み見て、垣の下に走って来て長揖の礼を行った。某はまだ独身の好青年である。

女学士と云っても恋を知る頃であるから、好青年に会釈されて線娘は顔を赤くした。早々に答礼して、逃げるように立去ろうとすると、青年はしずかに呼び止めた。

「わたくしは宋玉ではありません。みだりに墻に上ってお隣のお嬢さんを窺うようなことは致しません。何分にも独学で師と頼むべき人がないので、拙い文章の御添削をねがいたいと思うのですが、いかがでしょう。」

こう云って、かれは一巻の草稿を取出して叮寧にその添削を求めた。そこで断わってしまったら無事であったかも知れなかったが、線娘もいささか女学士の才をたのむ気味もあったらしい。結局それを受取って書堂に戻って、初めから仔細に読んでみると、その文章は才華余りあるが、間々二、三の瑕がないでもなかった。そのなかでも挙人や進士の試験の妨げになりそうな部分を一、二添削して、あくる日再び花を折りに出ると、となりの青年はそれをうかがってすぐに出て来たので、娘は垣越しに彼の草稿を返してやると、かれは拝謝して受取った。

こういうことが度重なるうちに、青年は大胆にも垣を乗り越えて、こちらの庭へ入込んで来るようになった。仕舞には書堂へも進入するようになった。若い女ひとりが棲んでいるところへ若い男が親しく出入りをするのであるから、彼等はその当然行き着くべきところへ行き着くより外はなかった。かれらは山河に誓い、日月に盟って、半年ばかりの歓会をつづけていた。

そのあいだに線娘はしばしば結婚を催促したが、青年は口で承諾していながら遷延日を送っているばかりか、遂に他家のむすめと婚約を結ぶことになったのを、娘は初めて知って驚いた。それでも一度訣別をして清く別れてしまおうと、垣の下に立って毎日待ち暮していたが、青年は鸞鳳の新巣を営むに忙がわしくして、また昔日の野合鴛鴦をかえりみるの暇がなかったので、線娘は憤惋の極、わが書堂の戸を鎖してみずから縊れて死んだ。

あとでそれを知って、青年もひどく驚き悔んだが、今更どうする事も出来なかった。その後、かれが郷試を受けに出て、巻を執って思いを構えていると、どこからともなく彼の線娘があらわれて来たので、青年は大いに恐れおののいていると、線娘はちっとも怒りの色を見せないで、かれのために紙を開き、墨を磨って、巧妙の文字をかれに書き教えてくれた。そのおかげで青年は首尾よくその試験に合格した。

つづいて礼部の試験を受けることになると、線娘は復あらわれて来て、前と同じように紙を払い、墨を磨って、かれの文章の至らざるところを添削してくれたので、青年はこれにもとどこおりなく合格した。更に殿試にも甲科を得て、青年は農部の官吏になり済ました。自分を怨んでいる筈の線娘がいつも影身に添うて自分を助けてくれるので、青年はしきりにその恩を感謝していると、あるときに線娘が久しぶりで姿をあらわして、かれにこんなことを囁いた。

「あなたは都の役人をして升斗の禄を受けていたところで、容易に宦囊を充たすことは出来ますまい。早く運動して地方へ出ることをお考えなさい。」

青年も成る程とうなずいた。それから地方官の運動をはじめて、二年ならざるうちに或る地方の郡守に抜擢されることになった。都の小官吏が地方へ下って、その一地方の権を握ると、俄かに欲心が増長して、いわゆる地方貪吏の型に這入ってしまった。それも頗る念入りの方で、かれは細民の膏血を容赦なく絞り取って、専ら私嚢を肥すことに汲々としているうちに、盗賊から賄賂を取って法をゆるめたということが発覚して、棄市の刑に行われることになった。かれは殺されて、その死骸を市に棄てられるのである。この重罪の申渡しを受けて、いよいよ明日は刑場へ牽き出されるという夜、黒髪をふり乱して線娘が彼の前に又あらわれた。

「幾年の寃憤を今始めて伸べることが出来たのだぞ。あの時すぐに亡ぼしてやる筈であったが、一個の書生を窓の下で殺してみても詰まらないから、わたしが蔭ながらお前の加勢をして、陞るところまで陞らせて置いて、世間の人の見る前で重罪犯人としてむごたらしい最期を遂げさせ、末代までも悪名を残させてやったのだ。はは、思い知ったか。」

女学士の寃鬼はけらけらと笑って消え失せた。

すぐに相手には祟らないで、却って彼を佐けて立身させ、さてその上で惨痛の報復をあたえようとしたのは、あまりに類例の多くない祟り方である。わたしはこれからヒントを得て「小坂部姫」の戯曲を書いたのであったが、どうもこれほどに物凄く行かなかった。

病妻の金環

おなじく支那の話である。

清の兪曲園の「右台仙館筆記」のうちに、四谷怪談の民谷伊右衛門式の記事が載せられてある。楊氏の女とばかりでその名を書き洩してあるが、その女は江西の程氏の子に娶(めと)られることになった。程の家は元来大家(たいけ)であったが、両親が早く死んで誰も検束する者がなかったので、程は少年のころから始末に負えない道楽者になりすまして、さしもの大家もだんだんに傾きかかって来た。番頭共もそれを心配して、然(しか)るべき嫁が出来たらば、少しは身持も治まるであろうと云うので、楊氏の女を聘することになったのである。

楊氏の父が承諾したので、この縁談は無事にまとまったが、無事でないのは夫婦仲である。楊女は見るから風流の軽薄児らしい夫を好まなかった。程もまた野暮堅いお嬢さん育ちの妻を好まなかった。番頭共の苦心も仇となって、程は相変らず花柳の巷と博奕場へ入浸(いりびた)っているという始末で、身代はいよいよ傾いて来た。それを苦に病んで、楊女はとうとう病人になってしまった。

家は潰れかかって、道楽の金にもだんだん詰まって来たので、程は妻の嫁入り道具を片端から持ち出してゆく。妻の病気はいよいよ重ってゆく。奉公人共もだんだんに散ってゆく。型の通りの大世話場のなかでも、程の放蕩は決して止まなかった。きょうか明日かという大病人の枕もとに突っ立って、夫は楊女に何か貸せというのである。

着物や指環は勿論のこと、楊女が手まわりの道具のなかでも幾らかの金になりそうなものは皆持ち出してしまったので、その化粧箱のうちは殆ど無一物である。まして楊女はもう口も利かれないほどの重態であるから、気息奄々、ただ黙っていると、程は焦れて罵った。

「お前はまだ何か持っている筈だ。それを貸せ。」

楊女はやはり黙っているので、程はいよいよ焦れ込んで、病める妻の袖を無理無体にまくりあげた。糸のように痩せている左の手には黄金の腕環が嵌めてあることを、彼はふだんから知っているのであった。せめてそれだけは自分の身につけて墓の中まで持って行こうと思っていたのであるが、楊女はもう争う気力もないので、残酷なる夫が奪い取るに任せるの外はなかった。程は妻の強情を罵りながら、獲物をつかんで出て行った。

楊女の腕環の紛失したことを女中達が発見して騒ぎ出すと、病人は微かに首を掉った。

「いいえ、尋ねるには及びません。」

そのあくる日、不幸なる若き妻は死んだ。

それから幾年の後、楊女の妹婿のなにがしが官途に就いて北京へ上ると、正陽門外でひとりの乞食を見た。乞食はかの程であった。

「とうとうその姿になりましたか。」と、なにがしは嘆息した。「都へまで来てそんな恥を晒しているよりも、早く故郷の江西へ帰って、なんとか身を立てる工夫をしたらいいでしょう。あなたがその積りならば、わたしが身のまわりや旅費はこしらえてあげます。」

「おまえは役人で役人の仕事をしている。おれは乞食で乞食のことをしている。おたがいに係り合いはないのだ。余計な世話を焼くな。」と、程はあざ笑った。

妹婿が見かねて贈った十両の金を突き戻して、かれは何処へか飄然と立去った。

楊女に呪われずとも、彼が零落するのは当然であろう。しかも下流に甘んじて痩せ我慢か何か知らぬが、兎も角もそんな太平楽をならべているのを見ると、貞淑なる楊女はかれに祟ろうとはしないのか。或いは祟ろうとしても、かれの陽気強盛にして弱い女の魂などをよせ付けないのかも知れない。いずれにしても妻の腕から金環をもぎ取った程という男は、妻の蚊帳を剝ぎ取った伊右衛門よりも少しく強いようである。

羽衣伝説

謡曲の「羽衣」は誰でも知っている。それが劇に取入れられ、五代目尾上菊五郎の新古演劇十種の一として、初めて歌舞伎座の舞台に上演されたのは、明治三十一年の一月興行で、菊五郎の天人、栄三郎（後の梅幸）の伯了であった。それを常磐津の浄瑠璃にかいたのは、三代目河竹新七である。

三保の松原の羽衣伝説、これも古来有名なもので、今更その伝説研究をするまでもあるまい。由来、わが国、伝説や怪談に独創のものは少く、その多くは朝鮮、支那、天竺から輸入されたものであるが、この羽衣伝説も唐渡(からわた)りらしい。支那にはそれに似寄った話が往々あるが、その中でも最も古いのは、晋の干宝(かんぽう)のかいた「捜神記(そうじんき)」であろう。その第十四にこんな話がある。

予章の新喩県のある男が田へ出ると、田のなかに六、七人の女が遊んでいるのを見た。その女達はみな毛衣を着ていた。男は不思議に思って窺っていると、ひとりの女はその毛衣をぬいで地に置いたので、男は窃（そっ）と這って行って先ずそれを盗み取った。それから他の女達のも剝ぎ取ろうとして近寄ると、みな驚いて鳥のすがたになって飛び去ってしまった。しかし毛衣をうしなった女ひとりは去ることが出来ないので、やはり元の女の姿のままでさまよっているのを、男は連れて帰って自分の妻とした。そうして幾年か無事に暮しているうちに、女は三人のむすめを生んだ。

ある時、その娘たちは父に向って、母の毛衣はどこにしまってあるかと訊いた。それが母の指尺（さしがね）であることを知らないで、父は娘達にうっかりと饒舌（しゃべ）ってしまった。彼（か）の毛衣は庫（くら）の積稲（つみいね）の下に隠してあったのである。娘たちはそれを探し出して母に被（き）せると、母はたちまちに鳥のすがたとなって飛び去った。父はおどろいて失望していると、やがてその母が再び迎えに来て、三人の娘もみな鳥となって何処へか飛び去った。

この捜神記の一節が土台となって、支那にも色々の話が伝えられるようになった。それが又わが国に渡来して、かの羽衣伝説をうみ出したらしい。

関羽と幽霊

もう一つ支那の話を紹介する。これは俳優に関する一種の怪談である。清の人のかいた「客窓渉筆（きゃくそうしょうひつ）」（この著者の名は伝わっていない）の中に「天津旅居（てんしんりょてん）」と題して、こういう話を伝えている。

清朝のはじめの康熙年間のことである。天津の城外にある旅館の奥の部屋には兎（と）かくに奇怪の出来事がつづいて、泊り客がしばしばおどろかされると云うので、宿の主人はその部屋の戸に錠をおろして、不入（いらず）の間にして置くと、ある時そこへ旅役者の一行が泊りに来た。なにかの祭礼で、どこの旅館も混雑している。この旅館も満員であるので、主人はそのわけを云って断わると役者達はほかに泊るところがないから是非泊めてくれという。主人はよんどころなしに彼の不入の間のことを話して、そこでよければお泊りなさいと云った。

「よろしい。鬼も結構、化物も面白い。どうぞ泊めてくれ」と、かれらは平気で答えた。

この旅役者の座頭は関羽が得意で、到るところで関羽を売物に旅廻りをしているのであった。一行の役者達は元気をつけるために酒を飲んで、みな好い心持になって彼の不入の間へ這入った。しかし化物が出ると聞いては安々とは眠られないので、かれらは相談の上でこういう珍趣向を凝した。関羽を売物にしている一座であるから、その衣装や小道具はみな持っている。そこで座頭は顔を赤く塗って、長い髯をつけて、袍を着て靴をはいて舞台をそのままの関羽になりすました。一座の和事師は顔を白く塗って、手には印を持って、関平の役になった。かたき役は顔を墨で塗って大太刀を持って、周倉の役になった。

こうしていれば、大抵の鬼も化物も恐れて近寄るまいというので、関羽は灯火の下で書を読んでいる。関平と周倉とはその左右に控えている。すべて舞台の形をそのままで、この見得よろしく居列んでいると、果して夜の更け渡るころに、炉のうしろから一人の若い女の姿があらわれた。女は色蒼ざめて髪をふりみだしている。それを一と目みると、座がしらの関羽はふるえ出した。それでも周倉に扮する役者は根が敵役だけに体格も頑丈に出来ている。声も大きい。かれは一生懸命に形をととのえて舞台以上の大きい声で呶鳴った。

「お前はなんの恨みがあって、関帝に訴えるのだ。」

女はうしろを見かえって、二度までも炉の方を指さした。

「よし、判った。あしたになれば屹とおまえの恨みを晴らしてやる。立去れ、立去れ。」

と、周倉はまた呶鳴った。

女は無言で三人を伏拝んで、消えるように姿をかくした。

「首尾よく芝居を仕負せた。それにしても、あの炉のうしろにはどんな秘密が潜んでいるだろう。」

三人は安心してその夜は快く眠った。夜があけてから早速その炉のうしろを掘りかえしてみると、ゆうべの女らしい一つの死骸を発見したので、宿の主人をよんで詮議すると、この家はある金持の住居であったのを、今の主人が買い取って旅館にしたのであるが、以前の持主にはひとりの妾があって、それがいつか行方不明になったという噂であるから、おそらくその死骸であろうと云うことになった。

「そういうわけですから、今夜もう一度出て来たらば、よくその仔細を聞きただしたら何うです。」と、主人は云った。

「なるほど、それも面白かろう。」

三人は今夜もゆうべと同じこしらえで、彼の女の再びあらわれるのを待ちかまえていると、戸の外には主人をはじめ他の相客達も身をひそめて、内の問答をうかがっていた。やがて夜がふけると、彼の女は又あらわれた。

「これ、おまえに詮議することがある。」と、周倉は声をかけた。

「ええ、なにが詮議だ。」と、女はゆうべとは大違いの凄まじい権幕で彼等を罵った。

「わたしはお前をほんとうの関帝だと思ったから、恨を訴えて出て来たのだ。この乞食役者の偽者め、貴様達に頼んだところで何が出来るものか。」

かれは眼を瞋らせて、ハッタと睨んだので、関羽は先ず悲鳴をあげて倒れた。周倉も関平も気絶した。女は灯火を吹き消して立去った。戸の外にかくれていた人々もおどろいて駈込むと、この始末である。介抱されて、三人はようやく人心地が付いたが、もう迚もこの部屋に泊る勇気はないので、かれらは主人に泣き付いて、台所の隅に寝かして貰うことにした。

それから二、三日の後、この役者達は近所のある芝居小屋で開演することになった。勿論、例の関羽を出し物にしたのであるが、旅館の一件が早くも世間に知れ渡ったとみえて、一向に人気がない。

「幽霊に逢って眼をまわすような関羽を観ても仕様がない。」

売物の関羽にけちが附いて、この興行はさんざんの失敗に終った。彼等はよくよく幽霊に祟られたのである。日本ならば、はて怖ろしき執念じゃなあと云うべきところであろう。

演劇会の禍

ついでにもう一つ支那の話をかく、清の董潮の「東皐雑抄」のうちに、「銭塘洪太学」と題して、こういう事件を記録している。

康熙戊辰の年、銭唐の洪太学昉思昇が長生殿伝奇を作ると、それが名作として世間に喧伝せられ、康熙帝の内覧に供することにまでなったので、北京の都ではその評判がいよいよ高まった。そこで当代の名士達があつまって生公園に大会をひらき、名優をすぐってこの劇を上演させることになった。その主唱者は梁清標で、その廻状を発したのは趙執信である。当代の名士が会合して、当代の名優に一代の名作を演じさせるというのであるから、その評判がまた高くなった。作者の得意思うべしである。

ところが、虞山の趙徴介という役人は北京に滞在中であるにも拘らず、名士と認められなかったとみえて、その廻状の通知に洩れた。かれは大いに憤って、なんとかしてその復讐をして遣ろうと待ち設けていると、恰もその演劇会が康熙帝の生母の命日に開かれたのである。祥月ではないが、兎(と)もかくも命日に相当している。そこで、趙徴介は上奏した。かれらは皇太后の御忌辰をも憚らず、演劇会を催して遊び興ずるなど大不敬の所為、実に言語道断でござると云うのであった。康熙帝は支那歴代中の明主で、文学芸術の保護者ではあったが、この上奏に動かされて、すぐに当夜の参会者名簿を調査の上で、その五十余人の士籍を削ってしまった。士籍を削られると、官途に立つことが出来ないのである。有名の詩人査初白などもその罰を蒙った一人であった。そのなかでも廻状を書いた趙執信が祟りをうけること最も甚だしく、それがために終身世に埋もれてしまった。かれが晩年の詩に、

　可憐一夜長生殿(あわれむべしいちやのちょうせいでん)。断送功名到白頭(こうめいをだんそうしてはくとうにいたる)。

一夜の劇のために、死ぬまで功名富貴の途を断ち切られては、まったく遺切れないことであったろう。それでも彼は発企者の一人であるから、まだまだ致し方がないとも云えるが、更に気の毒なのは陳何某(なにがし)という人で、なにかの用で都に出て良郷というところに行っていたが、この会合があると聞いて、昼夜兼行で引返して来ると、恰も劇(しばい)がもう終って散会する時であったので、ええ遅かりしと残念がりながら、自分の知己の誰彼と挨拶しただけで帰った。それでも矢はり参会者の一人にかぞえられて、他

と同罪の処刑をうけたと云うことである。但し出演の名優等はどういうことになったのか、それは何にも書いてないので判らない。

これがほんとうの祥月命日であれば、公然の忌辰であるから誰も遠慮するが、単に命日というだけであるので、つい心付かずにこの大会を催して、大会が更に大禍を醸してしまったのである。それも公然の問題とならなければ、康熙帝もあるいは黙過したかも知れなかったが、表向きに大不敬の上奏となって現れたので、どうしてもその儘には捨置かれなくなったのであろう。その本をただせば、この演劇会で趙徴介という男を案内しなかった為である。こうなると案内の通知洩れもなかなか怖ろしい、めったに油断の出来ないことである。

法喜寺の龍

上野の清水堂の軒に彫ってある龍は、かの左り甚五郎の作で、夜な夜な抜け出して不忍池の水を飲んだという伝説がある。こういうたぐいの伝説はもちろん支那から輸入されたもので、唐の張読のかいた「宣室志」のうちにもこれと同様の話が載せてある。

政陽郡の東南に法喜寺という寺があって、まさに渭水の西に当っていた。唐の元和の末年に、その寺の僧がしばしば同じ夢をみた。一つの白い龍が渭水から出て来て、仏殿の軒にとどまってそれからさらに東をさして行くのである。不思議なことにはその夢をみた翌日にはかならず雨が降るので、僧も怪しんでそれを諸人に語ると、清浄の仏寺に龍が宿るというのは、左もありそうなことである。そのしるしとして、仏殿の軒に土細工の龍を置いたらどうだという者があった。

僧も同意して、職人に命じて土の龍を作らせることになった。惜しむらくは、その職人の名が伝わっていないが、彼は決して凡手でなかったと見えて、その細工は甚だ巧妙に出来あがって、寺の西の軒に高く置かれたのを遠方から見あげると、さながら真の龍が蟠まっているようにも眺められた。

長慶の初年に、その寺中に住む人で毎夜門外の宿舎に寝るものがあった。彼はある夜、寺の西の軒から一つの物が雲に乗るように飄々と飛び去って、渭水の方角へ向ったかと思うと、その夜半に再び帰って来たのを見たので、翌日それを寺僧に語ると、僧も頗る不思議に思っていた。それからまた五、六日の後、村民の斎に呼ばれて、寺中の僧は朝からみな出てゆくと、その留守のあいだに彼の土龍の姿が見えなくなったので、人々はまたおどろかされた。

「たとい土で作った物でも、龍の形をなす以上、それが霊ある物に変じたのであろう。」

こういっていると、その晩に渭水の上から黒雲が湧き起って、次第にこの寺をつつむように迫って来たかと見るうちに、その雲のあいだから一つの物が跳り出て、西の軒端へ流れるように入り込んだので、寺の僧等はまたおどろきおそれた。やがて雲も収まり、空も明るくなったので、かの軒の下にあつまって見あげると、土龍はもとの通りに帰っていたが、その鱗も角もみな一面に湿れているのを発見した。

その以来、龍の再びぬけ出さないように、鉄の鎖を以て繋いで置くことにした。旱魃のときに雨を祈れば、かならず奇特があると伝えられている。

餅を買う女

小夜の中山の夜泣石の伝説も、支那から輸入されたものであるらしく、宋の洪邁の「夷堅志」のうちに同様の話がある。

宣城は兵乱の後、人民は四方に離散して、郊外の所々に蕭条たる草原が多かった。その当時のことである。民家の妻が妊娠中に死亡したので、その亡骸を村内の古廟のうしろに葬った。その後、廟に近い民家の者が草むらの間に灯のかげを見る夜があった。あるときはどこかで赤児の啼く声を聞くこともあった。

街に近い餅屋へ毎日餅を買いにくる女があって、彼女は赤児をかかえていた。それが毎日かならず来るので、餅屋の者もすこしく疑って、あるときそっとその跡をつけて行くと、女の姿は廟のあたりで消え失せた。いよいよ不審に思って、その次の日に来た時、なにげなく世間話などをしているうちに、隙をみて彼女の裾に紅い糸を縫いつけて置いて、帰るときに再びそのあとを附けてゆくと、女は追ってくる者のあるのを覚ったらしく、いつの間にか姿を消して、赤児ばかりが残っていた。糸は草むらの塚の上にかかっていた。

近所で聞きあわせて、塚のぬしの夫へ知らせてやると、夫をはじめ一家の者が駈けつけて、試みに塚を掘返すと、女の顔色は生けるがごとくで、妊娠中の胎児が死後に生み出されたものと判った。

夫の家では妻のなきがらを灰にして、その赤児を養育した。

死人と箒

死人に魔がさして歩き出したときには、箒(ほうき)を以て撃てば必ず倒れると、むかしからいい伝えているが、これも支那から輸入の伝説であるらしい。清の袁子才の「子不語(しふご)」のうちに同様の話がある。

杭州の劉以賢は肖像画をよくするを以て有名の画工であった。その隣に親ひとり子ひとりの家があって、その父が今度病死したので、伜は棺をかいに出る時、またその隣の家に声をかけて行った。

「となりの劉先生は肖像画の名人ですから、今のうちに私の父の顔を写して置いて貰いたいと思います。あなたから頼んでくれませんか。」

隣の人はそれを劉に取次いだので、劉は早速絵の道具をたずさえて行くと、伜はまだ帰って来ないらしく、家のなかには人の影も見えなかった。しかし近所に住んでいてその家の勝手もよく知っているので、劉はかまわずに二階へあがると、寝床の上には父の死骸が横わっていた。劉はそこにある腰掛けに腰をおろして、すぐに画筆をとりはじめると、その死骸は忽ち起き上った。劉ははっと思うと同時に、それが走屍というものであることを直ぐに覚った。

走屍は人を追うと伝えられている。自分が逃げれば、死骸もまた追ってくるに相違ない。いっそじっとしていて、早く画をかいてしまう方が好いと覚悟をきめて、劉は身動きもしないで相手の顔を見つめていると、死骸も動かずに劉を見つめている。その人相をよく見とどけて、劉は紙をひろげて筆を動かし初めると、死骸もおなじように臂を動かし、指を働かせている。劉は一生懸命に筆を動かしながら、時々に大きい声で人を呼んだが、誰も返事をする者がない。鬼気はいよいよ人に逼って、劉の筆の先もふるえて来た。

そのうちに、伜の帰って来たらしい足音がきこえたので、やれ嬉しやと思っていると、果して伜は二階へあがって来たが、父の死骸がこの体であるのを見て、あっと叫んで倒れてしまった。その声を聞きつけて、隣の人は二階からのぞいたが、これも驚いて梯子から転げ落ちた。

そこへ棺桶屋が棺を運び込んで来たので、劉はすぐに声をかけた。

「早く箒を持って来てくれ。箒草の箒を……。」

棺桶屋はさすがに商売で、走屍などには左のみ驚かない。走屍を撃ち倒すには箒草の箒を用いることを予てこころ得ているので、劉のいうがままに箒を持って来て、かの死骸を撃ち攘うと、死骸はもとのごとくに倒れた。気絶した者には生姜湯を飲ませて介抱し、死骸は早々に棺に納めた。

飛雲渡

十一月中の某新聞に中村芝十郎という俳優が身なげの女を救った話をかいて、それが落語の「佃祭」のモデルであると説明してあったが、それは少しく疑わしい。落語の「佃祭」の種本はやはり支那であろう。元の陶宗儀の「輟耕録」のうちに飛雲渡(ひうんど)の話がある。

飛雲渡は浪や風がおだやかで無くて、ややもすれば渡船(わたしぶね)の顚覆するところである。ここに一人の青年があって、いわゆる放縦不羈(ほうじゆうふき)の生活を送っていたが、ある時その生年月日をもって易者に占って貰うと、あなたの寿命は三十を越えないと教えられた。

彼もさすがにそれを苦に病んで、その後幾人の易者に見て貰ったが、その占いは殆どみな一様であったので、彼も所詮短かい命とあきらめて、妻を娶らず、商売をも努めず、家財を抛って専ら義俠的の仕事に没頭していると、ある日のことである。かれ(か)が彼の飛雲渡の渡し場附近を通りかかると、ひとりの若い女が泣きながらさまよっていて、やがて水に飛び込もうとしたので、彼はすぐに抱き留めた。

「お前さんはなぜ命を粗末にするのだ。」

「わたくしはある家に女中奉公をしている者でございます。」と、女は答えた。「主人の家に婚礼がありまして、親類から珠の耳環を借りました。その耳環は銀三十錠の値のある品だそうでございます。今日それを返してくるようにいいつけられまして、わたくしがそのお使にまいる途中で、どこへか落して仕舞いましたので、今さら主人の家へも帰られず、いっそ死のうと覚悟を決めました。」

青年はここへ来る途中で、それと同じような品を拾ったのであった。そこでだんだん訊いてみると、確かにそれに相違ないとわかったが、先刻からよほどの時間が過ぎているので、その帰りの遅いのを怪しまれては悪いと思って、彼はその女を主人の家へ連れて行って委細のわけを話して、引渡した。主人は謝礼をするといったが、彼は断わって帰った。

それから一年ほどの後、彼は二十七人の道連れと一しょに、再びこの渡し場へ来かかると、途中でひとりの女に出逢った。女は彼の耳環を落した奉公人で、その失策から主人の機嫌を損じて、とうとう暇を出されて、ある髪結床へ嫁にやられた。その店は渡し場のすぐ近所にあるので、女は先年のお礼を申上げたいから、ともかくも自分の家へちょっと立寄ってくれと無理にすすめて彼を連れて行った。他の一行は舟に乗込んだ。

残された彼は幸いであった。他の二十七人を乗せた舟がこの渡し場を出ると間もなく、俄(にわ)かに波風があらくなったので、舟はたちまち顚覆して、一人もあまさずに魚腹に葬られた。

青年は不思議に命を全うしたばかりでなく、三十を超えても死なないで無事に天寿を保った。この渡しは今でも温州の瑞安にあるという。

発塚異事

発塚（はっちょう） 即ち墓荒しは支那の特色である。それは古来の習慣として、王侯貴人の墳墓には種々の宝物や金銀珠玉のたぐいを埋めてあって、詩人のいわゆる「玉魚金盌無人見」というわけであるから、自然それを発掘して一儲けしようと企てる者共が出て来たのである。これは殆ど他国に其例を見ないことで、たまたま他国に見出されるとしても、それは何か特殊の事情に因るのであって、単なる窃盗の目的に出ずるものは極めて少ない。蝦夷が田道の塚をあばいて大蛇に驚かされたというのも、物をぬすむが為ではなかったらしい。

「御伽百物語（おとぎひゃくものがたり）」のうちに「石塚のぬす人」と題して、盗賊の群が吉備の中山にある神功皇后の御陵を発（あば）こうとして怪異に逢う話を載せているが、それは唐の「酉陽雑俎（ゆうようざっそ）」の飜案であって、もとより実録ではない。しかし前にもいう通り、支那は墓荒しの本場であるだけに、それに就ては古来種々の伝説が残っていて、復讐のために寃家の墓を発くというのもあるが、大体に於ては窃盗のためである。勿論、どこまでが事実で、どこまでが嘘か判らないが、わたしの知っている話のなかで、やや異聞に属するものを書いてみる。所詮は日長のつれづれを医する茶話の材料に過ぎないもので、支那文学精通者に示すべきものではない。

捜神記

晋の干宝（かんぽう）の「捜神記（そうじんき）」は早くわが国に渡来して、彼の「今昔物語」等に幾多の飜案材料をあたえているのは周知の事実であるが、その中に発塚の異聞が幾種も記述されている。

東漢の孝桓皇帝の馮（ふう）貴人は病んで死んだ。然るに次の孝霊皇帝の代になって、盗賊の一群がその塚をあばくと、死後七十年――これは誤りで、恐らく二、三十年であろう――を経過したるにも拘らず、美人の容色は生けるが如くで、唯その肉が少しく冷たいのみであったので、兇暴の群賊は喜んでその死体を辱め、たがいに先を争って、なぐり合いや殺し合いの乱闘を演出したと云うことである。又、漢の末に関中が大いに乱れて、前漢の宮女の塚を発いた者があると、その宮女はまだ生きていた。魏の郭后はこれを愛して我が宮中に置き、常に漢代における宮中の故事などを質問していたが、その答うる所はみな正しかった。しかも郭后が崩じると、その宮女も哀しみの余り、哭泣が度を過ぎて再び死んだそうである。

三国の呉の孫林のときに、一人の戍将が広陵を守っていたが、城の修繕をするために、附近の古い塚を掘りかえして石の板をあつめた。勿論、見当り次第に沢山の塚を荒したのであるが、そのうちに一つの大きな塚をあばくと、塚の内には幾重の閣があって、その戸はみな回転して開閉自在に作られていた。四方には車道が通じていて、その高さは騎馬の人も往来が出来るほどであった。ほかに高さ五尺ほどの銅人が数十も立っていて、いずれも朱衣、大冠、剣を執って整列し、そのうしろの石壁には殿中将軍とか侍郎常侍とか彫刻してあった。それらの護衛から想像すると、定めて由緒ある公侯の塚であるらしく思われた。そこで、正面の棺を破ってみると、棺中の人は髪が已に斑白で、衣冠鮮明、その相貌は生けるが如くである。棺中には厚さ一尺ほどに雲母を敷き、白玉三十枚を死体の下に置き列べてあった。兵卒等がその死人を舁き出して、うしろの壁に倚せかけると、冬瓜のような大きな玉がその懐中から転げ出したので、驚いて更に検査すると、死人の耳にも鼻にも棗の実ほどの黄金が詰め込んであった。

話半分としても、時々にこんな掘出し物があるので、墓荒しもなかなか止められないわけである。しかし又、時には左のような祟りを受けることもある。漢の広川王は身分にも似合わず墓荒しが大好きで、あるときに一つの塚をあばくと、その棺も祭具もみな朽ち破れて、何物も余されていなかったが、ただ一匹の白い狐が棲んでいて、人を見て驚き走ったので、王の左右にある者が追いかけたが、わずかに戟を以てその左足を傷けただけで、遂にその姿を見失ってしまった。その夜、王の枕もとに、鬚眉ことごとく白い一丈夫があらわれ来って、お前はなぜおれの左の足を傷けたかと責めた上に、持ったる杖を以て王の左足を撃ったかと思うと、夢は醒めた。その以来、王は撃たれた足に痛みをおぼえて一種の瘡を生じ、いかに治療しても一生を終るまで平癒しなかった。

風と沙と

唐の段成式の「酉陽雑俎」にこんな話がある。即ち前に云った「御伽百物語」の種本である。

唐の判官を勤めていた李邈という人は、高陵に庄園を有していたが、その庄に寓居している一人の客がこういうことを懺悔した。

「わたくしはこの庄に足を留めてから二、三年になりますが、実は窃かに盗賊を働いていたのでございます。御承知の通り、大抵の盗賊は墓荒しを遣ります。わたくしもその墓荒しを思い立ち、大勢の徒党を連れて、先頃この近所の古塚をあばきに出かけました。塚はこの庄から十里（六町一里）ほどの西にあって、非常に高く大きく築かれているのを見ると、よほど由緒あるものに相違ありません。松の林を這入って二百歩ほども進んでゆくと、その塚の前に出ました。おい茂った草の中に大きい碑が倒れていましたが、その碑はもう磨滅していて、なんと彫ってあるのか判りませんでした。兎もかくも五、六十丈ほども深く掘ってゆくと、一つの石門がありまして、その周囲は鉄汁を以て厳重に鋳固めてありました。その鉄を溶かすには人間の糞汁に限るので、糞汁を熱く沸かして幾日も根よく沃ぎかけていると、自然に鉄が溶けるのです。

今度もその手段を用いて、ようようのことでその石門をあけると驚きました。内から雨のように箭を射出して来て、忽ち五、六人を射倒されたので、みな恐れて引返そうとしましたが、わたくしは肯きませんでした。ほかに機関があるわけでは無いから、あらん限りの矢種を射尽させてしまえば大丈夫だというので、こちらからも負けずに石を投げ込みました。内と外とで箭と石との戦いが暫く続いているうちに、果して敵の矢種は尽きてしまいました。それから松明をつけて進み入ると、ゆく先に又もや第二の門があって、それは容易に明きましたが、門の内には木で作った人が何十人も控えていて、それが一度に剣を揮ったから堪らない。先に立っていた五、六人は又もやここで斬倒されました。こちらでも棒を以て無暗に叩き立てて、その剣をみな撃ち落した上であたりを見まわすと、四方の壁にも衛兵の像が描いてあって、南の壁の前に大きい漆塗りの棺が鉄の鎖にかかっていました。棺の下には金銀や宝玉のたぐいが山のように積んであります。

さあ、見付けたぞとは云ったが、前に懲りているので、迂闊に近寄るものも無く、たがいに顔をみあわせていると、俄に棺の両角から颯々という風が吹き出して、沙が激しく吹きつけて来ました。あっと云ううちに、風も沙もますます激しくなって、眼口を明いていられないどころか、地に積む沙が膝を埋めるほどに深くなって来たので、みな恐れて我勝ちに逃げ出しましたが、逃げおくれた一人は又もや沙のなかへ生埋めにされました。外へ逃げ出して見かえると、門は自然に閉じて再び這入ることは出来なくなっています。たとい這入ることが出来ても、とても二度と行く気にはなれないので、誰も彼も早々に引揚げて来ました。そのときの怖ろしさは今に忘れません。それ以来、わたくし共は誓って墓荒しをしないことに決めました。」

この話はこれで終りであるが、「酉陽雑俎」には更に他の異事を伝えている。

近い頃、幾人の盗賊が蜀の玄徳の塚をあばきに這入ると、内には二人の男が灯下で碁を囲んでいて、ほかに侍衛の軍人が十余人も武器を執って控えていたので、盗賊共もおどろいて拝謝すると、碁に対していた一人が見返って、おまえ達は酒をのむかと云い、めいめいに一杯の酒を飲ませた上に、玉の腰帯一条ずつを呉れたので、盗賊どもは喜んで出て来ると、かれらの口は漆を含んだように閉じられてしまった。帯と思ったのは大きい蛇であった。

地下に十二年

六朝時代の後魏の菩提寺は西域の人の建てたものである。それに就て、唐の閻選の「再生記」にこんな話が載せてある。

沙門等が彼の菩提寺内の墓をあばくと、一人の青年が生きているのを発見したので、不思議なことであるとして朝廷に差出した。時に魏の太后は孝武帝と共に華林堂に在ったが、試みに彼の青年を呼び出して詮議すると、彼は答えた。

「わたくしの姓は崔、名は涵というもので、父の名は暢、母の姓は魏と申します。家は城西の阜財里にありまして、わたくしは十五歳のときに死にました。それから地下にあること十二年で、当年は二十七歳になります。地下にあるあいだは、酔って眠っているような心持で、平生は別に飲み食いをするような事もございません。ときどきには出あるいて何か飲み食いをしたようにも思いますが、すべてが夢のようで記憶して居りません。」

そこで念のために役人をつかわして、彼が生家をたずねさせると、果してそこに崔暢という者が住んでいて、妻の姓は魏というのである。それのみならず、崔涵という倅があって、十五歳のときに死亡したという事実までが符合するので、役人は前の一条を打明けて、おまえの倅は蘇生していると云い聞かせると、父の暢は俄におどろき恐れて、実はわたくしに崔涵という倅は無い、唯今申上げたのは誤りであると一切を取消した。しかしそれが事実であることは見え透いているので、役人は帰って奏上すると、太后は命じて彼を生家へ送り還させた。すると、案外である。崔の家は火を焚いて、父は白刃を揮い、母は桃杖をたずさえて、厳重に門を守っているのである。

「貴様のような妖怪がおれの家へ入り込んでは困る。おれは貴様の親ではない、貴様はおれの子ではない。早く立去れ。さもないと、唯は置かないぞ。」

激しい権幕で逐い立てられて、崔涵はどうすることも出来なかった。折角この世に再生しながらも、彼は生家へ帰ることを許されないで、遂にそのまま立去って都に上った。しかし頼るべき所もないので、常に仏寺の門前に宿っていると、その事情を聞き知った汝南王が憐んで黄衣一襲ねを賜わった。かれは暗黒の地下に長い月日を送っていたせいか、日光を恐るること甚しく、決して天を仰ぎ視なかった。路をあるくにも決して徐行することなく、疲れるまでは走りつづけていた。そういうわけで、世間の人は彼を本当の人間とは認めず、彼はやはり幽鬼であると噂されていた。洛陽の北に奉終里という所があって、そこには葬具を売る家があった。その商人に向って、彼はこんなことを話した。

「棺に柏の木を用いるのは好いが、榱(よこぎ)に桑を用いてはいけない。わたしは地下にあるときに、幽界の兵卒が来て棺をあばくのを見た。ひとりの死人はそれに対して、自分の棺は柏を以て作られているから発かれる筈はないと云うと、兵卒はそれに答えて、なるほどお前の棺は柏で作られているが、榱が桑で作られているからいけないと云って、とうとうその棺をあばいてしまった。」

その話が伝って、どこの家でも棺をあつらえる場合には総て柏の木を用いることになったので、柏の材木の価が俄に騰貴した。一説によると、葬具屋が彼を買収して、高い棺桶を売るためにこんな事を云わせたのだとも云う。先ずそれが本当であろう。

銅鵝の怪

唐の戴君孚の「広異記」に銅鵝の話が出ている。

鵝県に東漢の奴官の塚というものがある。その附近は田になっているのであるが、毎年秋穫の頃になると、その塚に近い田は稲穂をみな失ってしまうのである。それが久しく続くので、村の者共もひどく困って、毎夜交代に張番していると、彼の塚のなかから四羽の大きい鵝鳥が出て来て、そこらの田を荒すのであると云うことが発見された。

そう判ってみると、捨てて置くわけには行かない。殊に奴官の塚には宝物が収めてあるという伝説もあるので、村の者共は一種の欲も手伝って、畑あらしに対して墓荒しを挙行する相談をきめた。そこで多人数が党を組んで、いよいよその塚をあばく事になると、入口には四羽の鵰鳥がいて、翅（はね）を揮（ふる）って人を撃つので、人々も棒を以てさんざんに打ち据えると、鳥はやがて動かなくなった。よく見ると、それは生きた鵰鳥でなく、銅を以て作られた物であった。それから進んで外庁に入ると、宝剣二本を得た。ほかにも何か判らない器物がおびただしく見出された。更に奥深く進んでゆくと、水が深くなった。

それを渉ると、正門の前には紫衣の人が立っていて、彼等を入れまいと防いだが、村の者共は多勢を恃んで突撃すると、紫衣の人は敵の群を衝いて表へかけ出した。彼は疾風のごとくに走って、県の役所へ飛び込んで大いに叫んだ。

「賊がわたしの墓をあらします。」

「あなたの墓はどこですか。」と、主任の役人が訊いた。

「奴官塚です。」

役人はすぐに里長に命じて賊を捕えしめたので、村の者共はみな珠数繋ぎになった。紫衣の人の姿はみえなくなった。これは玄宗皇帝の開元年中の出来事である。

死美人の舌

これも「広異記」の一節で、やはり開元年中のことであると註してある。

開元の初めに、華妃は玄宗の寵を得て、慶王を生んだ。妃は薨じて長安に葬られたが、開元二十八年に盗賊の一団があって、妃の塚を発掘しようと企てたが、何分にも寵妃の塚で警衛も行き届いているので、彼等はその塚を去る百余歩のところへ一つの大きい空墓を築き、その内から潜に坑道を作って、妃の塚へ往来することにした。そうして、棺を破ってみると、妃の面色生けるが如くで、手も足も柔かに屈伸した。彼等の習として、この貴婦人に対して凌辱を恣ままにしたのは云うまでもない。それから塚の内に蔵めてある金銀珍宝をことごとく奪い取って、一方の空墓へ運び去ったばかりか、妃の腕を切って其の金釧を奪った。

「死んだ者でも油断は出来ない。夢にあらわれて訴えると云うこともあるから、口の利かれないようにして置くに限る。」

彼等は死人の舌を抜いてしまった。彼等は更に空棺を車に積んで、恰も送葬するように見せかけ、夜陰に乗じて彼の空墓から贓品を運び出すことにした。こうして、万事が首尾よく成就しようとする時、彼等の悪事は忽ち発覚した。彼の慶王の夢に生母の華妃があらわれて、一切の事情を訴えたのである。かれらは用心して死人の舌を抜いたが、結局それは無効であった。

慶王は元来孝心の深い人であったから、その悪夢におどろき悲んで、夜のあけるのを待ち兼ねて参内すると、帝もその訴えを聞いて驚き怒って、京兆の令に命じ其の賊徒を捕えしめた。そうとは知らない彼等は賍品を車一杯に積んで帰る途中、春明門の前で門吏に怪まれて、ことごと捕縛された。その徒党は数十人の多きに上って、いずれも貴戚の子弟の素行不良の徒であることが判ったので、慶王はその巨魁五人を得て母の仇を報いんことを願うと、帝はそれを許した。王は彼等五人の五臓を探り取って、それを煮て母を祭った。その余の者も京兆の門外で殺された。

死人の笑い

唐の盧子の「逸史」にもこんな話がある。

樊沢が襄陽の節度使であった時に、その部下の巡官に張某という者があった。張の父は経略使を勤めたことのある人物で、鄧州の北数十里の地に葬ってあったが、ある夜、張の夢に父があらわれて、おれの墓は賊のために荒らされている。その賊は衣類や器物をたずさえて城門に来るから、すぐに取押えろ、日が出てしまっては取逃すぞと云うのである。夢が醒めて、それを二人の弟に話すと、弟達もおなじ夢を見たという。兄弟三人が同時に同じ夢をみた以上、もはや猶予はならないと思って、張は夜の明けないうちに上官の樊沢の門を叩いて、その次第を訴えると、樊はすぐに役人を呼び出して命令を伝え、日の出ない前に怪しい者どもを城門外で捕えた。彼等は果して張の父の墓をあらした者で、その巨魁夫妻と同類五人、いずれも証拠となるべき賍品をたずさえていたので、一も二もなく白状に及んだ。

その賊の白状はこうである。

「わたくし夫婦は已に十年余りも墓荒しを商売としていましたが、今度ばかりは恐らく一身の破滅を来すであろうと、内々覚悟していました。と云うのは、わたくし夫婦が墓をあばく時には、必ず酒を用意して行って、先ず墓の前で火を焚いて其の酒を温めます。それから徒党の者共が墓を開くと、我々は棺の蓋をあけて死人と酒の遣り取りをするのです。即ち先ずわたくしが酒を把って、『客人が一盞頂戴いたします。』と云って飲みます。それから『御主人も一盞お飲みなさい。』と云って、死人の口に一杯の酒をつぎ込みます。その次にわたくしの女房が一杯飲みます。こうして、一巡済んだ後に、わたくしが『この酒の代はどこから出るのだ。』と云うと、女房が『それは主人が出すに決まっている。』と云って、死人の衣類や宝物を奪い取るのです。云わば一種のまじないのようなもので、斯うして置くと決して露顕しないのでした。

ところが、今度ばかりは不思議でした。棺をあけると、死人は紫衣を着けて玉帯をしめていて、その風采がさながら生きているように見えたばかりか、わたくしが例に依て先ず一杯を傾け、それから『御主人もお飲みなさい。』と、その口のなかへ酒をつぎ込むと死人は笑い出しました。私はびっくりして其の死人をおさえると、それがいつか普通の骸骨に変っているのです。いよいよ不思議に思いましたが、兎も角もその腰の玉帯を解きかかると、死人は急に声を出して、『痛い、痛い。静に遣ってくれ』と云うので、もう堪らなくなって逃げ出しました。それから何だか精神茫然として昔の元気がありません。これは危ないと思っていると、果して運の尽きになりました。」

彼等がことごとく死刑に処せられたのは云うまでもない。

宋の魏泰の「東軒筆録」にも発塚盗の話がある。

寿州の張侍中と撫州の晏丞相とは倶に陽に葬られたが、その墓の距離は遠くなかった。そこで例の発塚盗が先ず両者の墓のあいだに一軒の家を築いて、その家から地下を伝って二つの塚のなかへ入り込むように工夫した。その準備が整って、先ず張侍中の墓をあばくと、予想の通りに金宝珠玉の獲物が甚だ多かったので、賊は取るだけの物を取ってしまって、その墓を元の通りに蔵めて来た。

次に晏丞相の墓をあばきにかかると、内には猛獣の吼えるような声がきこえたので、賊は驚いて更に一人の仲間を呼んで来て、二人連れで恐る恐る這入ってみると、今度は甲冑のひびきや鬨の声がきこえたので、彼等は又おどろき恐れた。そこで、更に又一人の仲間を呼んで来て、三人連れで忍び込むと、内には寂として声が無かった。

「丞相の御威徳もこれぎりか。」

三人は笑いながら仕事に取りかかると、これは予想に反して殆ど何の獲物もなかった。供えてある器具もみな普通の陶器で、衣服も已に腐朽して塵の如くになっているので、盗賊共は大に失望した。彼等は腹立ちまぎれに、携えている刀や斧のたぐいを以て、その骸骨をめちゃめちゃに叩き砕いて立去った。しかも彼等は張の墓から奪い取った贓品が証拠となって、後にみな捕縛されて一切を白状したのである。

張は厚葬に因てその遺骨を全うし、晏は薄葬に因てその遺骸を砕かれたのである。晏は丞相の高官でありながら、倹徳の人物であったから子孫を戒めて厚葬を廃させた。それが却て禍をなして、その遺骸を辱しめられることになったのである。こう云うことがあるから、大抵の人は厚葬をやめない。厚葬が行われるから、墓荒しも止まない。どこまで行っても、墓荒しは支那の特色である。

伯夷叔斉

これは勿論笑談だと思わなければならない。

ある人が蘇東坡のところへ来て、あなたの兄さんに奉職の御周旋をおねがい申して置いたが、どうも埒が明かないから、あなたからお口添えを願いたいと頼んだ。それに対して、東坡先生はこう答えた。

「まあ、お聴きなさい。こんな話があります。ある男がひどく貧乏で、苦しまぎれに墓荒しを思い立った。そうして、先ず一つの墓をあばくと、そのなかには一人の男が赤裸で坐っていた。これには少し驚くと、その男は笑いながら『お前は漢の世に揚王孫という者のあったことを知らないか。おれは世人の厚葬を戒めるために、赤裸で葬らせたのだ。お前に遺る物はなんにも無いぞ。』と云う。仕方がないから更に第二の塚を尋ねたが、それを掘るにはなかなか骨が折れた。どうやらこうやら掘り当てると、今度は一人の王者を見た。王の曰く『おれは漢の文帝だ。死ぬときに遺言して、おれの塚のなかには金銀珠玉を一切入れないことにした。この通りの始末だから、おまえに遺るものは無いぞ。』それから又探しあるくと今度は二つの塚の列んでいるのを見つけたので、大骨折りで先ず左の方の塚をあばくと、内には痩せ衰えた男が葬られていた。その男は微かな声で『わたしは伯夷だ。おまえも知っているだろう。わたしは周の粟を食らわずして、首陽山の下で餓死した男だ。おまえに遺る物などのあろう筈がないではないか。』と云う。行く先々がこの始末で、墓あらしの男も嘆息した。『こんなに骨を折って、この始末では仕方がない。まあ、せめてもの頼みに隣の塚を掘ってみよう。』と行きかかると、伯夷が再び弱い声で呼びとめた。『又むだ骨を折ると気の毒だから教えてやる。隣はわたしの弟の叔斉だ。兄のわたしが此の体だから、弟のところへ行ったところで何うなるものか。』……。」

こう云って東坡先生は笑った。その人も思わず笑い出して立去った。

宋の諸陵発掘

これは笑談どころではない。歴史上で有名の悲劇である。

元の至元二十二年八月、会稽県の泰寧寺の僧宗允と宗愷は陵木を盗伐したというので、守陵の者から訴えられた。その罪を免かれようとする為か、二人の僧は揚総統に向って、前朝の宋の陵墓には沢山の金玉異宝が埋めてあると云い、その発掘を勧めたのである。揚総統も欲心の浅くない人物であるから、遂にその勧誘にしたがって、大勢の大工や人夫を狩り出して、宋の寧宗、揚后、理宗、度宗の四陵を片端から発掘した。頗る大規模の墓あらしで、その獲物の莫大であったことは云うまでもないが、表面は彼の盗伐問題から寺領の境界を検査するということで胡麻化してしまったのである。その時に理宗の頭は砕かれたという。それに味を占めて、揚総統と悪僧二人は更に孟后、徽宗、鄭后、高宗、呉后、孝宗、謝后、光宗の陵を発掘し、あらん限りの宝貨をうばい取って、その骸骨を投げ捨てた。その兇暴実に言語道断であるが、誰も制するものも無かった。

時に一人の義士がある。それは宋の大学生林景曦という人で、彼は乞食のすがたに身をやつし、竹籠を背負い、竹杖をついて、墓あらしの現場へ忍び込み、ひそかに蒙古の僧に賄賂を贈って、高宗と孝宗の二帝の遺骨を竹籠に収め、自分の故郷の東嘉に持ち帰って、厚く埋葬したのである。彼はその事を紀するために絶句十首を作った。そのうちでも「橋山弓剣未成灰、玉匣珠襦一夜開、猶記去年寒食日、天家一騎捧香来」の一首が最も悽怨として後世まで伝えられている。

さて一方の墓荒しの一党はどうしたかと云うと、彼等のあいだには当然起りそうな賍品分配の悶着を生じた。悪僧の一人宗愷は好い加減のところで諦めて、呉れるだけの物を貰っておとなしく引き下ったが、他の宗允の方はなかなか承知しないで、飽までも分配の不平を鳴らしていた為に、揚総統も業を煮やし、結局彼を陵木盗伐の廉で杖殺してしまった。

掘塚奇報

清の袁随園の「子不語」のうちに「掘塚奇報」と題して、左の怪談を掲げている。

杭州の朱某は墓あらしを一種の職業として身代を作った。その徒党六、七人あって、日が暮れると皆それぞれに鋤や鍬を持ち出し、見あたり次第にそこらの墓をあらし歩いていたが、近来は思わしい掘り出し物が少く、いつも骸骨ばかりで碌な物も掘り当てないので、彼等も躍気となった。

「手あたり次第に掘るから失敗するのだ。今度は占ってみた上で、取りかかることにしようではないか。」

彼等は乩盤を設けて占うことにした。乩盤とは盤の上に沙を敷いて錐を立て、二人がそれを捧げていると、錐が自然に動き出して、沙の上に文字を記すという一種の方術である。すると、その盤にあらわれた神は宋の忠臣岳飛の霊であった。岳忠武ともあるべき人物が墓あらしなどに好い智慧を貸してくれる筈がない。頭領株の朱は頭ごなしに叱り付けられた。

「汝、塚をあばいて死人の財を取る、その罪は盗賊にまさる。若し改悛せざれば、われ汝を斬らん。」

朱は大に驚いて、それから一年余りは墓荒しを歇めていた。併しそれでは徒党の者どもが食えないので、彼等は朱をそそのかして、再び乩盤の占いを試みさせると、今度はなんだか判らない神が降って来て、我は西湖の水仙なりと云った。そうして、保叔塔の下に石の井があって、その井の西に富人の墓がある。それを掘れば千金を得べしと教えた。

彼等は喜び勇んで、その晩すぐに指定の場所へ出かけたが、どこにも井戸らしいものが見えないので、頻りにそこらを尋ね廻っていると、何者かが朱の耳に囁くように聞えた。

「塔の西に柳の木がある。その下が井戸だろう。」

念のために柳の下を尋ねてみると、成程そこには井戸らしいものが見出されたが、それは涸れた井戸を塡めたのであった。三、四尺ほども掘り下げると、果して大きい石槨があらわれたが、非常に大きく重いもので、六、七人の力では何うしても舁きあげることが出来ない。かれらも途方に暮れているうちに、不図思い出したのは、浄土寺の僧には飛杵の呪というのを行う者がある。その呪文を百遍唱えると、棺はおのずから開くと云い伝えられている。そこで、彼等はその僧を迎えに行って、一切の事情を打明けると、僧もその分け前を貰う約束で早速に出て来た。かれも一個の妖僧たること勿論である。

僧は彼の石槨に対して、型のごとくに呪文を百遍唱え終ると、果して石槨は自然に開いた。と見る間もなく、長さ一丈余もあろうかと思われる一本の青い腕がぬっとあられて、忽ちに彼の僧を引っ摑んで槨のなかへ引き摺り込み、ばりばりと引き裂いて啖うのである。これには流石の朱も蒼くなった。他の徒党も生きたる心地はなく、命からがらで四方へ逃げ散ってしまった。それにしても余りに奇怪であるので、明日そっと様子を窺いにゆくと、ゆうべの場所に井戸などは無かった。彼等は何かの妖魅にたぶらかされたのである。

しかし寺僧がゆくえ不明になったのは事実であった。寺の方では朱が呼び出しに来たのを知っているので、遂に官に訴えることになって、朱は召捕られた。彼は罪の免かれ難きを知って、獄中で縊死した。

こんなことを書いていたら際限があるまい。鬼を談ずれば鬼至るというから、筆者も妖魅にたぶらかされない中に、ここらで談鬼の筆を擱くことにする。

解説　趣味を通じての先生

額田　六福

松の樹が嫌いだった。

「君、あれは放蕩息子だよ。」

冗談によくそんな事を云われた。誰もが知っている通り、春夏秋冬と、松の木位手入れに手数のかかる木は尠い。自然物入もかさむ。全くやっかい至極な放蕩息子だ。が、しかし、先生が松を愛されなかったのはそう云う手数がかかるとか、物入が嵩むとか云う理由ではなかった。手入は植木屋にやらせればいいのだし、費用だって先生の懐を脅かすほどの事はないし、又必要なら何百金でも平気で投出される人だったのだ。それについて詳しい説明をきいた事はなかったが、あのゴツゴツした、骨ばった木ぶりが嫌いであったらしい。とにかく庭にも盆栽にも松は一本もなかった。

お花見と云う行事は大すきだった。しかし、同じ様な理由で桜の木も木としては好きでなかった。私が麴町にいた時代、よく散歩のお供をして英国大使館前をぶらついたが、あの桜並木を見て、

「もう少し木肌が滑かだといいんだがなあ。」

と云われたのを思い出す。

同じ様な意味で梅もそう好きではなかったらしい。けれど、初春の縁起物として盆梅は（殊に紅梅）賞玩された。しかし、花時がすむと、きまって庭の片隅にほうり出されて、大部分はそのままに枯れて仕舞い、残った物も、翌年にはもう花をつける事が出来なかった。方々から贈物があって、時には相当高価らしい盆梅もあるので、慾ばり屋の私は、

「もう少し手入をなすったら。」

とよく云ったものだ。と、先生は、

「だって君、我々が枯らして仕舞うから植木屋が立ってゆくんだぜ。」

先生はそう云う人だった。由来、盆梅の仕立ての事は云わない事にした。

＊

ゴツゴツした松の木肌の感触を嫌われた先生は、自然の反対現象として、柳、楓（かえで）、百日紅（さるすべり）なぞの肌のなめらかな木が好きであった。目黒の遺邸の庭には、空を覆う百日紅がある。そしてあの花の色も好きだった様である。青山の墓所には、出来ればこの木を植えさせて貰いたいと思う。

同じ意味で、猫柳もすきだった。随筆集の題名にもなっている。これは、後に説く俳諧趣味から出発していると思う。

＊

草花は早春のクロッカス、ヒヤシンス等から、秋の終りまで、どこの家にもある様な和洋の花が植えられて、交る交るに咲いていたが、その中で一番巾（はば）をきかしていたのは、千日紅（せんにちこう）、葉鶏頭（はげいとう）等の、純粋な、そして野生に近い日本草花だった。花はないが、薄（すすき）も好きで、例の百日紅の下に傲然とはびこっている。真夏には糸瓜（へちま）棚が出来て、その下で、実が長くなるのをよろこんでいられた。烏瓜もすきだったが、地味に合わぬとみえて目黒の山にはなく、私の処から数回球根を運んだが、遂に実がならずにしまった。

それ等の庭の花や、又到来の花なぞ、すべて自分で活(い)けられた。別に何流を習われたと云う事もきかなかったが、自然の風格があった。

*

生き物は概して好きでなかった。鳥も犬も飼われていなかった。尤(もっと)も、旅行先の湯の宿で、たまさか縁側へ来た犬を愛撫されていたのは時折見た。それが、揃いも揃って田舎の駄犬であったのも先生らしい。

「飼うならキリギリスをお飼いなさい。あいつは江戸っ子でさあ。」

半七老人がそう云っている。鈴虫も蛍もいた。ある人の書いた評伝の中に、「蟻を殺されなかった」とあるが、その事は私はききもらした。が総じて、こうした小さい、果敢(はかな)いものは好きだった。

その中では、蛙が一番好きだった。雨蛙でもよし、蟇でもよし、おそらく先生のペットの中で、これが一番だったと思う。麹町の元園町時代は、市街の中央だったが、それでもお城のお濠が近く、番町の大溝が近かったりした関係上、折々その庭に蛙が来た。目黒の新邸は、名に負う西郷山の山つづきなので、蟇がよく出た。と、もう「蟇だ。蟇だ。」で家内中大騒ぎだった。その蟇は毎年の様に出て来て、毎夕の様に沓ぬぎの下に来たそうであるが、しらず、今年の夏は？　無心の彼にも、歎きがあるであろう。

「何故蛙が好きだった？」

本統に好きなものには、その理由があるわけではない。しかし、瘦蛙に負けるなと云った一茶の様な、ねじけた心持でなかった事丈けは判然云える。澤田正二郎が、蛙をマークとした意味とも全く違う。

＊

先生と玩具類と結びつけた話は有名である。それも、手のこんだ高価なものより、一刀彫とか、土焼とか、張子とか、そうした郷土玩具的なものが好きだった。震災前には客間が和室の八畳だったので、その違い棚に一杯にならんでいた。その後の新邸はいずれも洋風の応接間なので、沢山並べられない。物置台の上に数個ずつ並んでいるにすぎなかったが、それが気に入った物ほど長く置かれてあった。私は密かにその日数で、その玩具がどの程度にお気に入ったかを占うバロメーターにしていた。去年の春は寅年なので、阿佐ケ谷通りの店で金二十銭也の張子の虎をもって行ったが、これは相当長く飾られてあって、面目をほどこした。

*

書画骨董の類については、概して無関心であられたと思う。勿論、諸方から持込みもあり、已むを得ざる附合で買われた品もあり、相当の数があったし、御自分でも、季節季節の変り目にはこくめいに取りかえられてはいたが、「主婦の友」の附録の石版刷、婦人クラブ附録のかけ軸なぞも表装して掛けていられた。無頓着と云えば云われるが、一面、「何々画伯の絵」と云った風に、名声や、金額の多少について考える先に、「好きな品をかけておく」と云った処に、先生の気概があったと思う。

*

食道楽であった。

尤も、これは、世間で云う様な、初物を食うために、何処そこへ旅行したとか、身を忍んで屋台店へ行ったとか云う風な食道楽ではなかった。無理をしないで、あるがままに楽しむ——と云う風だった。だから若い時はあったかも知れぬが「どこそこで闇汁をやった」とか「河豚を食った」とか云う様な話はきいた事がなかった。

一番すきだったのは、鰻と寿司だった。元園町時代は近くもあるし、丹波屋が御贔屓だった。魚は、まぐろだとか鯛とか云う大きなものより、キスとかコチとか鮃とかの、近海ものの小魚がよかった。白魚なぞもよかった。

肉類もすきであった。日露戦争以来と云う事であるが、牛の缶詰もすきだった。それからサンドウィッチも好まれた。病中には殊にそうだった。

それに反して果実類は、そうすきでなかった。ただパインアップル丈けはよく好まれ、病気になられてからは、枇杷だの何だのの缶詰を召上られたが、平生は概して上らなかった。それに反して私は、法外の果物好きなので、宴会なぞで一緒になると、そっと私の方へ廻して下すったり、到来のメロンなぞ殆ど私が代って頂いて仕舞ったと云っていい。

＊

煙草は朝日だった。相当に強い量だった。病気になられて、一時、一日十本と云う事になっていたが、とても気の毒なので間もなくその事は止めになった。最後近くには「もううまくなくなった」と云っていられたが、一日の朝、「煙草を」と云われるので差し上げたが、二口ほど吸われた。それが最後だった。勿論、棺にはいくつもの朝日が入れられた。

＊

先生の旅ぎらいは有名である。ことに晩年はそうであった様である。半七老人は日光と箱根へ一度ずつ行ったきりと云う事になっている。それも御用と誰かの病気見舞かなにかで、よんどころない事になっている。

先生は、記者時代には、相当に旅行されているし、日露戦役には従軍もされ、世界大戦後には欧洲旅行までされて、なかなかどうして旅嫌いどころではなく、普通人の何十倍もの旅をされたわけであり、銚子、磯部、成東、長瀞（ながとろ）、国府津、箱根、湯河原、熱海、修善寺、等へ殆ど毎年の様に旅行されていた。ただ、いつの場合も、病後の静養か、仕事のためが多かったから、已むを得ざる旅であったとも云えない事はない。銚子、磯部なぞの外では、大抵な処にはいつも後から出かけて行って、御馳走になったり一緒に近所を歩いたりするのが、殆ど例になっていた。嫩会全員で押し出した事も再三ならずあった。堂ケ嶋の宿では、「佐々木高綱」が演ぜられた。

そうした時、先生の宿で、先生の室へ最もよく出入したのは、宿の主人でなく、内儀でなく、客引の番頭や、湯番や、庭掃きの爺さん等であった。かつて長瀞の時には、この爺さんが、畑の唐もろこし等よくもぎって来ていた。先生はそれらの人々と隔意なく、世間話をするのがお好きだった。人間綺堂の面目が躍如としている。こんな時に、前に書いた野良犬なぞが可愛がられた。先生はその犬の事を話すのに「この人が――この人が――」等云われた。それがちっとも可笑しく響かなかった。

＊

こうした旅の最後は、去年の夏の強羅の宿だった。いつもは大勢揃って出かけるのだが、今度は一夏中と云うので、自然たいくつだろうから、一人乃至二人で別れ別れで来る様にと云われていた。しかし、いずれにしても御迷惑になる事なので、一晩泊りの心組で、熱海から廻って登った。丁度小林（宗吉）君がお尋ねしたあとだったが、非常になつかしがられて、尚、もう一泊する様に切にすすめられた。その中に、東宝で撮る北條（秀司）君の映画の打合せで、岸井（良衛）君も来合せるし、丁度箱根権現で灯籠流しがあると云うので、北條君のすすめで、夜に入って先発した岸井兄弟のあとを追って、ただ二人で駿豆の専用道路を走らせた。

その時の事は、先生御自分でも文藝春秋にも書かれていたが、夜が更けて、見物の殆どが帰って仕舞った宿の一室で、私と先生とは枕を並べて眠った。それが、そうした事の最後だった。今も判然と思い出す。そして、よくもよくも甘えて来たものだと思う。

あくる朝、権現様へ参詣して、バスで強羅へ戻った。十二時に早昼をよばれて、豪雨の中を東京へ立った。入れ違って三橋（久夫）君が上ったが、その雨にはだいぶ困ったらしい。夏中の予定だったが、思えば憎い雨だった。

＊

ほんの一時だったが、写真機をいじられた事がある。震災後の元園町時代に、激しい神経衰弱にかかられた時、丁度素人写真流行時代だったので、大村（嘉代子）さんが、病気見舞に「これでも持ってゆっくりして下さい」と、ベストコダックを進呈された。

そこで、例の大使館前や清水谷公園や靖国神社なぞの、先生の朝夕の散歩区域の中で幾十枚かの写真が出来たはずであるが、どうなったか。その年の秋には、それをもって例の嫩会の連中と青梅から、多摩上流を氷川村まで行かれた。そこでも二本ばかり写された筈だが、それも今は見あたらない様である。私が写したのがアルバムにたった一枚残っている丈けである。そして、その遠足きりで写真機はどっかへしまって仕舞われた様子である。

綺堂と写真機、凡（およ）そ似つかわしからぬ風景の一つであるが、そう云う事もあった事丈け書いておきたい。そして、折角の大村さんの親切に報いるため、やがて一年あまりも持ちつづけられた奥床しさを今もなつかしく思う。

＊

こうした遠足は、湯の旅の外に、必ず年に春秋二度位ずつあった。桜の国府台なぞには二度も行った。帝釈様へ参詣して、名物の大煎餅なぞ竹につけてかついで、ブラブラと歩いた。

「どう見てもみんな仕出しだな。」

と笑われたりした。そこの草餅屋へ入って、そのまずさに、流石に閉口された事なぞも思い出の一つである。こうした日の帰りには浅草かどっかへよって、一同御馳走になるのが例だった。

＊

こうした思い出を書くと限りがない。最後にお祭がすきだった事、火事が好きだった——と云うと語弊があるが——事を書いて筆を擱く事にしよう。

湯治先から等の手紙で、

「何月何日はお祭だから、それまでに帰る。」

と云った意味の手紙をよく貰った。そして、キッとその通り戻って来られた。と云って、氏子総代の中に交って神輿の渡御の供に立たれると云うわけではない。ただ、赤飯を焚いて、軒提灯を吊して、祭らしい一日を送るのが楽しみだった様である。元園町時代には、神輿舁に祝儀を打って、宅の前で神輿を揉むのを興がられたと云う話もあった。如何にも江戸っ子らしい面目が溢れている。

＊

火事は好きだったが、地震は大嫌いだった。凡そ嫌なものの随一であったろう。勿論、好きな人間もなかろうが、我々では殆ど感じない様な微震でも、すぐに感じて庭へ駈け出された。その人が、あの大震災のたえ間ない余震の中で、避難の二日目から日記を記し、やがて復興する時のために手にふれる限りの本から叮寧にノートされていた事は、何と云っていいか、頭の下る限りである。

＊

地震についでは、風の日がいけなかった様だ。早稲田の遺品展覧会を見た人は、その遺愛品の中に、あまりに沢山の文鎮があったのを妙に思ったであろう。風ぎらいな先生は、あれで、本であれ、原稿であれ、片っぱしから、押えつけて置かれたのだっ

た。一時華やかなりし左翼連中が、しきりに弾圧され出した時、

「君、あれと同じだね。」

と、笑われた。

反対に雨の日は静かでいいと云われた。

今夜も春の細い雨が降っている。噫(ああ)!

（三月三十一日夜）

（「舞台」一九三九年五月、岡本綺堂追悼号より再録）

額田六福（ぬかだ・ろっぷく）――一八九〇年岡山生まれ。綺堂門下の劇作家。主な作品に『天一坊』『白野弁十郎』等がある。大正六年に結成された弟子の集まりが嫩会で、綺堂監修の雑誌「舞台」を一九三〇年より刊行、この初代編集人をつとめた。また綺堂との共著に『家庭芝居物語』（冨山房、一九三三年）がある。一九四八年没。

初出誌紙・収録単行本一覧

島原の夢――「歌舞伎の夢」随筆（大13年1月）／『十番随筆』、『綺堂むかし語り』収録

白魚物語――「白魚」新小説（明35年12月）／『五色筆』、『綺堂随筆』収録

思い出草――「思ひ出草」木太刀（明43年11月）／『五色筆』、『綺堂随筆』、『綺堂むかし語り』収録

時雨ふる頃――「団栗」木太刀（大4年11月）＋「大綿来い来い」俳味（大4年12月）／『五色筆』、『十番随筆』、『綺堂むかし語り』収録

昔の小学生より――「時事新報」（昭2年11月18～22日）／『猫やなぎ』、『綺堂随筆』、『綺堂むかし語り』収録

三崎町の原――不同調（昭3年1月）／『猫やなぎ』、『綺堂むかし語り』収録

御堀端三題――「涼風の思い出」文藝春秋（昭12年8月）＋「怪談」モダン日本（昭11年8月）＋「三宅坂」文藝春秋（昭10年8月）／『思ひ出草』、『綺堂むかし語り』収録

銀座――「銀座の新年」文藝春秋（昭12年1月）／『思ひ出草』、『綺堂むかし語り』収録

年賀郵便――初出不明／『思ひ出草』収録

夏季雑題――「市中の夏」週刊朝日（大14年7月）＋「水貝」女性（大14年7月）＋初出不明／『猫やなぎ』、『綺堂随筆』、『綺堂むかし語り』収録

雷雨――サンデー毎日（昭和11年6月21日）／『思ひ出草』、『綺堂むかし語り』収録

鳶――政界往来（昭和11年5月）／『思ひ出草』、『綺堂むかし語り』収録

旧東京の歳晩――「昔の東京の歳晩」女性（大13年12月）／『猫やなぎ』、『綺堂むかし語り』収録

新旧東京雑題――「新旧東京雑感」サンデー毎日（昭2年6月15日）／『綺堂随筆』、『綺堂むかし語り』収録

西郷星――初出不明／『十番随筆』収録

一日一筆――木太刀（明44年12月～明45年正月）／『五色筆』収録

旅すずり――「旅すゞり」初出不明／『五色筆』、『十番随筆』、『綺堂むかし語り』収録

ゆず湯――初出不明／『十番随筆』、『綺堂随筆』、『綺堂むかし語り』収録

温泉雑記――「温泉雑談」東京朝日新聞（昭6年7月23～27日）／『猫やなぎ』、『綺堂随筆』、『綺堂むかし語り』収録

火に追われて――「火に追はれて」婦人公論（大12年10月）／『十番随筆』収録／「震災の記」と改題して『綺堂随筆』、『綺堂むかし語り』収録

十番雑記――「思ひ出草」（初出）、『綺堂随筆』、『綺堂むかし語り』収録

風呂を買うまで――「風呂を買ふまで」読売新聞（大13年7月28日）／『猫やなぎ』、『綺堂随筆』、『綺堂むかし語り』収録

郊外生活の一年――読売新聞（大14年6月1日）／『猫やなぎ』、『綺堂随筆』、『綺堂むかし語り』収録

九月四日――初出不明／『猫やなぎ』、『綺堂むかし語り』収録

魚妖――「鰻の怪」週刊朝日（大13年7月5日）／

『猫やなぎ』、『綺堂随筆』、『綺堂読物選集3』（青蛙房）、『魚妖・置いてけ堀』（旺文社文庫）、『鎧櫃の血』（光文社文庫）収録

小坂部伝説――「甲字楼茶話」演劇画報（大14年2月）／『綺堂劇談』、『綺堂芝居ばなし』収録

四谷怪談異説――「甲字楼茶話」演劇画報（大14年5月）／『綺堂劇談』、『綺堂芝居ばなし』収録

自来也の話――「甲字楼茶話」演劇画報（大14年5月）／『綺堂劇談』、『綺堂芝居ばなし』収録

女学士の報怨――初出不明／『綺堂劇談』、『綺堂芝居ばなし』収録

病妻の金環――初出不明／『綺堂劇談』、『綺堂芝居ばなし』収録

羽衣伝説――「甲字楼茶話」演劇画報（大14年3月）

関羽と幽霊――「甲字楼茶話」演劇画報（大14年3月）／『綺堂劇談』、『綺堂芝居ばなし』収録

演劇会の禍――「甲字楼茶話」演劇画報（大14年3月）／『綺堂劇談』、『綺堂芝居ばなし』収録

法喜寺の龍――初出不明／『綺堂劇談』、『綺堂芝居ばなし』収録

餅を買う女――初出不明／『綺堂劇談』、『綺堂芝居ばなし』収録

死人と箒――初出不明／『綺堂劇談』、『綺堂芝居ばなし』収録

飛雲渡――初出不明／『綺堂劇談』、『綺堂芝居ばなし』収録

発塚異事――中央公論（昭3年5月）／『猫やなぎ』収録

岡本綺堂の随筆単行本

『五色筆』（南人社、大6年11月）
『十番雑記』（新作社、大13年4月）
『猫やなぎ』（岡倉書房、昭9年4月）
『思ひ出草』（相模書房、昭12年10月）
○没後に編まれた単行本（全て岡本経一編）
『綺堂劇談』（青蛙房、昭31年2月）
『綺堂随筆』（青蛙房、昭32年2月）
『綺堂むかし語り』（旺文社文庫、昭53年12月／光文社文庫、昭53年12月＊旺文社版に数編追加）
『綺堂芝居ばなし』（旺文社文庫、昭54年1月）

凡例

底本として綺堂生前刊行の単行本を使用した（再録されている場合は新しい版を使用）。生前刊行の単行本に未収録のものは『綺堂劇談』『綺堂随筆』を底本とし、初出誌紙を参照した。

仮名遣いは現代仮名遣いに、常用漢字は新字体に改めた。但し、文語は歴史的仮名遣いのままとした。送りがなはすべて底本のままとし、適宜ルビで補った。頻出する一部の接続詞、副詞、代名詞は漢字を平仮名に開いたが、原則として漢字を仮名に開くことはせず底本のままとした。

編集による注はパーレンで囲み、文字の大きさを下げた。

本書は、二〇〇二年に刊行された『綺堂随筆　江戸の思い出』（河出文庫）の新装版です。

本文中、今日からみれば不適切と思われる表現がありますが、書かれた時代背景と作品価値とを鑑み、そのままとしました。

綺堂随筆
江戸の思い出

二〇〇二年一〇月二〇日　初版発行
二〇二三年　三月一〇日　新装版初版印刷
二〇二三年　三月二〇日　新装版初版発行

著　者　岡本綺堂
発行者　小野寺優
発行所　株式会社河出書房新社
〒一五一−〇〇五一
東京都渋谷区千駄ヶ谷二−三二−二
電話〇三−三四〇四−八六一一（編集）
〇三−三四〇四−一二〇一（営業）
https://www.kawade.co.jp/

ロゴ・表紙デザイン　粟津潔
本文フォーマット　佐々木暁
本文組版　KAWADE DTP WORKS
印刷・製本　中央精版印刷株式会社

Printed in Japan　ISBN978-4-309-41949-7

サンカの民を追って

岡本綺堂 他　41356-3

近代日本文学がテーマとした幻の漂泊民サンカをテーマとする小説のアンソロジー。田山花袋「帰国」、小栗風葉「世間師」、岡本綺堂「山の秘密」など珍しい珠玉の傑作十篇。

見た人の怪談集

岡本綺堂 他　41450-8

もっとも怖い話を収集。綺堂「停車場の少女」、八雲「日本海に沿うて」、橘外男「蒲団」、池田彌三郎「異説田中河内介」など全十五話。

世界怪談名作集　信号手・貸家ほか五篇

岡本綺堂〔編訳〕　46769-6

綺堂の名訳で贈る、古今東西の名作怪談短篇集。ディッケンズ「信号手」、リットン「貸家」、ゴーチェ「クラリモンド」、ホーソーン「ラッパチーニの娘」他全七篇。『世界怪談名作集　上』の改題復刊。

世界怪談名作集　北極星号の船長ほか九篇

岡本綺堂〔編訳〕　46770-2

綺堂の名訳で贈る、古今東西の名作怪談短篇集。ホフマン「廃宅」、クラウフォード「上床」、モーパッサン「幽霊」、マクドナルド「鏡中の美女」他全十篇。『世界怪談名作集　下』の改題復刊。

風俗　江戸東京物語

岡本綺堂　41922-0

軽妙な語り口で、深い江戸知識をまとめ上げた『風俗江戸物語』、明治の東京を描いた『風俗明治東京物語』を合本。未だに時代小説の資料としても活用される、江戸を知るための必読書が新装版として復刊。

江戸へおかえりなさいませ

杉浦日向子　41914-5

今なおみずみずしい代表的エッセイ集の待望の文庫化。親本初収載の傑作マンガ「ポキポキ」、文藝別冊特集号から「びいどろ娘」「江戸のくらしとみち」「江戸「風流」絵巻」なども収録。

江戸の牢屋

中嶋繁雄　41720-2

江戸時代の牢屋敷の実態をつぶさに綴る。囚獄以下、牢の同心、老名主以下の囚人組織、刑罰、脱獄、流刑、解き放ち、かね次第のツル、甦生施設の人足寄場などなど、牢屋敷に関する情報満載。

江戸の都市伝説　怪談奇談集

志村有弘〔編〕　41015-9

あ、あのこわい話はこれだったのか、という発見に満ちた、江戸の不思議な都市伝説を収集した決定版。ハーンの題材になった「茶碗の中の顔」、各地に分布する飴買い女の幽霊、「池袋の女」など。

民俗のふるさと

宮本常一　41138-5

日本人の魂を形成した、村と町。それらの関係、成り立ちと変貌を、ていねいなフィールド調査から克明に描く。失われた故郷を求めて結実する、宮本民俗学の最高傑作。

生きていく民俗　生業の推移

宮本常一　41163-7

人間と職業との関わりは、現代に到るまでどういうふうに移り変わってきたか。人が働き、暮らし、生きていく姿を徹底したフィールド調査の中で追った、民俗学決定版。

日本人のくらしと文化

宮本常一　41240-5

旅する民俗学者が語り遺した初めての講演集。失われた日本人の懐かしい生活と知恵を求めて。「生活の伝統」「民族と宗教」「離島の生活と文化」ほか計六篇。

辺境を歩いた人々

宮本常一　41619-9

江戸後期から戦前まで、辺境を民俗調査した、民俗学の先駆者とも言える四人の先達の仕事と生涯。千島、蝦夷地から沖縄、先島諸島まで。近藤富蔵、菅江真澄、松浦武四郎、笹森儀助。

海に生きる人びと

宮本常一　41383-9

宮本常一の傑作『山に生きる人びと』と対をなす、日本人の祖先・海人たちの移動と定着の歴史と民俗。海の民の漁撈、航海、村作り、信仰の記録。

山に生きる人びと

宮本常一　41115-6

サンカやマタギや木地師など、かつて山に暮らした漂泊民の実態を探訪・調査した、宮本常一の代表作初文庫化。もう一つの「忘れられた日本人」とも。没後三十年記念。

山窩奇談

三角寛　41278-8

箕作り、箕直しなどを生業とし、セブリと呼ばれる天幕生活を営み、移動暮らしを送ったサンカ。その生態を聞き取った元新聞記者、研究者のサンカ実録。三角寛作品の初めての文庫化。一級の事件小説。

山窩は生きている

三角寛　41306-8

独自な取材と警察を通じてサンカとの圧倒的な交渉をもっていた三角寛の、実体験と伝聞から構成された読み物。在りし日の彼ら彼女らの生態が名文でまざまざと甦る。失われた日本を求めて。

異形にされた人たち

塩見鮮一郎　40943-6

差別・被差別問題に関心を持つとき、避けて通れない考察をここにそろえる。サンカ、弾左衛門から、別所、俘囚、東光寺まで。近代の目はかつて差別された人々を「異形の人」として、「再発見」する。

部落史入門

塩見鮮一郎　41430-0

被差別部落の誕生から歴史を解説した的確な入門書は以外に少ない。過去の歴史的な先駆文献も検証しながら、もっとも適任の著者がわかりやすくまとめる名著。

差別の近現代史

塩見鮮一郎　41761-5

人が人を差別するのはなぜか。どうしてこの現代にもなくならないのか。近代以降、欧米列強の支配を強く受けた、幕末以降の日本を中心に、50余のQ＆A方式でわかりやすく考えなおす。

性・差別・民俗

赤松啓介　41527-7

夜這いなどの村落社会の性民俗、祭りなどの実際から部落差別の実際を描く。柳田民俗学が避けた非常民の民俗学の実践の金字塔。

吉原という異界

塩見鮮一郎　41410-2

不夜城「吉原」遊廓の成立・変遷・実態をつぶさに研究した、画期的な書。非人頭の屋敷の横、江戸の片隅に囲われたアジールの歴史と民俗。徳川幕府の裏面史。著者の代表傑作。

貧民の帝都

塩見鮮一郎　41818-6

明治維新の変革の中も、市中に溢れる貧民を前に、政府はなす術もなかった。首都東京は一大暗黒スラム街でもあった。そこに、渋沢栄一が中心になり、東京養育院が創設される。貧民たちと養育院のその後は…

神に追われて　沖縄の憑依民俗学

谷川健一　41866-7

沖縄で神に取り憑かれた人をカンカカリアという。それはどこまでも神が追いかけてきて解放されない厳しい神懸かりだ。沖縄民俗学の権威が実地に取材した異色の新潮社ノンフィクション、初めての文庫化。

お稲荷さんと霊能者

内藤憲吾　41840-7

最後の本物の巫女でありイタコの一人だった「オダイ」を15年にわたり観察し、交流した貴重な記録。神と話し予言をするなど、次々と驚くべき現象が起こる、稲荷信仰の驚愕の報告。

禁忌習俗事典

柳田国男　41804-9

「忌む」とはどういう感情か。ここに死穢と差別の根原がある。日本各地からタブーに関する不気味な言葉、恐ろしい言葉、不思議な言葉、奇妙な言葉を集め、解説した読める民俗事典。全集未収録。

葬送習俗事典

柳田国男　41823-0

『禁忌習俗事典』の姉妹篇となる１冊。埋葬地から帰るときはあとを振り返ってはいけない、死家と飲食の火を共有してはいけないなど、全国各地に伝わる風習を克明に網羅。全集未収録。葬儀関係者に必携。

知っておきたい　名字と家紋

武光誠　41782-0

鈴木は「すすき」？　佐藤・加藤・伊藤の系譜は同じ？……約29万種類もある日本の名字の発生と系譜、家紋の由来と種類、その系統ごとの広がりなど、ご先祖につながる名字と家紋の歴史が的確にわかる！

画狂人北斎

瀬木慎一　41749-3

北斎生誕260年、映画化も。北斎の一生と画風の変遷を知る最良の一冊。古典的名著。謎の多い初期や、晩年の考察もていねいに。

伊能忠敬　日本を測量した男

童門冬二　41277-1

緯度一度の正確な長さを知りたい。55歳、すでに家督を譲った隠居後に、奥州・蝦夷地への測量の旅に向かう。艱難辛苦にも屈せず、初めて日本の正確な地図を作成した晩熟の男の生涯を描く歴史小説。

五代友厚

織田作之助　41433-1

ＮＨＫ朝の連ドラ「あさが来た」のヒロインの縁故者、薩摩藩の異色の開明派志士の生涯を描くオダサク異色の歴史小説。後年を描く「大阪の指導者」も収録する決定版。